誓鸟

张悦然 著

人民文学出版社

图书在版编目（CIP）数据

誓鸟/张悦然著.—北京：人民文学出版社，2016
ISBN 978-7-02-011838-0

Ⅰ.①誓… Ⅱ.①张… Ⅲ.①长篇小说—中国—当代 Ⅳ.①I247.5

中国版本图书馆 CIP 数据核字（2016）第 153189 号

责任编辑　樊晓哲
责任印制　徐　冉

出版发行　人民文学出版社
社　　址　北京市朝内大街 166 号
邮政编码　100705
网　　址　http://www.rw-cn.com

印　　刷　三河市宏盛印务有限公司
经　　销　全国新华书店等

字　　数　223 千字
开　　本　880 毫米×1230 毫米　1/32
印　　张　10.75
印　　数　1—20000
版　　次　2018 年 9 月北京第 1 版
印　　次　2018 年 9 月第 1 次印刷

书　　号　978-7-02-011838-0
定　　价　48.00 元

如有印装质量问题，请与本社图书销售中心调换。电话:010-65233595

目录

- 001 贝壳记
- 044 投梭记
- 098 磨镜记
- 165 纸鸢记
- 204 种玉记
- 233 香猫记
- 287 焚舟记
- 325 贝壳记

记忆如此之美,
值得灵魂为之粉身碎骨。

————献给爱喜,如果世间
有这个人的话

贝壳记

> 朝朝花迁落,岁岁人移改。
> 今日扬尘处,昔时为大海。
>
> ——寒山子《桃花》

上阕

她的眼睛已瞎了多年,眼珠塌陷,人们却在其中看到十分锐利的光芒;她那干裂的嘴唇永远都是苍白的,不知多久没有人吻过;不穿鞋子,她素来赤脚走路。因为曾从血泊中蹚过,她的脚底是红的,永不褪去的鲜红色,雨水冲刷后愈加明艳;她的长发,如蓄养的动物一般,一直默默伴随着她,一天天,由乌黑转为花白,还在不断地长,不断地长,像根须一样深深地植入大地,每次死神想要将她带走的时候,发丝总是纠结缠绕,绊住她的脚。死神只好放开她,让她多活了十年。十年又十年……

1

在我的记忆中,与春迟一同出游,只有那么一次,在我九岁的时候。那是我平淡的童年里最快乐也最悲伤的一日。

那日她提出要带我去看花灯,我又是惊讶,又是欢喜。

她是个盲女,为何会有兴致去看灯会,我想也想不清楚,也许她只是为了让我开心。不管怎么说,与春迟同游,对我来说,是多么甜蜜的奖励啊。和她在一起的时光,每一寸,都是九岁男孩最想握在手中的东西。

那一天,像一个节日。我身上穿的衣服是春节的时候我的乳母兰姨新做的,鞋子也是新的,没有穿着出过家门。春迟还让兰姨蒸了几个红枣馒头装在干粮袋里给我带着,也许是怕我晚上看灯走路多会饿。我们要去的花市街离家很远,春迟特意雇了马车载我们去。

在灯会上,我们靠得很近,虽然她仍不许我扶她,但到处是人山人海,我被行人推着,衣袖一次次与春迟相撞。因为常常出海,她的衣衫上总有一股海洋的味道,像水藻那样柔软,即便在那么拥挤的人群里,她的周围仍是那么空灵,我可以很轻易地将她与其他人区别开来。她从不让人扶,没有人察觉身边步伐轻缓的女子是个瞎子。

整条花市街挂满了彩灯,那样长,我们跟随人潮挪着步子,没有说过一句话。只在经过卖糖葫芦的小摊,听见摊主的吆喝声,她忽然停下来,递上钱去,换了一串糖葫芦给我。我愣在那里,过了好一会儿才从她手中接过来——这么多年,她没有给我买过任何东西。我们接着走,她又停下来给我买了纸灯笼。我更为惊讶,连忙从她手中接过。烛火犹如困在罐子里的蛐蛐,一番惊恐地上蹿下跳,才渐渐平息下来。

那时,我心中有了几分不祥的预感。

我将递到手中的糖葫芦大口吃掉,纸灯笼也兴高采烈地举着,我仍是个乖孩子,即便在她打算丢掉我的时候,也像最温驯的小梅花鹿那样,虔心追随着她。

大约两个时辰后,我们走到了街尾。春迟说想吃桂花糕,但她已经没有力气再走,遣我到对面的小摊去买。我从她手里接过钱,提了灯笼向着街的对面走去。走出不远又回头看她:她站在原地等我,在一组璀璨的花灯下,被菊花状的外围灯火映照得那样瘦小、落寞,虽是竭力掩饰,眼神中仍有少许惶恐。那组花灯叫作"贵妃醉酒",我暗自在心中记下,生怕与她走散。

我掂着两块热腾腾的桂花糕再走回"贵妃醉酒"的花灯下时,已经不见春迟的踪影。预感使我相信,她是有意离开了这里,但我却仍旧不死心地站在原地傻傻地等。这时天气大变,北风狂作,转眼一个花好月圆的夜晚变得面目狰狞。人潮从身边流过,越来越稀疏,"贵妃醉酒"的灯火一层层暗淡下去,对面卖桂花糕、马蹄糕、八宝肉圆的小贩们也都忙着收摊回家去了。

可我仍旧站在那里,一直等到满天飘起了雪花。

我知道,春迟是不会回来了。她扔掉了我,这便是她带我来看花灯的目的。这样想着,热泪盈满了眼眶。

我跟随最后的人潮走出花市街,将纸灯笼里跳跃的火焰掐灭,把它扔进堆满残破了的纸灯笼的垃圾堆。就这样,我踏上了寻家的旅途。呼啸的北风为我带路,我朝着一个方向奔跑下去,那么笃定地相信家就在前面。肩膀上的那几个馒头越来越硬,像一只只小拳头,突突突地捶在我的背上。

新雪落在地面上,薄薄的一层,跑在上面很容易滑倒。我一路跑着,不知道摔倒了多少回。路口太多,跑一段就要问一下路人。夜越来越深,街上再也寻不到路人,我就只能敲开两旁住家的门,向那些睡眼惺忪的人打听回家的路。

我终于在天亮的时候跑回了家。雪还在下,很猖獗。这个冬天远比人们想象得漫长。

兰姨开门看见一个手足无措的雪人,手里拎着空空的干粮口袋,在门边瑟瑟发抖。她又惊讶又欢喜,说:

"你可回来啦。春迟小姐说她和你走散了。你那么小,怎么找得到回来的路呢?我担心死了,一宿都没有合过眼。"

她说着,把我拉到身前,拍落我身上的雪。

春迟日头很高了才醒过来,她从房间里走出来,站在厅堂的当中,似乎感觉到我的气息,就停在那里,静默地聆听片刻。

我屏息看着她的神情,觉得她面色安详,似乎并没有生气,这才放下心来。于是又伏下头去,呼噜呼噜地吃那碗热腾腾的阳春面。

好像什么也没发生过。

她不会知道,我在看到她的一刻,眼泪就忍不住掉了下来。终于又看到她了,和她靠得这样近,仿佛又能听见她慵懒而傲慢的心跳声。我眼含着热泪往嘴里扒面条,为了掩饰泪水,只得把头压得很低很低,低得几乎贴在了面条上。

此后的日子又归于寻常,我们照旧相安无事地生活在同一屋檐下。冬天过完之前,春迟再一次出海远航。临行前她不忘嘱咐兰姨,要好好照顾我。

2

从懂事那天起,我就知道春迟不是我的亲人,她不过是收养我的人。至于我的亲人都去了哪里,她从未对我说起。

据兰姨说,她第一次见到我的时候,我还不足周岁,张着一双惶恐的眼睛。那时的春迟比现在要温柔一些,却已经很少笑,她把我递到乳母兰姨怀里,没有一句交代,就转身回房去了。

兰姨先前单是听说,春迟是个性格古怪的老姑娘,无亲无故,一个人住好大一幢房子。她的眼睛是盲的,却从不肯安分地守在家里,一年里倒有大半年时间待在往返于中国和南洋的轮船上。船上的生活,在兰姨这样循规蹈矩的妇人看来,奢靡而混乱。而一个盲女如何在船上卖唱讨生活呢?在她的想象里,春迟一定已经被折磨得憔悴不堪。

可是,她来了这里后却分明见春迟双目炯炯,眼底湿润,犹如少女般清澈,举手投足间神态自若,有一种盲人罕有的矜傲。

她所见的春迟,美丽而冷酷,单薄的身子里藏匿着巨大的秘密。兰姨怀着强烈的好奇心走进了她的世界。她说她终于留下来的原因,是因为看着我那皱巴巴的可怜样儿,着实心疼。但我知道,真正的原因一定不是这个。

兰姨多年以来琢磨着春迟和我的关系。倘是别人收养了小孩,一定会想方设法隐瞒他不是亲生骨肉的事,可是春迟似乎一点也不想做我的母亲,对我也很冷漠。兰姨对此深感不解,她觉得春迟眼睛瞎了,收养个孩子难道不是为了留在身边日后给自己送终吗,可为什么又故意与他疏远?

春迟不想把我留在身边送终,兰姨却是想的。兰姨是远嫁到这里的外乡人,丈夫死得早,没有给她留下一儿半女;遇上我这么一个孤儿,她觉得是难得的缘分。何况我很乖,兰姨说,我很小的时候纵使没人理睬,也不会用哭闹的方式来引人关注。在她的心里,我总是很容易满足,吃饱穿暖后只喜欢一个人待着,很少去麻烦她。

我自然知道兰姨对我好,却从未想过回报。也许因为她的那种好过于琐碎和庸常,散溢在每天的日常生活中,很难提炼和升华。也许幼年的我早早就看出了命运之河的流向,知道兰姨不过是一条很快消逝的支流。

春迟才是我的运河,有一种比血缘更深的情感牵系着我们,我知道。

3

大多数时间,春迟生活在船上,从中国北方到南洋的船上。每隔几个月,那艘大船会在小城南面的港口靠岸,春迟便会上岸,回家小住。

每次她到了码头,总是带着一只沉重的木箱,要雇个小工才能提回来。小工站在门口,突突突,用力叩响门环。

每次听到大声叩门,我便知道是春迟回来了。我从东厢房飞快地跑出来,站在厅堂里迎候她。

她由台门进来,兰姨为她引路。我远远看着她走过来,心跳得厉害。她穿着一件紫色粗绸的纱衣,颜色素旧,她一走进来我就觉得房间黯淡了许多。

我上上下下仔细地打量她,她的头上多了一把新月形状的插梳,镶金花衔珠,我想一定是船上的客人送给她的,不禁又生出许多联想。

她听着兰姨小心翼翼地把那只木箱搬到她房间门口,才到八仙桌旁坐下来。我就站在她的面前,明知她的眼睛盲了,却仍低着头,不敢盯着她看,仿佛那是对她的冒犯。

太久没有见面,我们几乎没有话可说。如果是其他人,重逢的时候哪怕沉默,只是看着彼此,也会感觉到浓浓的情意。可是这对我们来说却不行,她看不见我深情的眼睛。

她的眼睛,在我出生之前便瞎了,她从来没有看到过我。

自我懂事后,她也从来没有抱过我。站在她对面的男孩高矮肥瘦,她一无所知,她无法看到漫长而孤单的岁月令他生得愈加苍白和纤细。没有人爱,他仓皇成长,竟也生得颀美高大。

通常还没有等我鼓足勇气与她说话,她就已经起身要回房去了。我变得仓皇无措,她一旦回房,就很久都不会再出来,也不允许任何人进去。我跟在她的身后,想要说话却更加语塞。

她在门口停下来,俯下身子摸到她的木箱,拎起来,缓缓走进房间。兰姨站在我的身后,也向春迟的房间里张望。等到房门合拢,兰姨才撇撇嘴,低声对我说:"她又去捣鼓她的那些宝贝了。"

兰姨指的是春迟装在木箱里带回来的贝壳。她观察了这么多年,却还是搞不明白春迟千里迢迢带回这些东西来做什么。

我迷惘地看着那扇门。它什么时候会再开启呢,这是我唯一关心的。

春迟在家的那些日子,我无心上学堂,甚至一步都不想跨出家门。但兰姨不准我逃学,她说那样春迟也会不高兴。

从学堂回家的路总是那么长。我飞奔过一条条街巷。邻居们惊异地发现那个平时总是低头走路、没精打采的男孩跑起来竟像小鹿一样敏捷。大门虚掩着,我轻轻地推开它,一颗心悬在半空中。我径直跑到她的房间门口,只看到黑洞洞的空屋子,以及插在门口的半根未掐灭的迷迭香。我的心骤然凉了,慢慢踱回厅堂。正中的八仙桌上,那只属于她的白瓷茶杯,被兰姨收起来了。

我忽然松懈下来,坐在门槛上一点气力也没有。她走了,我只是在心里默默念着,伸开腿,将双脚没入庭院中茂盛的凤尾草里。

蝉声聒噪,野草疯长,天空忽而转为阴霾,几道闪电划过,雨点唰唰地落下来。

我脚下的土地一点点变软,泥土的香味缓缓地升起来,夏日的气息扑面袭来,那么强盛,令厌倦的人对这世界又生出一点希冀。此刻,船上的旅人是否正从船舱里伸出手来,感受着清凉的雨丝?

4

兰姨却巴不得春迟快点离开,最好根本不要回来。

每次春迟回来,兰姨总是与她争执不断。春迟挑剔而敏感,无论兰姨怎么做,她都不满意。每次见我,她总是觉得我变得更加邋遢和散漫,而屋子里充满一股发霉的气味;甚至连那个兰姨悉心照顾的花园,她也觉得因为种了太多的桂花而使香气过于浓郁。她的那只茶杯因为太久没用,洗过之后,仍旧透出轻微的霉味,她也会因此大发雷霆。在春迟看来,无论她离开多久,这里所有的东西都必须照旧,一切都应像她离开时那样。

兰姨一直忍耐着,除了因为天性温和之外,她也在积蓄与我的感情。一晃便是十几年,她要离开的时候才发现,自己在这里待了那么多年。曾经在她怀里尿尿的小孩现在比她高出一头,穿上她做的青布直衫,已然是一位翩翩少年。

但她最终还是在我十三岁时离开了。她年岁大了,决定不再这样委屈自己。

"宵行,"她对我说,"你和我一起走吧,她一点都不在意你,你留在她这里做什么?她若是在意你,就不会丢下你,一年里有大半年要住到船上去!谁知道她年纪那么大了为什么还要跑到船上去呢?你以为她在船上做什么?还不是唱曲赔笑讨船上男人的欢心!她在家的时候,总关在房间里捣鼓那些贝壳,仿佛有什么见不得人的事。她的眼睛明明看不见,却好像对周围一切都了如指掌,她可能是个妖精……"

相处多年,兰姨却始终一点都不懂得我。她不知道当她说春迟的时候,我是多么地厌恶她,我看见她用沾满泥浆的脏手,在我对春迟那潭清澈的情感中搅动、搅动。

我只是埋头帮她整理包袱。

她看我默不作声,便又说:

"我这么多年攒下了一些钱,只要节省些,还是够咱俩过一阵子的。何况我还可以再去做工,总之,无论怎样,都不会让你受苦的。"

见我仍旧不说话,她就抱着最后一丝希望,提醒道:

"你还记得吗,你九岁的时候她带你去看花灯的事——那年我还给你做了一件新袄,深蓝色的。不知道她怎么忽然那么好心,说要带你出去看花灯。你当时那个开心哪,理也不理我就随她出门去了。结果怎么着?她在看花灯的地方和你走散了。你还是那么小的一个孩子,走了一夜才找回家来!你以为那是一次意外?她是故意的,她是不想要你了!她要把你扔掉!"

我当然记得,一直记得。可奇怪的是,再度重温那段记忆的时候,我并没有感到委屈和痛苦。相反的,那年的情景如今想来,心中竟然感到无限温柔,仿佛是被春天里柔软的雨丝一点点注满了。

"我早就知道是这样的。"我淡淡地说,令兰姨着实一惊。但她仍不罢休,又问我:

"那你知道那次她为什么那么做吗?"

我摇摇头。

"在那之前,我曾与她聊起你。我说:'宵行少爷越长越俊俏了,眼睛那么深,还是蓝色的,简直像波斯人一样。都说男孩长得像娘,宵行少爷的母亲一定是个绝色美人儿!'我说这些话本来是一番好意:她养你这么多年却不知道你长成什么样,岂不是很可怜?谁知道她听了我的话脸色一变,很愤恨的样子。我就问她怎么了,她冷冷一笑,开口说——你猜她怎么说?"兰姨卖个关子,戛然而止,看着我。

"她怎么说?"我喃喃地问。

"她说：'宵行的母亲的确是个美人儿，却很短命。若是宵行像她，恐怕也没有多少年可以活了。'你瞧瞧，这话说得有多么歹毒！说不定……"兰姨看着我的脸色，"你亲娘就是她害死的！"

最末的一句话犹如一簇幽蓝的鬼火，倏地蹿出来，我禁不住打了个寒战。再看兰姨的脸，也被一层幽蓝的火光映着，显出一副完全陌生的模样。

"我知道了。"我缓缓地说，继续帮她整理包袱。

我帮她把偷偷藏在包袱里的定窑花樽、均窑的鹅颈瓶等几件古董都仔细地缠裹好。待一切都收拾妥当，我才对她说：

"我去帮你叫辆马车，再晚一些走，天就要黑了，路上不大平安。"

兰姨失望地看着我。这冷漠的少年，用越来越像春迟的口吻，与她如此疏冷地说话。这少年曾那么眷恋她的怀抱，眷恋她绵软的胸脯、沾满奶香的衣襟。

兰姨委屈地哭了起来，扯开嗓子对着我大声吼叫。她骂我不知好歹，良心给狗吃了，骂我忘了自己是喝谁的奶水长大的，忘了每日吃的是谁做的饭，落雨时到学堂门口迎候我的又是谁……

我仿佛早已料想到这一天的到来。她从不了解我——当然，这不是她的错，她的话不仅不会令我改变主意，反而使她对我的恩情减损。我始终还是属于沉默寡言的人，无论做了什么，都一副坦荡漠然的模样，从不在意别人是否亏欠了自己，仿佛整个人只是一缕薄雾，穿行于世间。

她哭得累了，喊得声音沙哑，才终于停下来，从我手中夺过包袱，朝门口走去。她一脚跨出了门槛,却忽然又折回来,把嘴巴附在我的耳边,压低声音说:"你到底想从她这儿得到些什么?"

她狡黠地一笑,挎着她的包袱走出了大门。我看着她远去的背影,努力想将她看得再清楚一点,她那包缠得硬邦邦的小脚,她那在胸前摇晃的软绵绵的奶子。我知道,也许不过多久,我就会忘记她的模样。

这粗心的乳娘,她知道我喜欢吃鱼,不喜欢吃猪肉;她知道下雨时我会很开心,却总因为欢喜地淋雨而着凉;她知道我最大的愿望是去一次海边,一直的梦想是成为一名水手……我微小的好恶、远大的理想她都知道。

然而,为何她就是看不出我为什么那么依恋春迟。

随着一年年长大,我发现自己天性凉薄,和春迟十分相像。纵使那些长久相处的人,也不会令我感到亲切和温暖。他们不过是一种天气,不管怎么变,都很难带给我什么影响。然而春迟对于我而言,是个例外。

兰姨那个邪恶的猜测——我的生母就是被春迟害死的——倒是在我的心底投下一抹淡淡的影子。随着对兰姨的淡忘,这个念头渐渐变成了我自己的。在日子过于平淡抑或对春迟太过想念的时候,我会掘出这一念头,犹如咬破自己的嘴唇一般,倏然蹿出的血腥味着实令人感到兴奋。

在内心深处,我竟然有一丝盼望,盼望生母真的是春迟害死的。因为这是一种深不可测的因缘,它注定了我和春迟的生命将互相绞缠,终生难以分离。

后来,我常常梦见生母在门外哭泣。她的哭声像淙淙的泉水一般在夜晚流淌。可是在梦里,那么多次,我却从来没有打开过那扇门,也许是因为这将意味着对春迟的背叛。我没有看到过生母的模样,她来的时候,空气里总是弥漫着一种特别的花香。

5

春迟回家短住的日子,我再也不去学堂,每天守在她的门外。她虽很少出门,但每日清早仍会精心地梳妆打扮一番,日落的时候再更衣卸妆——想来这应是她在船上多年养成的习惯。

有时她的房门虚掩,我能看见她给自己化妆。她不需要镜子,站在窗口迎着早晨最好的日光给自己画眉。她用手指抚摸脸庞,一寸寸摸到眉心处起始的位置,然后用眉笔点住那个地方,缓缓地向后描去。有时候她摸着,忽然停住,手触在肌肤上,有片刻的失神。她一定摸到了一条新生的皱纹,并为之黯然神伤。

梳妆打扮后,春迟定然会将门窗关闭,专心研究她的贝壳。

在那些夜晚,每当女佣打好洗脚水,要给春迟送进去时,我便跑上前,从她的手中接过木桶,遣她离去。我就这样走进她的房间。俯身在她的脚下,搅水,直到水不再烫手。她抬起双脚,将它们投进水里。她的脚很美,肌肤雪白,宛如少女,而脚底却赫然是赤红颜色。先前听兰姨说过,春迟的脚底是赤红的,越洗越红,颜色深郁,无法褪去。

果然是那么红,红到刺眼。我看着,不敢伸手去碰。那是一种奇怪的感受,不是害怕,是敬畏。我在想,这样的一双脚,曾走过一些什么样的地方呢。我慢慢伸出的手指终于碰到脚底的红色纹路。它一定流过许多血，它现在还会疼吗？我忽然觉得自己的手不够光滑，怕粗糙的皮肤会弄疼了她。我仓皇地抬起头看着她。她面无表情，没有惊讶。

明艳的双脚，犹如水中的鳟鱼，自有它们曲折的生命，牵系着迷离的过往。双手握着，就可以感到它们的呼吸。渐渐，我的掌心发热。

时间就这样过去了很久，而我却没有觉察。

她忽然蹙着眉生硬地说道："水冷了。"

我慌忙将她的双脚从水中捧出来，用干布将湿淋淋的鱼儿包裹起来："我去换水。"我惶恐不已。

"不用了。"她冷冷地拒绝了我。

我抱起木桶，忧伤地退出她的房间。

她的屋子里堆满了木箱，木箱里装满了多年来积攒的贝壳。她像对待亡者的灵牌一样把它们供奉起来。

她的秘密和贝壳有关。我并不好奇她的秘密，却只是担心她。每次她钻进秘密里，总是很痛苦。我知道她很孤单，也许很需要找一个人倾诉。可我如何能走进她的心里呢？

在南洋一些土著部落里，人的记忆被视为比生命更可贵的东西。它们可以脱离肉身存在。更有一些传说，认为贝壳里藏着记忆。

每天都有船在大洋中遇难，死去的人放任骨骸沉入海底。肉体在浸泡中慢慢松开，记忆像新生的鱼卵，逃逸到温暖的水里,又附在洁白的贝壳上。经年累月,它们慢慢融化,渗入深深浅浅的纹理中。

据说最先发现这个秘密的是一个瞎子。不经意间,瞎子用手抚摸贝壳,听到一种奇妙的声音。他的手指在贝壳上越拂越快,口中念叨的竟是他出生以前发生的事,字句凿凿,令人不能不信。从那之后,瞎子就到处寻找贝壳,每日不吃不喝,摸着贝壳度日,仿佛是着了魔。就这样,他竟然又活了许多年。瞎子在临死的时候神志忽然很清醒,七天七夜,他断断续续说出这个部落几百年里经历的事。

6

春迟将贝壳托在掌心里,上面的花纹与手心的线络重叠,绞缠在一起。她将嘴唇凑到贝壳旁边,对着它轻轻呢喃,它就发出低徊的回应。它栖息在她的手中,是被她驯服的动物。

我躲在屏风后面,听她对着它说话。那轻柔的耳语总是令我着迷,就像一种黏稠的、湿漉漉的空气,又好像儿时我爬上窗台,拨开密匝匝的爬山虎看到的一角白色的天空。而贝壳的回应,就像一阵惊慌的小雨击打在屋檐上。水声潺潺,贯穿着我的整个童年,终于汇集成一条河流。我甘愿沉溺其中,做这些声音的奴仆。

等到贝壳表面微微发热,她就停止呢喃,用手指拂过贝壳,一遍又一遍,直到贝壳犹如陀螺一般旋转起来。灵活的手指翻越贝壳的花纹,将记忆一片片采撷下来……

因口渴而醒来的午后,我悄悄跑去厅堂喝水,又跑去她那里,躲在倭金彩画小屏风的后面偷看。

她守着一桌子灿如珍宝的贝壳,它们被绢帕摩挲,慢慢浮出一层珊瑚色的光晕,犹如少女的腮颊。睡眼惺忪的我仿佛看到一颗颗哀艳的头颅,被不知道哪里吹过来的风拨弄着,轻轻摇摆。而她那干涸的眼窝一点点地湿润起来,犹如灯塔照亮了黑漆漆的海面。只在这样的时候,我可以看清她的眼瞳。那么美的眼瞳,没有人会相信它们看不见。

她将手指伸向它们,在它们光滑的额头上轻轻掠过。我是多么忌妒它们。她从未这样抚摸过我。从未。我掉头,快速跑回房间,躺在床上,闭上眼睛,抓过紫纱帷幕的一角,尽量温柔地擦去眼角渗出的眼泪。

我曾将她晒在院子中央的贝壳碰碎,被我弄碎的是一只月白色的枇杷螺,壳顶和外唇部有大块的缺损。

她体罚我,让我跪着,又命我将碎掉的贝壳重新粘好。初夏的烈日使我晕眩,膝盖的痛楚慢慢扩散,而我的手指被白色的黏胶粘住,和那只枇杷螺连在了一起。我终于昏厥过去,软软地倒在地上,释放了受刑的膝盖。

那时我十三岁,已经长得比春迟还高。

我醒来时发现,自己还在院子中央,手指上还粘着那枚贝壳。它像一只蓄满阳光的小钵,包藏其中的种子破土而生,粘在我的皮肤上迅速地生长。在这段失去知觉的时间里,它好像默默地与我的血液交换,融汇。我们长成了一棵相通的植物。我终于不再恨它。

我将贝壳粘好,缺口用碎石灰补上,再涂一层白亮的滑漆。我将贝壳放在桌上,站在那里不敢动。枇杷螺的壳顶已经修补好,打磨光滑,远远看去,很是明亮,像一座神气的小宝塔。春迟伸手摸到那只贝壳,抚弄着。

她忽然问我:"你不觉得贝壳很像人的耳廓吗?"

她轻轻抚摸着贝壳的螺脊,语气忽然变得和蔼起来。我受宠若惊,这是第一次她问询我的看法。

我点点头:"是很像。"

"你试过把贝壳放在嘴边,对着它说话吗?"

"没有。"

"你可以试试看,就像在一只耳朵跟前和它说悄悄话一样,它会回答你。"

我依着她的话,将嘴唇对准那只枇杷螺,压着声音对它说话。那贝壳皮被打磨得很薄,几近透明,声音涨在里面,激起了一个个旋涡。随后我就真的听见人的耳语,伴随海浪声,一层层追逐着的水花赶来回应我。掌心的那只贝壳就像一颗星球一般转了起来,我才知道,原来它装满了故事。我抬起头看春迟,欢喜地笑了。

春迟竟也笑了,嫣然一笑,从未有过。那笑容虽转瞬即逝,却被我永久地收藏起来。没有人可以想象那一刻我有多么感动,仿佛一生的幸福都在那一刹那倾倒在我的身上。再不可能更多,再也不会那样满足。

7

如果不是钟师傅,我永远都不会知道春迟的秘密。

从小到大,钟师傅几乎是我们家唯一的客人。他像一阵微雨,在一些静谧的夜晚,悄悄潜入院落。

他的工作是帮春迟打磨贝壳,将打磨好的贝壳交给春迟,又带走一箱新的。那些贝壳,有的里面还残存着未除净的肉体,若是不清除干净,贝壳很快就会腐烂。须用冷水先浸泡片刻,然后倒入一只硕大的铁锅中,用小火煮至沸腾;再用小刀和长针,趁热将腐肉从贝壳中取出,然后再将贝壳晾在能晒到太阳的地方自然风干。这还只是最简单的处理步骤。贝壳表面多半附生着珊瑚虫以及海藻,在漂洗时要用一把粗硬马鬃做的刷子清除,若是还有残留,就得用小钻一点点去刮。这样细致的工作需要足够的耐心和技艺,除了钟师傅,再不会有第二个人能够做。

钟师傅每月都会来,日子准确得像女人的月经。我知道他是个不寻常的工匠(若这算得上是一门技艺的话),有着锐利的目光,平薄的嘴唇,枯瘦如柴的手指。他身上充满了浓郁的咸腥味,像是刚从海里走出来。

钟师傅和春迟差不多年龄,生得眉目清秀,有些女相——很大年纪了也没有胡须和皱纹,脸面仍是很干净。他喜欢穿藏青色或墨绿色的软缎长袍,质地细腻,每个皱褶上都有花纹。我若是在街巷里看到他,一定会觉得他气宇不凡。然而在春迟面前,他却是一副低卑的模样。我听兰姨说(当然,她也只是听说),春迟的父亲先前是在朝廷里做大官的,地位之显赫出乎寻常人的想象。那时家中奴仆众多,许多人围着一个主子转,从头到脚,从晨起到黄昏。我猜钟师傅曾经是他们家的奴仆。若非如此,很难想象一个如他这般年龄的人,能有这样的耐心,不顾颜面,一味地忍耐春迟的坏脾气,为她做这样一件单调乏味的事。

钟师傅很喜欢我,虽然我们并不怎么说话。他每次看到我都很高兴。他每一次的喜悦都是那么隆重——拍拍我,用忽然变得沙哑的声音愉快地叫我:

"宵行,宵行。"

可惜的是,在那些年里,我错把他对我的热情看作因为太在意春迟而爱屋及乌的表现,所以对他始终不怎么友好。我躲开他的手,冷漠地告诉他,春迟在房间里,抑或是她已出海。对于我的冷落,他一点也不在意。有一次他还带了礼物给我,一簇曼陀罗花。

"插到瓶子里吧,就放在你的床头。说不定你会做不一样的梦。"他和蔼地对我说。

那花儿是大红色,吊钟一样,很香。我没有瓶子,就将花插在厅堂里的一只茶杯里。结果,春迟闻到花的香气,勃然大怒。她循着香味走过去,将茶杯摔在地上。

因为这件事,我着实记恨了钟师傅好一阵子。他一定知道春迟痛恨曼陀罗花,却仍将它送给我,害我惹春迟生气。

在过了那么多年后,那句"说不定你会做不一样的梦",我才真正听懂。

我曾真的尝试把插着曼陀罗花的瓶子放在床头,可是没有梦。

8

钟师傅来的时候,春迟从不肯让他进屋来。他始终站在院子里,像一只误闯进来的动物。

我听见钟师傅站在花墙下,孤独地咳嗽。

我还清晰地记得,某年夏天,雨大得几乎可以将人冲走。钟师傅来了。春迟在家,雨还在下着,她仍旧不让他进屋。他满脸满身都是雨水,我看不清他的脸,却好像至今仍清楚地记得他为难又依眷的表情。我目送他离去,见他冲进一片白茫茫的雨雾中,此前心中对他的怨恨顿时无影无踪。此刻,我对他只有深深的怜恤:他一定曾经是个干净而好看的人,如今他已不再年轻,甚至有了轻微的驼背,身上的墨绿色长衫贴在后脊上,像顶着一只斑驳的龟壳。

多年来,他背负的这份爱终于将他压弯了。

那次在他走后,春迟将自己关在房间里,好几日都不出来,好像受了重创,需要专心致志地疗伤。我黯然地靠在她的房门外,闭上眼睛聆听里面发出的每一丝动静。

春迟走出房门时,我靠在面朝那扇门的墙角睡着了。"宵行,宵行。"她把我叫醒,她只是唤了我的名字,可是在睁开双眼、从梦的深潭中浮出来的最后一刻,我还看到她朝我缓缓走过来,伸出手,轻轻拍了拍我的头。那么温柔,就像她抚摸那些贝壳。

我仰望着她,睡意立刻散尽。她瘦了,眼眶发乌,垂散下来的长发被她拢在左肩前,发丝上沾着雨水,(她一定是去过花园了,是因为留恋那个黯然离去的男子吗?)水珠滴滴答答地落下来。我舔了一下嘴唇,才意识到自己很口渴。

"去吃晚饭吧。"她声音再轻也是命令。

随后,春迟又走进她的房间。在她关上房门之前,我终于使自己发出声音:"有什么我能为你做的吗,能让你开心一点的事?"

我蹙着眉,努力做出成熟男人的样子,慢慢从地上爬起来,感到自己的骨节在生长,比竹子还要快。

"没有。"她摇摇头,想要关上房门。

"我愿意为你做任何事。"我听见自己的声音,它清脆得令我感动。大约是那背着龟壳的男人站在雨中的坚定又绝望的神情感动了我,我终于将这句贯穿我童年的话说了出来。这仿佛是我一生的使命。少年毕恭毕敬地站在他的女皇面前,他的忠诚与敬慕,一如将那颗因为她而忘记节律的心脏捧在手中,献上。

她站在那里,盲失的眼瞳里闪过几丝光亮,少年终于使她动容了。

然而她最终还是摇摇头,一只手慢慢摸索到木门的边沿,将它重又合上。她又回到了她密闭的贝蚌里。

9

有时候,会有一个小女孩陪钟师傅一起来。她是他的养女,名叫婳婳。她大约比我小一两岁,两腮鼓鼓的,剔透圆润,站在我家门口那棵高大的槐树下,像只不知从哪儿滚来的红苹果。也许在很早以前,她就陪钟师傅一起来,但从未迈进过我家院子。

每个月都会有一次,婳婳站在槐树下独自玩耍。这许多年,她从几岁大的小人儿出落成豆蔻年华的少女,下雨她跟着淋雨,曝晒她忍耐炙烤。她就像钟师傅那考究的软缎紫袍上挂着的一枚翠玉配饰,沉静地跟随着他,悄无声息地散发着光泽。

我永远记得,她带着仓皇与怯懦第一次出现在院子门口时的样子。那时我对她一无所知,只是看到她那么无助的眼神,惹人怜惜。

那一年婳婳十三岁,她有一只大波斯猫,长毛,雪白,叫声格外娇懒。她带着那只猫,在我家大门外等候钟师傅。

素来慵懒乖顺的大猫从她的怀里挣脱着跳到地上,飞快地闪进我家大门。一只石头水缸放在院子中央,春迟将一些贝壳和海螺放在里面浸泡。猫儿循着腥味儿跑进院子,围着水缸团团转。

婳婳焦灼地在门口等着,不停地向院子里张望。春日的风将门上的铁环吹得叮叮作响,惹人心痒。婳婳忽然感到一阵兴奋:终于有了一个冠冕堂皇的理由可以让她跨进这扇神秘的大门。

我想那应该不是我第一次见到婳婳。她住得离我家不远,又生得一副生动的模样,我肯定是见过她的。她很矮小,头才刚碰到门上铁环。脑后挽着一只软塌塌的云髻,没有任何发簪或者珠箍。

她大约已经很久没有说话了,嗓子沙哑。她看着我,小心翼翼地问:"我的猫,白色长毛的,你看见了吗?"

就这样,婳婳闯进了我家的院子。她走到石头水缸前就费了很多时间,因为院子里种满了夹竹桃、芍药等各种女孩子喜欢的漂亮花草,她被迷住了。当她看见石头水缸里浸着的各色各样的贝壳时,更是惊呆了。从淡紫色的红花宝螺,到橙色的星光玉螺,从浑圆剔透的海兔螺,到宝塔形的凤凰螺……石头泛出的冷光使水呈浅蓝色,将簇拥在缸底的贝壳镶进晶莹剔透的水晶宫殿里。高大的洋槐树上落下星星点点的槐花瓣,犹如白纱般笼在上面。石头水缸的外壁还有莲花童子的雕花图纹,婳婳的手指小心翼翼地从上面抚过,仿佛要将整个花案拓下来。

婳婳抱住她的猫,却没有马上走。她指着水缸问:"这些都是你的吗?"

"不,是我阿姨的。"我犹豫了一下才说。我几乎没有在外人面前提到过春迟,所以甚至不知道该如何称呼她。

"嗯。我常听爹爹提起她,却从来没见过。"婳婳轻轻点点头,"她一定长得很美吧?"

"当然。"我说。婳婳不再说话,她俯身趴在水缸沿上看那些贝壳。她很瘦小,几乎将半个身子探进了水缸,脸也凑到了水面跟前。

她看了一会儿,问我:"她用这些贝壳占卜吗?"

我大为吃惊,这小女孩的一句话,竟令人有豁然开朗的感觉。她的眼神坦诚而直接,对花粉有些过敏的鼻子一耸一耸的,我们之间的气氛骤然变得凝重。

我看着她,觉得她是神明派遣下来帮助我的精灵。

是的,占卜,春迟应当就是在用贝壳占卜。

我掩饰住自己的惊异,故作平静地点点头:

"嗯,她能知道以后的事。"

婳婳抚着她的大白猫,啧啧赞叹:

"真神气呀,那么她给你占卜过吗?你将来是什么样子的呢?"

"她当然给我占卜过,但这不能对你说。"我很干脆地回答,婳婳

点点头,表示理解。她轻声叹了口气,说:

"我也想让她为我占卜一下。我很想知道……很想知道将来的夫婿是什么样的。"她说完吐吐舌头,显得有些不好意思。

这是十三岁的婳婳心中最想知道,最为憧憬和期待的事。十来岁的女孩漫无目的地疯长,到了十四五岁的时候终于稍稍停歇下来,忽然看不见前路,于是开始厌恶自己,觉得自己变得很危险。于是开始盼望着嫁人,快些将自己交出去,从此也就高枕无忧。

她和我,在那个晚春的午后,守着一只装满神秘占卜物的水缸,说了初相识的一些话。被某种莫可名状的情绪牵系着,我们都感到有一点忧伤。只待多年后,我和婳婳才参悟了这犹如槐花徐徐落满整个院子般的情绪:两个盲目的旅人在一个岔路口相遇,他们茫然地看着彼此。唯一可以确定的是,接下来他们将走同一条路。

殊途同归。不错,就是这样。而我始终没有问过多年后已成为我妻子的婳婳,当年那件她最想占卜的事,在谜底揭晓后她可有失望过。也许早在当年,她俯身向那只水缸望着水底正反不一、自有一番排序的贝壳时就已经猜到了谜底。

10

那么多年以来,婳婳是我生活中的唯一闯入者。

我们家没有亲戚,没有朋友,不与任何人往来。哪怕过年,家里也是一样的清冷。小时候我还有些不甘于这样寂寥的新年,总会在除夕夜偷偷跑出去看别人家放鞭炮。

那些红脸蛋的孩子高举彩炮筒,在雪地里奔跑。当烟花筒被点燃的那一瞬间,大家都安静下来。菊花状的焰火在头顶绽放,化作千丝万缕的亮线,缓缓地坠落,那些孩子像关在五彩笼子里的金丝雀,既欢喜又害怕地扑腾着翅膀。我喜欢他们有点慌乱的样子,那会使他们看起来可亲一点,不像平日里那么骄傲。我是唯一两手空空的孩子,站在一个落满雪花的角落里,我以为他们不会看见我,所以小声和自己说话,笑得也很放肆。多年后妲妲告诉我,她在除夕夜看见过我,我穿得很干净,远远地站着,看样子是个不屑于亲手点燃鞭炮的少爷,但焰火飞上夜空时我又很欢快地笑了,还咕咕哝哝地一个人在那儿说话。

出来看焰火的事是不能让春迟知道的。在我们之间似乎存在着一些心照不宣的规矩:她一定希望我像她一样薄情寡欲,对于别人的热闹毫不动心,她一定也不希望看到我有什么亲昵的朋友,朋友无非是要分享和互相帮助的,那无疑会破坏一个人的独立性。她要我做个完全独立的人——我猜她比较喜欢那个走失后一个人艰难地找回家来的我,身上充满了野草般旺盛的生命力。

当我不知不觉和妲妲成为朋友时,我觉得自己做了件很对不起春迟的事,内心总是惴惴不安的。春迟对于我,是一个裹得太紧的谜,在兰姨离开后再也没有人陪我解这个谜,而妲妲能。

妲妲那时的样子并不很美,但很生动,笑起来眼睛弯弯的,唇角压得很深,会好看许多。一个女子,若她笑时要比寻常时美,则说明她还不够成熟和完备,要靠外力为自己增添魅力。而春迟是完备的女子,不论悲喜哀愁,都是一样动人。

几年后,婳婳再度出现,已经出落得亭亭玉立,脸上再没有少女时的青涩与不协调。后来她对我说,一个女孩,若是心中有了一个牵挂的爱人,就会越长越美。若她所说的是对的,那么春迟的心中该有一个多么强大的爱人呢……等待令她变美,再渐渐枯萎。

11

那次之后,钟师傅再来的时候,婳婳便不再安分地在门口苦等。她小心翼翼地迈进我家院子,仔细地看着那些珍奇的花草以及水缸里的贝壳。每次我看到钟师傅来,便默默走到院子里。我一定能在那儿找到婳婳,她犹如被招引来的小蝴蝶,正伏在某棵花草上贪婪地吸吮令人迷醉的花蜜。又或者,她撸起袖子,露出雪白的手臂,伸入水缸中的清水里,缓缓伸向那些沉睡着的贝壳。她轻轻地拨弄它们,水波摩挲着贝壳,贝壳们轻轻地碰撞着彼此,发出哗啦哗啦的声响。我和婳婳不约而同地闭上眼睛聆听,仿佛真的有来自另一个世界的声音,低沉的,沙哑的,用预言的口吻。

也许原本并没有什么,可是在我和婳婳一起闭上眼睛、又同时睁开的默契下,一切都被蒙上了诡秘的色彩。她睁开眼睛,轻轻问我:

"你听见了什么?"

我只是摇摇头,微笑不语,那副天机不可泄露的神秘模样,总能将婳婳弄得阵阵心痒。她也不再问我,只是噘起嘴巴,继续去看那水中的贝壳。

我的内心远没有外表看上去那样平静。每次看到婳婳,与她站在石头水缸前默默地听一段贝壳和水合奏的音乐,这就好像一个仪式,每月一次的仪式。

婳婳总会避着春迟,若是春迟在堂屋里,或是通向院子的屋门敞开着,我就走到院子里,向门外的婳婳做个手势,她便不再走进院子。

所以,婳婳始终没有见过春迟。我想她一定盼望着能与春迟见一面。那个精通园艺和占卜的春迟,已经被她想象成一个不染凡尘的仙女了。

某年岁末的下雪天,婳婳在大门外等我。她看似漫不经心,也没有什么非要说不可的事,可内心还在期盼我出门来,看见她。可那时,我却坐在暖烘烘的房间里,用清冽的泉水沏好龙井,等春迟来喝。

我坐在八仙桌前守着一壶热腾腾的龙井,这在惊蛰时采下的新茶香气袅袅,闻得久了令人晕眩。婳婳坐在门前的一截木桩上瑟瑟发抖,她一边跺脚,一边小声唱歌。在双手冻僵之前,她捡起小树枝在雪地里写下我的名字——后来我在那片雪地里看到了她的字。

屋里屋外,我们都在等待。

一直到天黑,春迟也没有出过房间。我终于放弃,一个人心灰意冷地饮茶。茶冷了就越发涩苦,如垂死的病人般弥散着朽败的气息。我以为自己是世界上最失意的人,却不知门外还有个小姑娘正拖着冻伤的双脚往家走,雪花拂落在肩头,也许是那个冬天里唯一给过她安慰的手。

12

夏天,热闹的蝉声里交杂着婳婳的哭声,她站在门外大声呼喊我的名字,门口那棵槐树震落下许多花瓣。待到我跑出去的时候,只看到她疲惫地倚靠在树下,身上已被白花覆满。

婳婳说,她爹爹连夜工作,染了风寒。这些年来,他身体一直不好,积劳成疾,这次的风寒终于没能顶过去。

春迟不在。我跟着婳婳赶去她家,探望奄奄一息的钟师傅。我忽然感到,钟师傅很重要,他是一扇通向春迟的门,此刻正在慢慢关闭。我拼命地跑,而婳婳比我跑得更快,她的速度令人震撼,像一匹奔向太阳的九色鹿。她带着我,逆着光芒,向那扇正在合拢的门跑过去。

当婳婳推开钟师傅的房门,引我进去的时候,我小声对她说:

"谢谢。"

说这两个字的时候,我望着她的眼睛,很真挚。

钟师傅的房间极其简朴,只有一张宽大的桌案,以及最里面他睡着的那张榻。桌案上的油灯长明,灯下放着的是我熟悉的贝壳。

我走到床边,俯下身子看着他。他看起来仍是那样干净,疾病也无法令他变得浑浊。现在的他,只留怀念与感恩,很松弛,像就要化作雨露的云。

钟师傅睁开眼睛,看见来的人是我而不是春迟,多少有些失望。但那失望也只是一瞬,他用低哑的声音欢喜地唤我:

"宵行,宵行。"

他忽然抓住我的手。那是非常有力的一握,也许是他所剩的全部力气。

他对我说:"你要照顾好她。她一直很孤单,只有你。"

这本是一句寻常的叮嘱,我应了他便是。但正因为我太想照顾好她,所以宁愿使这将死的人不安宁也仍要说:"她不需要我。她一点也不需要我。"

"那是因为你不知道她需要什么。"钟师傅说,他那略带责备的语气里充满疼惜,"你想让她需要你吗?你愿意为她去寻找她需要的东西吗?"

不错,我从不知道春迟需要什么。她看起来什么也不需要,她的一生好像已经结束了,如今留在世上的只是一个置身事外的躯壳。

"我愿意。"我坚定地说。

"过来,我告诉你。"钟师傅轻轻对我说。

我侧坐在床边,将耳朵附在他柔软的下巴上。

"你可知春迟为何要收集贝壳,又拿那些贝壳做什么?"

"是用它们占卜吗?"我想起婳婳的话,问。

钟师傅摇摇头:

"不,不是的。春迟从来不想知道将来的事,她只是在意过去发生的事。"

"我不懂。"我的心跳得飞快——越来越靠近春迟的秘密了。

"春迟一直都在寻找对她来说最重要的东西。"钟师傅说。

"是……是什么呢?"

"婳婳,你出去看看寿材店的师傅来了没有,让我和宵行哥哥说说话儿。"钟师傅忽然对门口说。我才看见婳婳一直站在门外,探进半个头来。

婳婳嘟嘟嘴,消失在门口。但我知道她没有走远。对春迟,她充满好奇,绝不会错过听故事的好机会。

况且是这样曲折的一个故事。中间有几次,钟师傅忽然停顿下来,眉间放宽,我几乎以为他死去了。正在不知所措的时候,他又开口,继续讲他的故事。后半夜,他已经喘不过气来,每句话都说得很吃力。我让他把头靠在我的肩膀上,他慢慢地像是睡着了,但蓦地又会开口说一句。

一个人若要将对人间的一簇簇留恋都熄灭,是多么难。

那一夜,我感到他的身体渐渐变冷,变僵硬,身后的驼背变得平直起来——我知道他终于将一切放下,从未有过这样的舒展。黎明时我轻轻将他摆放在床上。在我带上房门离开的时候,又回头最后看了他一眼,那具枯瘦的身体像大火过后灰烬里的一截木头。

我吞噬了他的故事,携带着新的意志继续生长,不动声色。

我走出门的时候,婳婳在门外惊恐地看着我。现在,她是一个孤女了。可怜的孤女,只在最后一刻才被钟师傅轻描淡写地提起:"你把婳婳带走吧,做你的侍妾也好,做你的奴婢也好——她再没有别的亲人了。"语气仿佛是在交代一把门外的旧雨伞。

我点点头。这是我们说到的唯一一句有关婳婳的话。雨伞就这样很轻易地换了主人。

婳婳一定听到了他的话,她再看到我的时候,眼神变得谦卑而恭顺。

13

依照钟师傅的吩咐,我在他最内层的衣衫里找到了那只烫金、雕着喜鹊梅花图案的木器。我将盒中之物取出,归其原位。而那只盒子,钟师傅下葬的时候我将它放在他的旁边,一并埋了。

等到办完丧事,我将钟师傅为春迟打磨好的最后一袋贝壳带上,对婳婳说:"我们走吧。"

她点点头,温顺地跟在我的身后。我们忽然生疏了许多。此后,我才逐渐觉察到婳婳在钟师傅死去后的变化。她的少女时代从钟师傅死去的一刻起就已结束。那个会发出爽朗笑声的女孩再也回不来了。

我让女佣整理出一间客房给婳婳。可是婳婳坚持不住那里,硬是要和女佣挤在那间用人房里。她的谦卑显得很生硬,一点也不自然,仿佛是在怄气。我只得由着她。

次日早上见到我,她向我请安,唤我"少爷"。我想留她坐下。然而她看也不看我,只说还有许多事要做,便快步走出门去。

从此以后,婳婳就成了我的婢女,正如她希望的那样。她主动负责起我的起居生活,洗衣,做饭,打扫房间。虽然做得不好,却很卖力。但这些始终无法使我们亲近起来。她总是躲着我,与我说话的时候,她看也不看我,总是找个借口很快离开。我终于被她这种态度激怒了,无论她做什么都要挑剔一番:没有及时换床单,茶泡得太酽,汤的味道太淡……本以为,总有一个时刻,婳婳忍无可忍,会与我大吵起来。可是无论我如何刁难,她都面无表情,毫不动怒。

直到后来看到婳婳躲进灶房里偷偷落泪时,我才感到一阵心绞。一切都随她吧,也许只有在这样的角色里她才觉得安全。

我也没有太多时间去关心婳婳的喜忧。我要赶在春迟回来之前,将钟师傅没有清洗打磨完的贝壳弄好。临终前,他只是简略地对我说了一遍料理贝壳的方法,现在我需要依照他说的去做,一遍又一遍地练习。

若我可以完全代替钟师傅,那么我就会变成春迟最需要的人。

天气清爽的早晨,我坐在庭院里的石桌前,将洗净的贝壳散在桌上。我从工具袋中拿出那把已经被我用旧的长柄刻刀,摸起一只沉甸甸的贝壳,开始打磨。要将贝壳上所有附着的杂质去掉,但又不能伤害壳面上一丝一毫的花纹。这需要很细致的刀法。有些种类的贝壳,比如鹑螺和红螺,壳质脆薄,一不小心就会将完整的壳面划伤,那么无论这枚贝壳是多么罕见,都会被春迟遗弃——钟师傅曾谆谆叮嘱过我。我记得他说过的每一个字,迟早,我会做得和他一样好。

有时婳婳从我身前走过,用一种奇怪的眼神看着我。她也许觉得我伏案小心翼翼打磨的场景有些熟悉,在我熬出一道道血丝的眼睛里她看到了另一个人的影子。

她一言不发,看我在黯淡的灯光下渐渐长成一个故人的模样。多么亲切的轮廓。在我工作的时候,婳婳只是静静地守在一旁,偶尔走上前来,把渐暗的灯芯拨亮。

在这座房子里,不知不觉,每个人都会变成一道密实的屏风。

14

终于盼到了春迟回来。

春迟很快发现家里多了一个女孩。婳婳上前为春迟敬茶,怔怔地盯着她看个没完。她的眼睛那么亮,怎么会是个盲人呢?婳婳一定在这样想,所以她伸出手,在春迟的面前晃了晃。

春迟敏锐至极,婳婳这个微小的动作无法逃过她。

她本就非常厌恶陌生人出现在家里,更何况这人还对她如此不敬。她重重地推开婳婳递到眼前的茶杯。热水溅到婳婳身上,她不禁叫出声来。在这座房子里,还从未有过谁发出这样尖利的声音。叫喊、痛哭和欢笑在这里都是禁忌,婳婳也许此刻才嗅出这里宛若坟墓的气息。春迟喊女佣过来,将婳婳赶了出去。

那一天,婳婳躲在院子里的花丛中瑟瑟发抖,我找到她时,她恳求我不要把她赶走。因为恐惧,她才显露出一丝对我的依赖。可是我却无能为力,不能因为她再惹春迟生气。我只好暂时让婳婳在院子里躲一躲。

那一夜,婳婳孤单地被藏在院子里。半夜我出来看时,只见她伏在我们第一次见面的那个石头水缸旁边,哀伤地睡了过去。

对她,我一直有亏欠,永远也还不清。但成年后,我常很冷酷地想,世界本就是如此的,每个人都有他的亏欠,也一定有他的倾囊所出。像一条锁链般一环环紧咬,直至首尾相连,这个世界便是公平的了。

次日早晨,春迟从房间里出来,便问我要钟师傅送来的贝壳。我把麻袋解开,贝壳就在里面。春迟伸进手去抚摸两下,满足地接了过去。

她回到房间,关上了门。这是我最激动与忐忑的时刻:春迟是否会察觉这些贝壳与往常的不同？我等候在门口,静听里面的每一丝声音。钟师傅说,在最安静的时候,春迟的手指抚过贝壳,会奏出一串悦耳的音符。我从前也常听到,还以为那是幻觉.而这一次站在门口仔细地听,果然听到里面有细小的乐声,断断续续——它们第一次变得真实起来。

忽然春迟推门走出来。她感觉到我在门口,就对我说：

"去把钟师傅叫来,我有话要对他说。"她看起来很生气。

"他不能来了。一个月前,他已经病逝。"我平静地说。

春迟怔住了,身体轻微地震了一下。

过了很久,她才说：

"你去见了他最后一面？"

"是的。我见到他了。"

"他和你说了什么？"她警觉地问。

"没有什么。他只是教给我如何洗涤、打磨贝壳。这样,以后我便可以代替他,做这些工作。"我撒了谎,我知道钟师傅不希望春迟因为这件事情记怨他。

"那么说,这些贝壳是你打磨的？"春迟不再寻究钟师傅到底告诉了我什么,注意力重新回到贝壳上。

"唔……是的,我知道我做得不好,可是我在很刻苦地练习,一定会越来越好的。"

春迟沉默片刻,说："我累了。先回房间去了。"

钟师傅的死,仿佛抽走了她的全部气力。

"还有一件事……昨日你见到的那个女孩儿,是钟师傅托付给我的,可不可以让她留下来?"

春迟点点头,转身离开。

后来,开始下雨。这个炎热的夏天缺少雨水,钟师傅死去的那日,天空非常阴沉,却始终没有落雨。出奇地憋闷,仿佛一切都在静候。也许一直等到春迟回来,死者才放心地走远,雨水接踵而至。

我在屋外的长廊里找到春迟。她搬了把椅子坐在房檐下看雨。雨水劲猛地越过屋檐,淋湿她身上菊花图案的绢丝长袍。我走近她,她听见我的脚步,身子微微动了一下。她苍白、无助,细瘦得犹如一枝被雨水打落的梨花。

我的眼眶里忽然涌出了眼泪。

我很想走过去与她说话,帮她撩起浸湿的裙裾。但我却没有这样做,而是掉头走了。我要以男人的方式爱她,是的,我可以做到,现在我知道她要的是什么。

在院子的角落里,有一双寒冷的眼睛正充满哀怨地望着我。纵然是隔着大片的雨雾,我也能感觉到一丝丝凉意。等到春迟回房后,我才又到后院,在草丛深处找到婳婳。她被一团雨水包着。我想要扶她起来,可是她却推开了我。

我告诉她,春迟允许她留下来了。她没有表现出一丝欢喜。只是又像平常那样,走去灶房继续她的工作。从这时起,她的心中便对春迟怀有记怨。她像积攒嫁妆一样,将这份记怨一点点积攒起来,同时又不得不以最谦卑的姿态,与春迟生活在同一屋檐下。

春迟是天下最敏感的女人,即便看不见,她亦能觉察到眼前这个女孩对自己的敌意。

就这样,我夹在两个对峙的女人中间,度过了青春的最后一段时日。

15

此后的几年里,嬷嬷慢慢发现,我变得和春迟越来越像:对贝壳的痴迷,对旁物的忽视,对人的冷漠。

我开始把自己关在密闭的房间里,封好窗户,不让一丝光线进来。我拿起一枚打磨好的贝壳,闭上眼睛,慢慢抚摸。这是一种阅读,只在最安静的时候才可以进行。

起初我练了很久,都无法做到心无杂念、全神贯注。屋外发出的一丝动静都会把我牵走。我总在想,是春迟从房间里走出来了吗?她莫不是又要远行了吧……

但是时间久了,我的心也慢慢静了下来。屋外的声音再也进不来了,不知不觉,我已经独在一片万籁俱寂里。贝壳里真的另有一番洞天,第一次听到短促的乐符从贝壳与手指之间跳出来时,我高兴地喊出声来。同一时刻,从屋檐下走过的嬷嬷也许正停下脚步,侧耳倾听。她会了解我的快活吗?如果不是因为我们之间已经如此隔膜,真想和她分享此刻的喜悦。

这五年里,春迟依然没有在贝壳里找到她的秘密。她出海更频繁,海上的歌舞生活迅速侵蚀着她的身体,她再也无法抵御,终于开始衰老。

在又一次出海归来的时候,春迟病倒了。那段时间她都住在家里,每日躺在病榻上,小声地唱歌;日出日落,贝壳还捏在她的手中,从没有松开过。此前我并没有听到过她唱歌,虽然一直都知道她是个出色的歌女。春迟的歌声的确令人沉醉。有时我和婳婳在外面忙着自己的事,听到她的歌声,不禁都停下来,站在那里静静聆听。歌声很熟悉,我好像在哪儿听过。也许是我还在襁褓里的时候,春迟曾抱着我哼唱;或者更早,这音乐仿佛前世我就听闻过了。

我越听越伤悲,心中隐隐感到,与春迟的分离就在眼前。小时候我总害怕她出海远行,然而现在她不走了,我才知道,比分离更可怕的是衰老。

婳婳一定看到了我眼中闪过的泪光。她鄙夷地笑了一下,为我的脆弱。我非常痛恨她的这副表情,她是根本无法听懂春迟歌声的人。

用人将摆放贝壳的木桌抬到春迟的床边,但因为连日受风寒的折磨,她的身体极为虚弱,手指放在贝壳上,却无法停止颤抖——一直摩挲到手指灼烫,也只是发出几句匆促的声响。

我知道,她很焦急,总觉得剩下的时间越来越少——她的脾气越来越糟,那些用过的贝壳被她随意丢弃在地上。

她带回来的贝壳很快就要被用完,她要找的东西却不在它们当中。春迟又想出海,随船队打捞贝壳。她的身体已经非常虚弱,从郎中那里抓来的药吃了一服又一服,可是似乎毫无起色。

终于到了这个时刻,我需要肩负起照顾这个家的责任。多年来,这个家的全部开销都是春迟从船上唱歌赚来的。春迟只是积攒贝壳,从不积攒金钱。所有的钱都用在我和这个家上了,而现在,她不能再去海上卖唱,这个家将如何支撑下去呢?

我有多么没用。也正是在这时,我才发现,一直以来春迟对我是多么娇惯。她从未要求过我什么,只是放任我成长,哪怕我碌碌无为、一事无成,她也会一直养着我,纵容我长成一个软弱的公子哥儿。

我一路成长,唯一的事业便是迷恋和追随春迟。这大概就是所说的业报吧。

16

春迟并没有阻止我出海,她已没有别的办法。贝壳就像一味她赖以生存的毒药,如今的她离开了贝壳根本无法活下去。她忽然变得很柔弱,像个温软的小姑娘。这一刻的感觉是美好的,因为她终于完全依赖于我。她将一切交托到我的手中。

长谈之后,我们变得沉重起来,很久都没有说话。

她动了动。我觉察到了——

"你冷吗?我去打热水来,给你暖脚。"

鲜红的脚底在水中摇曳,触目惊心。我把手指覆没在水中,它们变得犹如水草一般快活,迅速地缠绕在她的脚上。这一次她的脚很凉,仿佛有个风口在,身体里的热气都由此流光了。我用手掌紧紧按住脚底,希望能将自己身体里的热量传递给她。

我擦干她的双脚,抬起头望着她。她看不见我,不知道我的眼神有多么纯澈,还是多年前那个匍匐在她的脚下、一心只盼望她多给些怜爱的小男孩。

我轻轻对她说:"你可以等,是吗?我一定会将你要的东西带回来。"

我在门外看到了婳婳。她大概感觉到屋子里面萦绕着别样的气息,神情紧张,却仍不敢与我对望。她又开始躲我,想快些离开,我却喊住了她。她停在那里。我放下木桶,朝她走过去。其实很久以来,我们总在一种奇怪而紧张的气氛中,我甚至没有仔细地看过她。她已是个大姑娘了,在我家的这几年她长高了不少,身材变得颀长,不似小时候那样圆润。大约因为总是低着头,含着胸,她的身体已经站不直,有一点轻微的驼背。她的周身都散发着一种忧愁的气息。这不难理解,在我们这座房子里待久了的人都是如此。我只是觉得惋惜,那个抱着大白猫站在石头水缸前探索贝壳秘密的少女已经死去。她的活泼和纯真都被扼死在这座房子里。

"我要出海去了。"我说。

她紧咬的嘴唇轻轻动了一下。

"我走后,你要照顾好春迟小姐,知道吗?"我知道她并不乐意听到这样的叮嘱。

她终于鼓起勇气抬起头看我,说:"我想最后再为你洗一次脚。"

檀香迂回的房间。木桶。温暖四溢的水。她捧着我的双脚,很轻柔地将水撩拨到我的脚上。我只是感到脚底越来越轻,好像被大朵云彩托住了。这个夜晚如此安逸,我忽然觉得内心疲惫,也许是对出远门怀有几分恐慌。我仰起头,靠在椅背上闭目休息,微小而温暖的水滴爬上了我的脚背。云化了,变作雨滴。我缓缓睁开眼睛,看见她在流泪,把头轻轻靠在了我的膝上。

"把我也带走吧。"她小声说。

我摇摇头,把她拉过来,抚弄她的头发。我的手指自从开始阅读贝壳以后变得越来越灵敏。掠过女孩的发丝,我感觉到手指上擦出欲望的火光,像一串萤火虫,从沉寂的草丛深处忽然飞起来。那种不安分的光亮令人不由自主伸出手,想要抓住它。

她终于扑在我的怀里,大声地哭起来。她仰起头,泣不成声地说:

"我知道你心里是对我好的,是不是?"

我惆怅地看着她。是不是?我问自己,却无法作答。

"这就足够了。我感到很幸福。"她喃喃地说。

婳婳闭着眼睛躺在我怀里,唇边露出一丝微笑。她在幸福里,她说。幸福?幸福就是在我生命里一直缺席的那位仙人,我与他素未谋面,所以无法体会婳婳此刻的感受。可是他一直在诱惑我,崇爱春迟,寻找贝壳,他使我相信这是一条不断接近幸福的道路——然而却只是接近,从未触到。

我如此贫寒而婳婳如此丰饶。她像画卷一般展开,神秘的仙境出现在我的眼前,若隐若现。我迟疑着走进去,不知道招引我的是婳婳还是她身上氤氲着的幸福。

坦白说,我虽然已经成人,却从未出过远门,也没有想过养家糊口这些事。忽然落在身上的重担令我很茫然。但这些又能对谁说呢?我像困兽一般寻找出口,在这个时候,婳婳向我张开双臂。

我一头扎入她平薄的身体里索求温暖,以便攒足勇气明天上路。一直以来,我对女孩的身体几乎没有什么渴望,我真的做到了令自己像一个信徒那样,心无旁骛地走在朝圣的路上。

但她是滚烫的,有我所需要的温暖。从小到大,我都活得那么寂冷,这时终于还是无法忍受了。哪怕是在我们最靠近的时刻,她也显得非常隐约,就像那种颜色非常浅的牵牛花,香气也是淡淡的。我用力抓住她,生怕一从她的身上离开就会将这一切忘记。

她被弄疼了,流出一点眼泪来,但很快就自己止住了,仍是那么紧紧地抱着我。她做得很好,给了我最大的快乐和抚慰。在分开的一刹那,我分明地感觉到自己对她身体的不舍。

她太累了,在我的怀里睡着了。我轻轻地将她的身体擦干净,那种珍视,就如对待贝壳一样。

次日她没有送我走。

后来回想起来,那的确是个奇怪的夜晚。一切都因为我将要远行而变得温柔和颤抖。仿佛有一只手,慢慢地揉着心头的伤口,疼痛犹如花瓣般被吹散开来。这里的一草一木、每一枚贝壳,我都是多么留恋。所以注定要发生一些什么,以此来证明我的留恋。

17

我在那年八月坐船离开,沿着春迟当年远渡的线路,向着未知又熟悉的南方驶去。

那是我的第一次远行,与当年的春迟相仿年龄。

那次海上旅行令我格外兴奋,我在每一片海水里寻找春迟的气息,在迎面开来的船上我仿佛看到了她。

二十二岁那年,春迟乘船离开了潋滟岛。船穿越印度洋,沿着大陆的最东端一直驶向渤海湾。漫漫旅途中,她一定曾趴在船桅上轻声哭泣,有人看到她抱着小小的婴儿唱马来语的摇篮曲,她还兴致勃勃地摸出纸牌为大家算命;她的眼睛里总是溢满星辰般的光芒,没有人愿意相信她是一个盲眼女孩。后来,她终于累了,躺在最后一排的座椅上,不分昼夜地睡过去,路途中遇到暴风雨也不知道。

那是一次漫长的旅行,长得仿佛将所有的记忆都如盐粒般倾倒在甲板上,再被烈日逐一曝干。

多年后,我第一次走入春迟的记忆,海螺般旋转的地下宫殿。被幽禁在这里的往事,她的,别人的,犹如饥饿的鬼魂,一闻到人的气息,就全部扑拥过来。看似狰狞的面目之下,其实是一些落寞的无人问津的心灵。

有人说,记忆希望与人亲近,它们本就寄生在人身上,每一次回忆和凭吊都将为它们提供养料,滋育它们生长。如果记忆不幸与人分离,其中的水分就会一点点流失,直到最后,化作一些干巴巴的粉末,消殒在空气里。只有那些侥幸落在大海里的记忆,躲进贝壳深处,才免于被风干。它们莹润、鲜活,却因为与人隔绝而忍受着孤独的折磨,不知要在黑暗的壳穴里等待多久,才能再见天日,与人亲近。

当这个瘦弱的女人用柔软的手指打开贝壳呼唤记忆的时候,它们被惊醒了,循着女人的体温飞过去,栖落在她的身上。

像篝火节日那样热闹,记忆是一支支点燃的火把,是齐聚在她周围跳舞的小鬼。那么灼亮的火焰,春迟被深深吸引。为此,她愿意放弃自己的视觉,以表现对记忆的忠诚。

而现在,我坐在春迟的记忆里,等那些往事漫过来,将我掩埋。

它们比蜂群还快,比火山更烫——大概是终于遇到一具崭新的肉体的缘故。

我将它们一只只收在袖子里。它们吸吮我,蚂蟥一般。我平静地坐着,等到血液相融,这些记忆就属于我了。

没有害怕,只是甘愿。

投梭记

你可知今日犹如昨日,
明朝也是如今。

——《鲁拜集》

上阕

1

三月的某天,一个男人来到潋滟岛的难民营,带走了春迟。

那天他在窗外看了她很久,后来雨越下越大,他那团蓬松的络腮胡子像昆虫标本一样黏在了脸上。他走到房檐下轻轻地敲窗户,春迟倏地站起来,跑去给他开门。男人跨进门来的那一刻,春迟看见世界就像一只正在开启的八音盒。

她知道,此前已经有好几日,男人都在暗处悄悄注视着自己。有时夜晚她看见他的影子，硬邦邦的，像混杂在湿软的热带棕榈林中的一棵冷杉。她从未看清他的样子，他的胡须太浓重，覆了大半个脸，眼睛像潦草的月亮，躲在云霭中若隐若现。不知道为什么，她一点都不觉得害怕。她觉得他的眼神中有些湿漉漉的东西，像一种温暖的召唤。

她猜想他一定认识自己，也许他就是自己从前的爱人。可是，一场海啸令她忘记了所有从前的事，她甚至不记得自己是谁。有一次，在院子里，他靠近她，伸出大手抓住她的手腕。她非常惊慌，打翻了院子里的一只木桶，脏水溅得他满身都是，然后她狼狈地跑开了。

她猜想，他伤透了心：爱人与他面对面却一脸漠然，好似面对陌生人，还受惊般地躲闪他，远远地跑开了——这该是一种怎样的痛苦！但他是个执着的男人，又或者他们之前的情谊太深了，总之，他并未放弃她。但他不再试图靠近，只是躲在暗处，远远地看着她。

自失去记忆后，春迟就像在永无止境的隆冬里长眠。直到这个男人出现，砸碎了冰窟，将她唤醒。他的眼神提醒了她，使她意识到自己还是个年轻女子。她的脸颊犹如被春风吹开的桃花，是绯红的。她奇怪为何周围的人都没有察觉她变美了。

她开始喜欢到山下散步，走得越远越好，一个人。这样，她就可以感到他的存在。他在她身后约十来步的位置，脚步声清晰可辨。他的脚力很好，走很远仍没有半点散漫。她走在前面，已经气喘吁吁，内心却欢快不已。在春迟的记忆里，那段山路很长很长，有稠密的树荫和鸟叫，好像从未有任何人走过，除了他们两个。四下一片静谧，忽然砰的一声响——一只硕大的椰子从他们之间的树上砸下来，滚落到他的脚前。她不敢回头,担心一回头他就会躲起来。她只能当他不存在。没有人看到他陪她一次次走过这段路,也许只有从树上落下来、在地上滚得甚欢快的椰子见证了他们一道走过的这段路。

在某个乌云密布的下午,春迟忽然感觉不到男人的脚步了。她自己走到海边,又往回走,却没有那个跟随她的脚步声。她很惶恐,四处一片空旷。难民营所在的山坡,下雨之前,总有许多乌鸦从头顶掠过,悲戚的叫声令人万念俱灰。他终于放弃了她,结束了这个温馨的游戏。

路上,春迟经过一个湖。她俯下身子看自己的倒影,忽然觉得自己一点都没有变,还是那副冻僵的样子,几乎无法分辨性别,那么丑陋。她开始怀疑一切都只是幻觉,可能从来没有过男人的目光和脚步声,从来没有过春天到来的迹象——是她太想离开这里了,自己捏造出一个人,默默地看着自己,像她的守护神一样。

忽然听到背后有人吃吃地笑——笑声连绵不断,宛若蚕丝喷涌,纠缠不竭。春迟没有回头,已经猜出,是疯婆婆来了。回头去看,那银发老妇果然弓身站着,笑嘻嘻地看着她。

这疯婆婆很是神奇,她疯癫已久,孤苦伶仃,没有人知道这么多年她是怎样活下来的。她行踪难测,不定在哪里,就会偶然撞见她一次。大约就是海啸之后,人们纷纷传说,见到疯婆婆是不祥的征兆,会有不好的事发生。春迟倒不厌烦她,因她人虽疯癫却并不邋遢,疯癫之后安静下来,神情哀凉矜傲,倒似中国大户人家走出来的千金小姐。春迟先前也只在与旁人同行时看到她两三次,从未像现在这样,单独，面对面。

春迟满腹委屈，见到疯婆婆，想起人们说她不祥，又想到陌生男子果真消失不见，心中顿生怨气。她对着疯婆婆喊叫了几句，站起身来，挥手驱赶她走。疯婆婆连连退后几步，踮着她的小脚疾走而去。周围忽然寂静得可怕。那疯癫婆婆的笑声仿佛还在，犹如桫椤树的枝条，打着旋儿在空中飘飞。没有一个人。春迟仓皇地奔跑起来。

她跑回住所。女人们正围坐在院子中央吃晚饭，热腾腾的鱼露散发出刺鼻的腥味。整个院子里充斥着女人们心满意足的咀嚼声，她们像一些凶猛的鸟禽，不断扑腾翅膀，却怎么也飞不起来。但晚饭时间可以算是她们最温柔的一段时间。在一个女人众多的地方，至少不会感到孤单。春迟听到她的女伴淙淙在唤她，就走过去，在她的旁边坐下来。淙淙总是喜欢和那几个妖娆的女人坐在一起，听她们讲从前风光的时候与男人周旋的故事。

春迟咽了一口用鱼露和蔬菜熬制的辣汤，抬起头看了一眼对面坐的女人。她正在眉飞色舞地讲从前在船上见过太监的故事。春迟注意到她的左脸上有一块没有涂匀的胭脂膏，在泛着油光的皮肤表面一闪一闪的。虽然几乎没有艳遇的机会，但她仍坚持化妆；她的胭脂膏大概是被水淹过，成了一盒红泥浆。

春迟看着那块胭脂，一阵难过。她猜这胭脂一定是女人的情人送她的，所以才会如此艳丽，简直是以一种骄傲的姿态贴在她的脸上。春迟想起，某次一个妓女讲到，嫖客将她脸上的胭脂舔掉，湿漉漉的舌头一点点滚过皮肤……她想着那个情景，脸倏地变红了。

春迟原本就不好的心情被这块胭脂弄得更糟了。

她没有吃完饭,借口身体不适,起身离开。外面已经下雨了。她跑着穿过长廊,回到卧室。这个时间卧室是没有人的,很安静,只有雨水漏进来的声音。春迟关上门,扑向那张属于她的床。

世界何其广阔,却只有这张床是完全属于她的。她伏在泛着潮气的被褥上,哭起来。

她要在女人们吃完晚餐前哭完。

春迟觉得自己陷落在一个无边的沟壑里。这些与她日日相伴的女人大多是先前在船上卖艺讨生活的歌女。她们也没有什么不好,只是生活极为慵懒和随意,弥散着一种糜烂的气息。这些歌女等待着从中国来的船,那时她们就可以回到船上去,继续从前那种歌舞升平的生活。没有奢华的船,没有与她们打情骂俏的男人,没有酒,没有纵情的歌舞,她们就像被潮水推上岸边的鱼一样,连呼吸的力气都没有了。

而眼下她陷落其中,看不出与她们有什么不同,甚至更加可怜。那些歌女至少还指望着有男人会为她们赎身,将她们带走。她有什么指望呢?

淙淙待她很好,她的命是淙淙救回来的。如果不是淙淙在海滩上看见她,发现她还活着,她大概早就默无声息地死在岸边了。

可淙淙待她的好就像绳索,将她牢牢地捆绑,淙淙曾笑嘻嘻地对春迟说:"你的命是我救起的,你如何谢我?"

春迟心中一沉,问:"你要我如何谢你?"

淙淙伸出手撩开春迟的额发,抚摸她光洁的额头,说:"我要你一直陪着我。"

女孩的手宛如一只冰凉的小白蛇,在春迟的额头上蠕行。

淙淙还常对春迟说:"将来我们一起到船上生活好不好?"

"那种生活是很不自由的吧,总要看别人的脸色,压抑自己的悲喜。"春迟委婉地说出自己的想法。她知道淙淙骨子里潜没着的一种气质,与船上的歌女们的风尘气隐隐暗合。

"不,那是真正自由的生活。周围再多的人,都进不到你的心里,他们就像船下湍急的海浪一样。在船上住久了,你会忘记脚下就是大海。我们只管唱歌,喝酒,为所欲为。"

淙淙言语之间,充满了对海上生活的神往。春迟不再说什么。

大胡子男人出现的时候,春迟正在淙淙施予她的捆束中默默地挣扎。她看起来很安静,亦很认命,但那不过是一种伪装。

2

春迟听到有人在敲窗户。她在床上抬起头,看见大胡子男人正站在窗外。雨那么大,他却一动不动。他表情漠然,身材魁梧,像一座森严的庙宇。

他一定看到春迟在流泪,但却不知道这些眼泪是与他有关的。他从一开始就是个懵懂的闯入者,可他微微的一个动作足够使她兴奋起来。据说暹罗国有一种提线木偶就是这样的,半人高,面目俊美:那白须鹤发的掌线者,技艺自然也不一般,他只需略略抬起一根木棒,木偶就会扭动起来,若是掌线者反复弹拨一根线,木偶就在台上狂舞不止。木偶虽是辛苦的,却也很快乐,因为永远都不需要考虑接下来的方向,它只要跟着动就可以了。

春迟相信,有许多女子都如她一样,甘愿做老师傅手里的一只提线木偶,在他的牵引下狂舞不止。

他先用眼神试探了她。然后,就在这个三月的下午,他从半掩的窗户里伸进线来。她没有挣扎,就让他将线套在了自己的身上。也许,这正是她所盼望的。她带着憧憬去给他开门,以一只木偶的姿态。他们的牵缠大戏就这样拉开了序幕。他是峇峇人,皮肤很黑,说马来语和闽语混杂的方言,他会说汉语,却很少用。

他进来后,她局促不安地站在那里,良久才抱歉地说:"海啸之后,我的脑子里一片空白,从前的事都不记得了……所以当你跟着我的时候,我就不知道该怎么办,对你也很冷漠……对不起。"

男人愣了一下,有些疑惑地看着她。他很久都没有开口说话。她在他的神色中看到怨怒和失望,她不知道他会不会气急败坏将她抛下,掉头就走。她很害怕,连忙说:"但我想这只是暂时的,若是你能提醒我一些从前的事,我想我能把从前的事都记起来。"

男人沉吟片刻,说:"走吧。"

"我立刻就能出发,这里也没什么可带走的。"春迟说着,回身又环视了一下。的确,没有任何是值得留恋的。

他点点头,先走出门去,她跟在后面。穿过这座寺庙的回廊时,她听到女人们的嬉笑声,她知道是她们吃完饭回来了。她很害怕与淙淙撞上,于是拉着他快步跑起来,脚边溅起的雨水响亮地拍打着地面。男人的手心那么热,将热流源源不断地输进她的身体里,所有冰冷的雨丝都进不来了。

春迟的心情非常畅快,像是打了一场胜仗。那些女人要是看到有个男人来带走了她,非要大声尖叫起来不可。她们朝暮期盼的,不就是有男人来带走她们吗?她们谁也不会想到,这个目光呆滞、沉默寡言、脑袋里一片空白的小丫头,竟会最先被男人带走!她一边跑,一边笑了出来。

他们从寺庙的后门走,一直跑上山去。春迟从来不知道自己那么有力气,在过去的几个月里她好像一直在积蓄力量,膨胀,直到此刻才随着这场暴雨一起倾泻出来。她感到人是多么奇妙和深奥。她完全不了解自己的意图,但她愿意放纵自己,身体里仿佛有一只激情充沛的野兽,冲破重重围阻,向着某个确定的方向狂奔而去。

3

天快黑的时候,春迟跟随大胡子男人终于绕路来到海边。雨停了。他们像两只从水里爬上来的动物,湿漉漉地在沙滩上慢慢前行。这里曾是热闹的村落,海啸将它彻底摧毁了。他们沿着小岛的海岸线走了很远,一路上没见过任何人,只有坍塌和摧毁的房子,像参差不齐的牙茬一样,残留在小岛流血的牙床上。

路途中,他们好像一直没有说过话,唯一的一句,是男人告诉春迟,他叫骆驼。

骆驼?春迟一时记不得这种动物的模样。但可以肯定,它与这个黏湿而斑驳的国度毫不搭界。

后来,春迟知道,骆驼就是那种能经受寂寞、有很好的脚力的动物,它们习惯于自给自足,有节制,几乎不会因为欲望而失控。在漫长的旅途中,它们似乎只能看到面前的路,至于那些旁外的只是不相干的风景,甚至连小小的诱惑也算不上。

春迟以为骆驼会带她去很远很远的地方,但骆驼哪里也没有带她去,他们在海滩上站了很久。

春迟很饿,被黄昏时候劲猛的海风一吹,身体就像箫一般发出呜呜低咽。她有点哀怨地看着骆驼。而他蹙着眉,很专注地眺望着远处的大海。海风把他的呼吸吹了过来,那是一种如惊起的夜鸟般兀烈的声音。凭借最后一点辉光,春迟得以将他看仔细。他高大,体毛浓密,眼神总是雾蒙蒙的,很晦涩,嘴巴则像一口潜藏在草丛深处的井。说话的时候,春迟感到他的声音从遥远的地方发出来,带着波光粼粼的回音。

夜幕降临,两艘精疲力竭的大船停靠在岸边。春迟一阵欣喜,她以为骆驼是要带她坐船离开这里。可是等他们走上前去,她才看清,这两艘船是用来打捞遇难者的。海啸虽然已经过去了好几个月,但仍有尸体陆陆续续地浮上水面。

甲板上堆满了从海里捞上来的尸体,一条一条的,蔚为壮观。船被涨潮的海浪推着,轻微地晃动着,船上叠摞着的白色肉身也随之摇摆,非常骇人。春迟受了惊吓,躲在骆驼身后,紧紧抓着他的衣衫,想要拉着他快些离开这里。

可是骆驼全然不理会她的惊恐,还要往船上走。春迟抓着他,眼看就要被他拖上船去了,终于叫出声来。骆驼回头看了她一眼,甩开她紧抓着他的手,独自上船去了。

船头挑起三两盏灯笼,甲板上站着的几个健壮的男子,看见骆驼走上船,就迎了过去。看起来,他们与骆驼早就认识。这几个男人应当是生活在岛上的巫族渔民,他们用马来语和骆驼交谈。他们似乎对骆驼很恭敬,小心翼翼地回答着骆驼的问话。

春迟孤单地站在沙滩上仰望着。站在船头的男人显得格外高大,她对他们生出几分畏惧。

随后,他们便一起动手,将船上的尸体搬运下来。春迟看着骆驼架起死人的两只手臂,另一人握住双脚,就这样一具具抬上岸来。空气里充斥着黏稠的海水与腐肉的腥味。春迟跌倒在沙滩上,开始剧烈地呕吐。

等他们将尸体全部抬下来,骆驼又与那几个男人交谈了几句,然后才向春迟走过来。他扶起春迟,抓起她的手带她走。触到他那只刚碰过死人的手,春迟厌恶地抵抗了一下;可是那双手很大也很暖和,紧紧地包住她的手。她不再挣扎。

那么,她只有跟着他——这个热衷于搬运尸体的古怪男人。

4

第一个夜晚,他们就是在海岸边的一间破草屋度过的。原先的房顶在海啸中被大水卷走了,有人用棕榈树叶临时搭建了个屋顶,但下午那场大雨又将它冲塌了。屋子里没有别的,只有一张吊床,几块结实的石台。

能看见夜空和星星,头发上洒满了月光;吊床很结实,也还算舒服;海风穿进穿出,使人时刻都很清醒……春迟为这座简陋的小屋找到如此多的优点,她对自己说,应当知足。骆驼将她安顿下,就出去弄吃的了。

春迟伏在残缺的墙垣上,等他回来。横亘在眼前的,就是那片肇事的大海。黯淡的天光下,只有几个当地的小孩,用糙黄的小脚抚弄着它的皱纹。有些事情,春迟越来越想不清。这个大胡子的男子,是峇峇人,说马来语,似乎还是个首领,他怎么能是她从前的爱人呢?在失去记忆之前,他们有过怎样的故事呢?

骆驼是很好的猎人,在短短的时间里已经猎到几只麻雀和乌鸦。他还带回两只椰子和一根用棕榈树叶子做成的长管。

他从那种叫作"达马"的树上采集了一小撮树脂。将树脂装入棕榈叶的长管中,点燃,就成了火把。他接连做了三支,插入石缝中,将这残破的小屋照亮了。

他又生起篝火,将那些鸟穿在木签上,放在火上烤。那些鸟儿都太瘦,没有一丝油水,烤过之后就像焦黑的枯枝,样子很恐怖。因为太饿,春迟从他的手中接过一串,便吃了起来。可它们实在太硬了,春迟缓慢地咀嚼着。

他们看着彼此,欲言又止。终于,还是骆驼先开口说:

"你完全不记得以前的事了?"

春迟勉强可以明白他的意思,抱歉地点点头。她多么不想看到他失望。她已经不知不觉走上了一个被动的低卑的位置,小心翼翼地辨察他的喜怒。

"你可以和我说些从前的事吗……我会努力让自己记起来的。"春迟说。

但他好像没有听见她的话一样,只是坐在吊床上,咯吱咯吱地嚼着食物。她知道他在生气,不敢再说话。春迟觉得自己的处境糟透了,如果一直都不能记起从前的事,骆驼迟早会将她赶走。

骆驼似乎看出了她的不安,向她坐的位置挪过来。他的气息犹如忽然萌发的种子,在她的身旁长成一棵参天大树。他猛然抓起她的手,将她拉到身前,指着她脖子上的一根粗硬的黄铜项链说:"这个呢,这个你还记得吗?"

春迟茫然地摇摇头:"我不记得了……只是听难民营的嬷嬷说,他们在海岸边发现我时,这根链子就紧紧地缠在我的脖子上。"

春迟说完,抬起头,看看男人的表情,她猜想这应当是他送给自己的,于是又说:

"他们说,这一定是很不想失去的东西,为了保住它,才一圈圈缠在脖子上。"

月光从掀起的屋顶照进来,将这根乌蒙蒙的项链照得金光闪闪。此刻,连大海也变得很安静。只有它踢踢踏踏地在他们之间摇摆。铜链的最下端是一柄精致小巧的金质短刀,刀鞘上镶满了小颗的红色碎宝石。

骆驼伸出手,将刀鞘一把攥住,掂在掌心里。他从腰间挂着的布囊中掏出一根同样的铜链,上面也缀着一个一模一样的刀鞘,只是略大一些,同样的镀金色泽,同样镶着明亮的红宝石。这一对短刀,犹如破碎的铜镜重新聚在了一起。她仿佛看到一片片往事的倒影,在溢满辉光、布满划痕的金铜表面摇曳。春迟一阵惊喜:原来它们还是成双成对的呢,一男一女。

男人用衣角将那把小的擦拭了一遍,说:

"它被你弄脏了,一点也不亮。"

与男人那只稍大些的刀鞘相比,她这只的确黯淡无光,陈旧许多。

"唔,是被海水弄成这样的。"春迟慌忙说,并从他手中夺过那把小的刀鞘,用手指轻轻摩挲。她从未如此珍惜它。她甚至曾将它遗落在院子里,当时并不经意,也没有再去寻找,心想大概它早已不在那里了。是淙淙执意要替她去找寻,淙淙说,如果它是家人送的礼物,这样丢了多可惜。那天傍晚淙淙就拎着丢失的铜链从雨里回来,她将水淋淋的链子重新挂在春迟的胸前,笑着说:"你将来也许会很感激我的。"

这是从难民营离开后春迟第一次想起淙淙,她想起淙淙说那句话时宛如预言一般的口吻,心下凛然。

春迟将两只刀鞘并排放在眼前。它们像两只隔世重逢的小兽,在她温热的掌心里相拥睡去。她合拢双手掌心,刀鞘碰撞在一起,发出叮叮的声音——它们的魂儿大概是相携着逃逸到另外的世界了。

在那个令春迟无数次重温的夜晚,当两只刀鞘碰在一起的时候,她感动得几乎要落下眼泪了。它们的相逢使她相信,流离失所的日子结束了,这幸福是以背叛淙淙为代价换取的。

可是骆驼,他是蹩脚的恋人,纵然是在这最初的动情的时刻。这时他们尚能没有隔膜地靠近。女孩眼中的泪光、信任和憧憬——在这趟疲惫的旅途中都从未期许过。当他情不自禁地轻轻撩起女孩额前的头发、抚摸她饱满的额头时,才发现,自己对于这个脑中一片空白的女孩竟然如此好奇。他喜欢她的额头,很少会有女性有这样高的额头,光洁得好像一面铜镜。她的神情傲慢、倔强,流露出对峙的锋芒,那些环绕在他周围的女人绝不会有这样的额头。

他将她的额发一丝丝拨开,不留一根在额头上。宛如没有瑕疵的碧玉,他抚摸着她的额头,像是找寻到了价值连城的宝贝。他素来喜欢令他意外的东西:行船时突如其来的暴风雨,敌人的偷袭,以及眼前这个灵气逼人的女子。

"你可以给我讲一点从前的事情吗?也许那会帮我更快地恢复记忆。"春迟打破了寂静,她兴致很高,迫切地想要知道往昔。

然而骆驼更喜欢她不说话的样子,她被他掌控着,像落在他袖子上的一只鹦鹉。他忽然动怒,一把抓住春迟的头发,将她拉到自己身边,大吼道:"你真的不记得从前的事了吗?"

春迟拼命摇头。男人的手劲大极了,仿佛能将她的头皮撕裂。他们这样僵持很久,男人才渐渐平息下来。手终于慢慢松开,春迟才得喘息。这样暴烈的脾气,她从未见识过。她在难民营里遇到的有限几个男子,都显得委顿而怯懦,也许是海啸将他们的魂魄掳去了,使她一度以为男人都是他们那样。而此刻,在骆驼这里,她才领受到了真正的男人是什么样。头皮上的疼痛正在一点点散去,可是他的手仿佛还笼罩在她的头顶,随时可能将她再拎起来。她奇怪自己居然并不害怕他的坏脾气,相反的,她倒是觉得,也许他只对亲昵的人才会发这么大的脾气。

他们都安静地听着不远处的海浪声,时间不知过去了多久。骆驼有些口渴,他将先前带回来的两只椰子拿过来,用刀在三分之一处用力一剖,圆形椰盖落下,里面盈满了水。骆驼将一只递给春迟。

虽说椰子在这里很常见,可是在难民营的这段时间里她却从未吃过。当椰子被剖开的时候,春迟觉得这香味很熟悉,她莫名感到一阵欢快。她接过骆驼递过来的椰子,啜了一口,觉得沁凉无比,好像忽然清醒了许多,先前的哀怨登时散去。她抑着欢喜,对骆驼说:"这椰子的味道非常熟悉,我想,我以前一定很喜欢它。"

骆驼一口气喝完椰汁,目光炯炯地看着春迟,问:"想知道你从前还喜欢什么吗?"

一种预感的降临,使春迟变得僵直,手一抖,椰汁四溅。在那一瞬间她听不见了澎湃的海潮,因为骆驼那埋伏在乱草丛中的神秘的嘴巴已经贴住了她的耳朵。

他决心完全掌控她,将这只十分喜欢的鹦鹉塞进他的袖子里。

春迟尖叫着。但很快,她的嘴巴也掉进他的灌木丛里。他一寸寸贴近她。肌肤相触,这如玉器般铮铮的碰撞声是最轻柔的呼唤,拨开一层层云雾缭绕,回声直抵身体的最深处。

她一面抵抗着男人的闯入,一面却又渴望他像闪电一样劈过来,穿入她黑暗的身体,照亮它,也让她得以看清自己,看清那些被蒙蔽的往事。那种感觉,就像她在守一座城,城墙高耸,连她自己也不知道城中究竟是什么样的。有一天终于有人来攻城了,她阻挡着,却又希望他们攻陷。她渴望千军万马犹如洪水般闯入城门,将这座城填满,使它不再空寂。

他将他的坚挺插入她的惊讶里。板结的土地开始松动、崩裂,再一点点变得湿润、柔软起来。泥土贪婪地包裹住那棵探进来的植物,植物得到鼓励,迅速长出根须,它所触碰到的每一颗沙砾都颤抖起来。

她为自己这战栗的快乐感到羞耻。

踢翻的椰子降下一阵清凉的小雨,却远不能浇灭此刻灼灼燃烧的欲望。在她落下眼泪之前,他已潜进那荒废已久的冰冷的地窖。

5

他们的共处只有七日。

那些日子因为单调而分明,留在春迟的脑海里,许多年后还是那样清晰。他与她做爱,去海边抬尸体,捉鸟禽和野兔烤着吃。这样的生活最原始,也最充实。

每一夜,他在她的身上巧取豪夺,她纵容着这个男人胀满她的身体和头脑。春迟觉得,她好像是为了这个男人而生的。他们只有一间简陋至极、建在残垣断壁之上的房子。第三天,他用茅草搭造了一个房顶,但海风还是能从四面吹进来,夜晚涨潮时尤其冷。他们睡在那张摇摆不定的吊床上。她须得缩起身子,躺在男人的身体上面,吊床方能平稳。他们面对着面,睡熟后的男人鼻息深重,鼾声起伏。午夜她忽然醒过来,感觉自己好像是伏在瞬息万变的大海上。她非常喜欢吊床,再没有一张床像吊床一样,可以使两人贴得这样紧,身体与身体相吸,宛如同在一只子宫里。

清晨时春迟被冻醒。她将脸塞进他的颈窝里,抚摸他发烫的身体,很快又暖和过来。这时的大海是最宁静的,残破的墙垣上停着几只蓝色的翠鸟,羽毛艳丽,仿佛是身后的大海浸濯出来的。海啸之后,它们寂寞了许多,很少能在岸边看到鲜活的人类。此刻,它们正注视着这一对缠裹在一起的肉体,懵懂又深情。火把已经熄灭,周围留下几缕余烬,是温暖的、熟透的,是人间烟火的气息。

在最初的几日,春迟清晨醒来亦不敢动,生怕将骆驼弄醒。但后来她发现,骆驼睡熟后,就是发生海啸恐怕他也不会醒过来。清晨再醒来时,她便从他的身上起来,去小解,去海边走一会儿,她甚至还在不远处的森林里找到了一脉清澈的泉水。她一捧捧掬起泉水,冲洗身体。她觉察到自己微小的变化:皮肤十分致密,却又格外柔软。

她闭上眼睛,用手指轻轻掠过肌肤,他留下的气息就像火种般被再度点燃。手指驱着火焰,沿着小腹一直向下移动。她终于触到那块烟霭缭绕的地方。它一直在发烫,火种落在这里,腾起一串光焰,迅速将它染红了,宛若天边的一块火烧云。

这样的清洗反而使他的气息更浓郁了,仿佛就此留存下来。

她做好这些后,就走回他们的海边小屋去。有时顺道带回几株紫色的万带兰。那些长在大树较矮的树枝上的小花,带着绚丽的深紫色斑点,它们奇特的花柄是下垂的,有时候末端几乎碰到了地面,仿佛就在那里等着人来采摘。

骆驼还没有醒。他的鼾声小了一些,也许正在清晨的最后一个梦里穿行。春迟走近他,为他抚平蹙着的眉——看来这个梦并不轻松。他睡着的样子很苍老,与醒时截然不同。白日里,他看起来充满力量,用之不竭。可是此刻她看着他,他睡得太久,脸孔已经塌陷,充满一种毁朽的气息。她抚摸过去的时候,觉得他好像蒙在厚厚的蛛丝里,就像一把收起来的伞皱皱巴巴地躺在那里,带着雨天发霉的气息,令人感到窒闷。

可是这伞又好像随她很久了,一直与她为伴,是她最隐秘的宝贝。

他的眼窝下面皱纹最多,她在一道道抚过它们的时候就觉得,她似乎目睹了他的成长,一切博取和赢得也都了然于心。他的陈旧仿佛是她一路看过来的,也是她最珍惜的。

早晨的时光因为太安静而显得格外悠长。阳光洒在海面上,又被海浪徐徐推上岸来,渗入最外层的沙子里,将它们慢慢染成灿金色。

春迟犹豫了一下,觉得只有再睡一会儿才不辜负这悠和的晨光。她重新爬到骆驼的身上,继续睡去。

小兰花从春迟松开的手指间滑落,被海风吹着,贴着地面飘飞。春迟束在脑后的发髻被风吹散了,发丝搭在骆驼的身上。痒,骆驼从梦里伸出一只手来,在胸前挠了几下。

他有时也会做噩梦,很想翻身,但被吊床紧紧箍住,动弹不得。他咆哮着醒过来,发现是她伏在他的身上使他透不过气。他气急败坏地用双手将她高高举起来。她还没有完全清醒,忽然感到自己的身体悬空,竟好像在飞了;只是那两只掐在她肋骨上的大手,因为钳得太紧,将她弄得很疼。可是她不出声,也不反抗。只等他的愤怒过去,将她慢慢放下来。当再次碰到他的皮肤,她慌忙紧紧地搂住他的脖子,生怕再和他分开。

她轻轻问:"你怎么了?"

"我梦见我的弟弟们坐的那艘船遇上了海啸,船翻了,他们都被卷进水里。"

"你的弟弟们?"

"不错。我一直都在找他们。他们出来已经好多个月了,也许是真的赶上了那场海啸。"

原来他是在寻找自己失散的兄弟。难怪他每次去海边看那些尸体的时候表情都那么凝重。

"这只是一个梦啊,不能当真的。有许多人都被海啸卷走了,但他们后来仍旧能脱险。"春迟握住他的手,安慰道。

骆驼眼神忧郁,沉默不语,过了很久,才长叹一口气,又闭上眼睛,慢慢睡过去。

春迟伸出手,将骆驼蹙着的眉头轻轻抚平。她喜欢愤怒的骆驼,也喜欢忧伤的骆驼。忧伤的时候他看起来那么无助,像等着她来安慰的孩子。

如果说有什么是让春迟感到不安的,那就是骆驼每日仍会问她是否想起了从前的事。有时是在晚餐时,他们都不说话,只是闷头吃东西,冷不丁,骆驼会问一句:

"你究竟有没有想起先前的事?"

他捏着她的手腕,那么用力,目光炯炯,不容躲闪。

她连忙摇头。

有时是在做爱之后,他困意已浓,但心事难宁,对她说:

"你当真不记得了吗?"

他双手捏着春迟的手臂,一副痛心疾首的样子。

她惊恐地摇头。

他失望至极,很快便疲惫地睡了过去。这样的夜晚,春迟很久都不能入睡。不安一点点啃噬着她,使她觉得自己仿佛就要被丢弃了。而她所能做的,唯有紧紧抱住眼前这个熟睡的男人。

6

可是七日后,她便失去了他。

他只在晚饭烤野兔的时候对她说:你应学会捕野兔,知道怎么把它们弄熟。

他的神情肃穆,她怯怯地问:"你不想再捕给我吃了吗?"

"日后我不在了,你要照顾好自己。"骆驼忽然说。

春迟猝不及防,眼眶中陡然漾满了泪水。她伏在他的脚下,颤声问道:

"你要丢下我不管吗?"

"我在岛上住了这么多天都没有打捞到我几个兄弟的尸体。我不能再等下去,现在必须离开这里了。"

"不能带我一起走吗?"

"我生活在部落里,你是华人女子,不可能住到我们那里去。"男人的言语之间带着对中国女子的轻视,字字坚利,犹如凿钉。她被刺得一阵心疼。

彼时春迟还不懂得峇峇人对于中国人的歧视,但已在他的语气中听出几分不屑。

"那你要我怎么办?去哪里呢?难道你要我再回到难民营,和那些歌女一起到船上去卖艺、讨生活吗?"

"我没有想过这个。"他冷冷地回答。

"你希望看到我在船上卖唱,讨别的男人欢心吗?"

"你们华人女子不都是如此吗?"

春迟心中一阵锥痛。她点点头,凄然一笑:"不错。除非如此,不然也没有别的活路。"

那一刻,坐在烧着三根火把的残破小屋中间,隔着房檐上垂下的棕榈枝(这简陋的屋子敌不过风吹日晒,怕是支撑不了几日了),泪眼婆娑地望见大海,春迟已经知道了事情最后的结果。她跪在他的脚下,一遍遍乞求他带走自己,哪怕做最卑贱的奴婢,她也愿意。

他也许最后一次把她揽在怀里,抚摸她的脸颊,吸吮她的眼泪,可是她都不记得了。她哭累了,在他身上睡着了。直至睡熟,双手仍旧紧紧握着他不放。

7

次日骆驼坐船离开。那几个每日陪他搬运尸体的男子已将船泊在岸边,等候着他们的首领。春迟追至岸边,抓着他的衣襟,不肯让他离去。

船要开了,她仍是不走,纠缠着他,神情恍惚。男人们变得不耐烦,凶悍地将她和他们的首领分开。他们架着她,一直到船边,威胁她如果不自己下船去就将她推到水里。她毫不理会他们的威吓,目光绕开他们,直直地望着骆驼。她总是想,他看着她这副样子,大概也会不忍心的。可是他放任男人们将她往水里推。她站在船上,失魂落魄地摇晃了两下,就摔在水里。

她沉进水里,呛了两口水,很快又浮出水面。她扒住船沿,仰起头,仍旧死死地盯着骆驼。一串串水珠顺着她的头发滴下来,蒙住了她的脸。她用手抹了一下,不让凝视他的视线被阻隔。

"为什么要抛下我?"她心里空得只剩下这一句话了。

骆驼看着她,终于俯下身子,一字一句地对她说:

"因为你把从前的事都忘了。我待你的好,我们有过的好时光,你都不记得了。这在我看来是不能原谅的事。我们不可能回到起点,把所有以前的事重新做一次。现在你明白了吧?"

现在她明白了,他抛弃她是对她的一种惩罚,因她的遗忘。

他们对视,骆驼忽然变得很慈祥。他从怀里掏出替她保管的那柄较为小巧的短刀,将它重新套在她的脖子上:

"你去吧,好好想想从前的事;待你记起那些,再带着短刀来找我。"

他那么温柔,甚至还摸了摸她的头发。她被他的慈祥打动了,一时间变得很安静。其实她要得不多,他待她一丁点的好都会令她开心很久。她轻轻地扯过他的衣袖,贴在脸边。忽然一阵疲倦,真想就这样在海中间慢慢睡过去。

她的身子越来越沉,几乎就要没入大海。她向上撑了一下身子,反而没得更深了。船已开动,她的手还紧紧地扒住船沿不放。一个男人走上前来,一脚踏在她的手上,狠狠地踩了两下。她痛得一阵晕眩,却咬着牙没有叫出声来,手终于从船沿上掉落下去。

她挣扎着露出水面,大声问:

"可是我在哪里可以找到你?"

"龙目岛①。岛上有我的部落,匈蓬。你说找骆驼,他们就会带你去。好了,现在你可以松开我了吗?"他温和的语气就像在哄小孩子,一时间反倒令她无所适从了。

她知道再纠缠下去也是徒劳,只能令他更加厌烦。她最后又看了他一眼,然后将头没入大海。一直等到他的船开远,她才浮出水面,将口中咸腥的海水慢慢吐出来。所幸海水并不深,她离岸还不远。她双手捧着胸前那柄沉甸甸的短刀,慢慢划向岸边。

春迟脑中不断闪现各种念头。要如何找回先前的记忆呢?她现在非常虚弱,湿透的衣服贴着皮肤,一丝丝从她身上索取温暖。春迟觉得应当快些回到他们的海边小屋去——家,若它可以算是的话。

她又回到了这张吊床上。一个人躺总是很不稳,晃来晃去,令人心慌。这里还结缠着他的气息,将她暖烘烘地托起来。她蜷缩的身体被累累绳索包裹,就像一只柔软的蚕。她就这样湿淋淋地睡过去,甚至一度忘记了他的离去。

这一日对春迟来说,是一条界线。她仿佛进入一种冬眠,源源不断地吐出幻觉的蚕丝,将自己保护起来。

---

① 龙目岛(Lombok):"龙目"在当地语中意为辣椒。现位于印度尼西亚。

有足够多的爱,就有足够浓重的幻觉。

在绵厚的蚕茧里,她用幻觉哺育自己。

她这一生的爱情,至此已经结束,却又好像刚刚开始。

下阕

1

他们再度见面,已是一年多之后。

这一年多以来,在骆驼的带领下,匈蓬部落先后与几个部落发生战争,所到之处都是一片血腥的杀戮。战争结束后,骆驼获得了更广阔的领地。除了龙目岛,他还占领了周围的松巴哇岛、弗罗勒斯岛等岛屿。他俨然已经是这个领域的主公。

春迟从未登上过龙目岛,虽然她对这个岛屿的地形已经非常清楚。她生活在离龙目岛很近的班达岛上,与它隔海相望。

若不是后来骆驼带领他的军队击败了翁格人,攻占了班达岛,他们绝不会这样快地见面。

当骆驼带着他的军队向这座岛屿大举进发的时候,春迟已经感到了他迫近的气息,混杂在四处蔓延的血腥气味里。她开始做与他相关的梦,清晨醒来时,觉得自己仿佛还在吊床上,身下有他的鼾声传出来——她的身体就这样被唤醒了,一点点张开。

终于,她又一次听到了他的声音。她躲在一棵桫椤树后面,仔细分辨着。他的一个喷嚏就使她瑟瑟发抖。此时她已经瞎掉的眼睛依稀又看到了他。他在她的视网膜里微缩成一粒黝黑饱满的种子。谁都无法估测这颗种子的力量,它足以使平复的泥土崩裂,瓦解。

现在的他是趾高气扬的首领,站在凸起的高地上,俯视着小岛上归顺于他的子民。当然,他是看不见她的,在他的视野里每个人不过是打着囚徒烙印的俘虏,没有任何不同。

那个站在最高处、手握长刀的男人,一点也不像与她相处过数日的那个人,他用高亢的马来语讲话,她虽听不懂,但从傲慢的语调可以得知,他在标榜胜利,已经膨胀到了极点。这在春迟看来有些好笑,他不再是那把经受过无数风雨的伞,带着湿漉漉的雨天气息以及令人忧伤的皱褶。现在他是一张弓,在天空中撑开,将这里笼罩在颤动的阴影里。

自她双目失明以来,还从没有一个时刻像现在一样,她那么希望自己能看到。她很心急,直到眼泪掉了下来,将她混浊的眼睛洗干净。她好像就真的看见了他。这一年多来,他的足迹踏遍四周许许多多的岛屿,直至热带的烈日侵蚀他的眼瞳,晒白他的头发,鳖黑他的皮肤……无论他怎么变,那些气息依旧跟随着他。她将它们一点点从他陌生的身体上采撷下来。她的爱人就这样活了过来。

她靠着树,慢慢蹲下来。一个士兵立刻警惕地走过来,举起长刀在她的面前挥舞了几下,示意她必须站着听他们的首领讲话。其实春迟只是忽然感到很虚弱,再也站不住。士兵用尖刀抵住她的腰,她看到骆驼的眼睛朝她这边瞥了一眼——只是一瞥,眼光并没有停留——他并没有认出她,在他的眼里,她只是个不安分的囚徒。

她重新站起来,蹙眉向骆驼看去。眼泪干涸,骆驼从她的视网膜里消失了。

站在春迟身后的苏迪亚有一半华人血统,他母亲是巫族人,所以他也通晓马来语。他凑到春迟的耳边,为她解释道:

"岛上残余的翁格军队还未消灭,接下来大概还会有连番的杀戮。今夜,他和他的士兵就在岛上安营扎寨了。"

春迟回头对着苏迪亚点了点头。

苏迪亚并未发现春迟神情异样。这个高瘦的男孩儿半年前与春迟相识,是春迟在这小岛上唯一的朋友。

2

春迟坐在桫椤树裸露在外面的根系上,她觉得无力,不得不用手撑住地面。

苏迪亚从春迟身后走过来,拍拍她的肩膀:

"我去打听了一下,士兵们今晚就驻扎在海边,我们今天可能没法出海了。"

"嗯。"春迟轻轻应了一声,语调中带着几分沮丧。

"但昨天我们捡到的贝壳还剩下一些。你今天可以用。"

"嗯。"春迟又应了一声。苏迪亚扶起她,向着他们的住所走去。

半年前春迟被苏迪亚收留,住在他的那座用柚木建造的小屋里。班达岛的泥土十分潮湿,房子总要高高地架在空中才能牢固。在他们房子的背后,有一片茂密的树林。她随他去那里埋过许多死去的动物——野兔、野猫、蜥蜴……这个十八岁的男孩自幼父母双亡,他已潜心皈依佛教,心地纯善,从不杀生。自与他结伴生活,春迟再也没有吃过烤熟的动物。这样的生活清寡平淡,醒着就如睡着一般,日子倏忽就从指间流过。

苏迪亚推开门,点着一支火把。春迟推开藤条编织的屏风,回到那一半属于她的屋子里。只有一张草床,被形形色色的贝壳占据着,她已经无法睡在上面。床边的那张毡毛毯就是她夜晚栖身的地方。在苏迪亚的帮助下,她将墙上的窗户封起来了。她要严严实实的黑暗,日以继夜的黑暗。

骆驼离开后,春迟万念俱灰,对于如何找回记忆毫无头绪,只想快些离开这个到处充满骆驼气息的岛屿。就在离开的那日,她在码头边又看到了那个到处游荡的疯婆婆。这位故人依旧狞狰的脸庞此刻看来却格外亲切。疯婆婆嘴里呷着一只螺,笑嘻嘻地从春迟面前闪过。她那像风一样的轻渺的身影令春迟感到一阵惆怅,仿佛从此再也见不到了。

春迟情不自禁地张开嘴,轻声唤住她:

"婆婆。"

疯婆婆的耳朵灵敏得很,她立刻停住脚步,转过身来。春迟想起手上挎的那只口袋里还有几只芒果,就走上前去,把口袋套在疯婆婆的手腕上。春迟还从未见过这样纤细的手腕,那包裹骨头的皮肤薄得近乎一层透明的膜,几个芒果都可能把它压断了。春迟只看了几眼便不忍再看,叹了口气,说:

"你没有家人也没有住处,一定常常挨饿,才会瘦成这样。"

疯婆婆却用力摇头,指了指手中的螺,玄妙地笑了。

春迟的目光落在那枚长满褐色斑点的海螺身上。她惊奇地发现,这海螺表面光滑剔透,像一只蕴藏着秘密的水晶球。

那日,她犹如着了魔般跟着疯婆婆走入潋滟岛最深的树林里。疯婆婆用手指在海螺上打转,周而复始,直到手指像鸟儿一样在海螺上飞起来……

当疯婆婆拉着她在记忆的甬道里穿行时,春迟哭了起来。她终于知道怎样才能找到记忆,这近乎于无望的希望令她悲喜交集。

疯婆婆是如何得知这个秘密,又是为什么这样专注于它,春迟无法知道。她凭借吸取贝壳里的记忆为生竟也活了这么多年,记忆是最神奇的滋养。

春迟将自己关在封闭的房间里,无数次抚摸她的贝壳。红花宝螺、赤旋螺、三彩捻螺、玫瑰千手螺……她小心翼翼地用刻刀去掉附生在贝壳表面的珊瑚虫和海藻,然后一遍遍冲洗,长时间地浸泡……一枚清除干净的贝壳,表面光滑,纹棱楚楚,手指抚过时,宛如琴弦拨动,奏出悦耳的音符。春迟闭目倾听,只觉眼前闪过一道亮光,破出一条甬道,狭长而深邃。探身走下去,只觉得每一步都有幢幢的回声,有水滴石穿的声音,有万物花开的声音,有欢笑,有啼哭,她的手指越拨越快,仿佛怎么也无法停歇下来。她获得的记忆通常并不完整,有时是从童年的某一日忽然进入,有时是从少年时,有时已经结婚生子,有时甚至垂垂老矣。然而一旦进入,绝无中途退出的可能。记忆的力量无比强大,像吸盘一样将人吸在上面。除非走到记忆的末端,不然没有办法脱离这段记忆。

苏迪亚见到春迟的时候,春迟已经双目失明,眼睛上有令的血痂——很怕见光,在日光底下站不久时,双眼就会涌出泪水。她神情古怪,时而哀怨,时而躁狂,有时看起来很柔弱,转瞬间却又变得十分刚烈。苏迪亚收留下她,她每日去海边捡拾贝壳,有时收获甚微,她便独自乘船出海打捞。捧着贝壳归来的春迟,眼睛里总有些平日里从未见到的神采。至于她拿着贝壳回到她那半间狭促的房间里究竟做了什么,苏迪亚一无所知。

苏迪亚很明白,如果不是因为双眼失明之后,出海打捞贝壳以及打磨清洗它们变成了很难的事,春迟是绝不会将她的秘密告诉自己的。

但不管怎么说,他还是知道了春迟的秘密。这真是一个令他震惊的秘密,听得他瞠目结舌。苏迪亚迷惑地问:"可是大海里有无穷无尽的贝壳,你就算穷尽一生也打捞不完;何况你打捞上来这么多的贝壳,又怎么知道哪枚贝壳里的记忆是你丢失的呢?"

"所以要把这些贝壳中的记忆都吸进我的头脑。"春迟决绝地说道。

苏迪亚怔怔地看着春迟,良久才说:"你疯了吗?一个人的头脑怎么能容得下如此多的记忆呢?这样下去你会崩溃的。"

"我没有别的办法。"春迟痛苦地摇头。

"这是多么愚蠢的办法,相信除了你,再不会有人愿意尝试的。"

"也许。"

"值得吗,就为了那个男人的一句话?那也许只是他的借口。他是峇峇人,又是首领,又怎么会和一个华族女子生活在一起?你难道想不明白吗?"

"我明白。但只要有一线希望,我也想试一试。现在,我丢失了这段属于我们两个的记忆,是我亏欠于他的,但若找到记忆,他仍不肯要我,便是他亏欠于我了。"

"你努力上几年、十几年,甚至更久,那时方知是他亏欠于你,又有什么用呢?难道你穷尽一生只是为了要这样一个答案吗?这个答案如此重要吗?"

"对一个一无所有的人来说,的确很重要。"

苏迪亚非常喜欢看春迟那副痴迷的样子——迷蒙的眼睛,紧咬的嘴唇,还有那永不气馁的小下巴——虽然这痴迷与自己并无关联,而是牵系在遥远之处一个甚至毫无察觉的男人身上。

他们终于不再探讨亏欠的问题,苏迪亚不想为难她,转换了话题:"你收集贝壳有些日子了,那么……在你的头脑中,已经充满许多人的记忆了?"

"是的。"

苏迪亚走到春迟面前,伸出手抚摸她的额头。这苍白而空旷的额头,就像大海中央冰冷的礁石默默地经受着海浪剧烈的拍打,纹丝不动。春迟有些恍惚,仿佛回到了一年多前,是的,是骆驼在抚摸她的额头。男人们似乎都喜欢她的额头,饱满、装满故事的额头。她感觉到面前这男孩唐突的气息,她轻轻躲闪开他的手。

苏迪亚感到难堪,他转过头去,问:"那些记忆都是怎样的呢?"

"不知为何,留存在每个人记忆深处的,几乎都是痛苦。"

"怪不得你夜晚总是从噩梦中惊醒。"

二人陷入沉默。苏迪亚明白,春迟已经在这条路上走出去很远,任何的呼唤她都听不见了。她现在只是需要帮助,当她一天比一天疲倦和虚弱的时候。

善良的佛教徒决心全心全意帮助春迟,找寻那枚藏有她记忆的贝壳——虽然这听起来是一件多么荒诞的事。

但我们必须相信那些渺茫的事,它们是遥远又绮丽的仙境,是残弱又明亮的火种。苏迪亚这样对自己说。

  沿着螺旋状的楼梯一直向下走去,这沉堕的王国却并不是地狱。一直走,直到风声塞满耳朵,灰尘蒙上眼睛,荆棘缠住双脚,记忆的主人才幽幽地现身。

他是郑和船队中的一名海员。船队遇难后,他一个人流落到这个小岛。岛上有个马来人的部落,男人穿着裙子,但很凶猛。女人对他很好,给他野果和糕饼吃。总体来说,这里的人都是慵懒的。他后来决定留下来,是因为小岛实在非常安静,气候也不错,在湿季到来的时候,周遭的环境颇有几分中国江南的味道。

他是在跟当地女人学酿酒的时候,和那个叫敏蒂的姑娘搞在一起的。她是典型的巫族人,塌鼻梁,大眼阔嘴,身材丰满。他和她好了之后,就住到了她的家里。她的父母不甚喜欢他,因为他不会打猎,也不信仰伊斯兰教。他被带到山上学习猎杀动物,又被带到寺庙参加仪式。他不太会说马来语,没有人与他说华语,于是他变得越来越沉默。

他偷偷在他和敏蒂的房间里摆了妈祖像。敏蒂生育的时候难产,他在妈祖像前跪了一夜,但她还是死去了。

3

眼睛是被春迟自己弄瞎的。苏迪亚后来才知道。视觉一直妨碍着她,眼前的光像火焰一样乱窜,令潜心钻研贝壳的她方寸大乱。她用布蒙住眼睛、封严房间,都没有办法将光完全隔绝。她需要一道更密闭的屏障。

铁针在火上烧,她坐在火堆前发愣。火将铁针烤得通红,火苗在针上翻滚,她这才回过神来。她用衣服缠住手,慢慢地捏起铁针,一寸寸向眼睛靠拢。针逼近的时候,她听到眼球嗤嗤转动的声音,双手开始发抖。她努力盯着一个地方看,想要固定住眼球。就在针马上触到眼球的那一刻,双眼因为凝视一个地方太久而掉下了眼泪。她轻轻拭去眼泪,又用铁针瞄准。头因为仰得太久,她感到一阵晕眩——不能再等了。她的手向回抽了一下,用力地刺下去。针陷入柔软的眼仁里,迅速被包裹住,升起一团白烟。她被一阵钻心的刺疼击倒在地。她平躺在地上,等到疼痛像潮汐一样退去,才伸手拔针。但溅出的血实在太多了,还是令她有些无措。她感到非常疲倦,给眼睛敷了些草药,就睡了下去。这一次她睡得非常久,因为再也不会有白昼到来的提示,她几次醒来都以为仍旧是夜晚。她又一次醒来时,再也睡不着,才走出门来,闻到远处飘来的炊烟,知道原来已经是黄昏了。

她终于可以专心地进入贝壳。正如她希望的那样,作为一个盲人,她的触觉一天天灵敏起来,对于贝壳上的每一道花纹都有了更深的体会。只是有时眼前仍会出现白光,令她不安,仿佛有人要闯入她这隔绝的世界里来。

春迟对她失明的眼睛很满意,这仿佛是她通往另一个世界的凭借。除此之外,她还有一双神奇的手,纤细而灵巧的手指在空中划过的每一道弧线都是那么优美,就像生活在森林深处的珍稀禽鸟,苏迪亚对此惊叹不已。春迟自幼便学古琴,若说她喜欢古琴奏出的悠扬乐声,倒不如说那撩拨琴弦的手势更令她沉醉。这样的一双手,仿佛天然就是为了研读贝壳而生的;在失明之后,触觉变得更加灵敏,质地的丝毫差异,她的手指都能一一分辨。

而指甲一直是令她困扰的难题。无论将它们修剪得多么短、多么光滑,划过贝壳的时候,总会发出不和谐的声响,将流畅的记忆隔断。最终,她把双手浸泡在白醋里,等指甲软了,她用刀和镊钳将指甲从肉上剥离下来。一片,两片,三片……剥去指甲的双手血肉模糊,再一遍遍用冷水冲洗,又过了两日,才完全止住血。春迟觉得很满意,没有一双手能像它们这样柔软。

当苏迪亚第一次看到这双残缺的手时,手指上深褐色的窟窿令他一阵心惊。但时间久了,他竟不再觉得它们丑陋。相反,它们比任何人的手指都要灵活,轻盈,是天生的舞者。他渐渐懂得欣赏它们,以及它们的舞蹈。

有时苏迪亚从屏风后面探进头来,借着一点逃逸进来的月光可以看到,春迟将她卓绝的双手缓缓放在贝壳上,没有一丝声音,但他却分明地感到她的手指在空中划过的影子,那么纤细柔软,宛如洋洋洒洒散落空中的白色菊花瓣。他心头一阵难过,每次看到她的凝神模样,都觉得命运真是残忍,仿佛举行一场又一场祭奠,一次次将她的希望与爱恋挖出来,又埋上。

骆驼就像一场剧烈的台风登陆这座岛屿。苏迪亚已经略略觉察到春迟的不安,却不知原委。她变得很焦急,似乎想在一夜之间吞食掉所有贝壳中的记忆。她不顾士兵在海边驻扎,不顾自己的视力已近丧失,固执地出海打捞贝壳。

"我需要更多的贝壳,更多……"春迟冲出家门的时候,苏迪亚拉住了她。此刻外面正下着瓢泼大雨——雨季来到了小岛,时光在夏天的末尾追上了她。苏迪亚帮她擦干额前淋湿的头发,无限温柔。春迟神情恍惚,呓语连连:

"我要快些去,苏迪亚,我来不及了……"

"你不是愿意穷尽一生去寻找那枚贝壳吗?为什么又忽然变得这样急?"

眼泪顺着春迟睁大的双眼流淌下来。几千尺以外那个趾高气扬的男人是否正和他的士兵们举杯庆贺?成百上千的火把被点燃,一只只酒杯被斟满,姑娘们携着歌舞出场,篝火上的烤肉熟了,油滴嗞嗞流淌。她幻想着自己忽然破门而入,令众人惊诧。她伫立在一屋子的热闹中间,像一尊刚从土中挖掘出来的冰冷石像。她将那枚找到的贝壳掬捧在手心,让宛如潮汐般升起的光亮射进他浑浊的眼瞳里。他猝不及防,被剧烈的往事所伤,打回了原形,失去重心跌倒在地。他是个沧桑的老人了,周围的热闹已无法渗入身体,孤寂瓦解着他的内心。她捧着他们之间澄清的爱情走上前去,搀扶起他。她要告诉他,这才是他仅剩的东西。

可是她还没有找到那枚贝壳。

苏迪亚让她回房间休息,答应帮她再多找一些贝壳回来。春迟又回到她的贝壳中间,憔悴的乐师终于没有力气再奏响一枚贝壳。她喃喃地说:

"苏迪亚,我该怎么办……"

4

骆驼似乎还不能歌舞升平,尽享胜利的喜悦。岛上尚有残留的敌军部队隐藏在暗处,随时有可能发起反击。战火很快又会燃起,班达岛的居民终日惶惶不安,许多人已经悄悄逃离。

而春迟却怎么也不肯离开。苏迪亚终于明白过来,问:

"你遇到他了,是吗?"

"是的。"

"你先前单和我说他是一个首领,我现在知道了,他是这样一个凶狠残酷的首领。"

"我一直也不愿意相信……"

"你打算去找他吗?"

"我只是在找我的记忆……"

"你幻想能在他驻留岛上的这些日子找到记忆?"

"是啊。"春迟凄然一笑。

"如果留下来,生命随时都有危险,也许还来不及走近他,你就已经被他的士兵杀死了。"

"我总抱着希望,盼望上天忽然特别眷顾我,将那枚贝壳送给我,又带我去见他。"

春迟那种沉溺的神情总令人不忍再说什么。苏迪亚喃喃地说:"愿佛祖保佑。"

说罢,他推门走入雨中,又去海边捡拾贝壳。

战争很快爆发了,到处一片混乱。岛上的居民除了之前迁走的,剩下的人关在家里,不敢出门。由于骆驼和他的军队滥用炸药,岛上的树木被劈倒,被炸死的动物尸体随处可见。

苏迪亚和春迟被困在他们的小房子里,外面不时传来爆炸声,火光映红了天空,白昼与黑夜再无分别。春迟变得越来越憔悴。然而苏迪亚又何尝不是呢,尽管外面一片战乱、情势危险,但他仍要出门,冒死去寻找贝壳。

苏迪亚多么珍惜当他背着装满贝壳的麻袋回家来,递给春迟的那一刻,她脸上掠过的微笑。他为她带回六十六只贝壳,六十六只贝壳就是六十六个希望。春迟小心翼翼地将贝壳倒在床上,一枚枚数着。她像个终于得到蜜糖的孩子,满足而贪婪。他就站在她的身后,她可曾发现他的呼吸变得急促?她知道吗?这一刻他多想抱住她,将她完全裹在他的怀抱里,就像夜色降临于小岛,烟霭笼罩着森林那样,均匀的、轻柔的、浓密的拥抱。不,他已经不能给她一个如此静谧的拥抱了,他的身体已经开始涌动。迟来的青春期矗立在他的面前,像一座无法翻越的山峰。少年跌倒在山脚下,匍匐前行。他颤抖的身体变成了一片海洋,海浪狂野地打在礁石上,来势凶猛,他几欲失控。

春迟无视少年炽烈的情欲正在灼烧,她又义无反顾地走入虚幻的贝壳世界。她从未真正地了解男子,她从未看到过一个忍受情欲折磨的男子(曾经有关骆驼的经历,使她觉得男人应像飓风一样袭来,没有迟疑,没有犹豫)。纵使她的眼睛可以看见,面对少年涨红的脸庞、战栗的身体,她亦不会领悟到什么。

苏迪亚沮丧地退出屏风,回到他的床上。他常常怀疑春迟所经历的那场爱情是否真实,她看起来那么单纯无邪,仿佛从未有男人走近过。他蒙在被子里,和自己发狂的身体搏斗,直至筋疲力尽,才带着忧伤睡过去。

5

那一天,春迟仿佛受了什么召唤,她放下手中贝壳,推门走入外面一片无垠的黑暗之中。屋里的床榻上,苏迪亚熟睡正酣。

春迟茫然地走入一片毛莨丛林,她也不知道自己究竟要去哪里,捡贝壳还是寻找骆驼的住处?她只是隐约地知道,走出这片丛林,就到了海边。

毛莨丛林里到处是刺,灌木有刺,藤蔓有刺,就连竹子也长满了刺。天色已晚,她完全看不见前路,只是莽撞地向前走,尖刺不断扎进她的皮肤里、手臂、脚踝,甚至脸上。她轻轻地拭去脸上泌出的血滴,继续向着更深处走去。然而身前的灌木丛越来越高,越来越稠密,仿佛从未有人走到过这里。春迟并没有感到害怕,可是思念忽然来袭——她多么想念骆驼啊。她想起他们曾经的海边小屋,想起那张吊床——那样亲昵地叠睡在一起,再不会有了,不会再有人与她如此靠近。

森林深处,盲女开始狂乱地冲撞。她跑过的地方发出灌木折断、鸟群惊起的声音。不久,她灵敏的鼻子便闻到了火药的气味。周围一定有人。也许被骆驼击溃的翁格人就埋伏在这里。她慢下脚步来。有人在靠近她,从身后。她无处可逃,前面的灌木已经足有半人高,很难穿越。后面的人越来越近,她听见恶狠狠的呼吸声,听见弯刀划过灌木丛的声音。那人应该就在她的背后了,她刚这样想着,就感到冰冷的长刀抵住了她的腰。

身后的人用马来语喝止她。她听不懂,继续走。弯刀从她的后腰部刺入,血液的气味在潮湿窒闷的森林里显得很清爽。她向后仰倒下去。

透过层层叠叠的树叶穿射进来的月光,终于找到了她,温柔地舔舐着她的伤口。

漫长的黑夜终于结束,她再也不会因为失眠而躁动不安。

6

醒来时,伤口还在流血。她知道用力压住身体会好一些,可是腰肢却一点力气也没有。她的身上缠着一圈圈绳子,像一只梭形纺锤般丢在角落里。她听见有人用马来语小声对话,那应是看守她的士兵。而周围还有其他微弱的呼吸——她绝不是唯一被擒住的犯人。

她被翁格人当做骆驼派来的探子,和其他犯人关在一起。可他们是多么荒唐——又有谁会派一个双目失明的柔弱女子来做探子呢?

接连几个晴日,酷热。在密不透风的囚室里,众人伤口迅速腐烂,脓血不止,到处弥漫着一股腥臭的气味,引得苍蝇嗡嗡乱飞。囚犯们不休地哭闹,抱怨,漫骂……只有春迟非常安静,一动不动地缩在墙角,像一只冷冰冰的蚕蛹。吃饭的时候,有好心的犯人靠近她,将饭食放在她的旁边。她没有动。苍蝇们围着她的伤口绕来绕去,犯人们都疑心墙角的女子已经死了。

但春迟的头脑却很清醒,耳朵也还灵敏。犯人们的对话她听得很清楚。他们与自己一样,都是一些无辜的人,不过是因为误入翁格人的领地就被当作密探擒拿了。他们当中有相依为命的老夫妻,有孕妇,有少年……春迟从未与这样多的人共处一室,一直以来她都是自闭的,没有关心过周围人的生活。

年老的夫妇相互扶持,不离不弃;对腹中胎儿的盼望,使孕妇不曾失去求生的斗志;少年无时不在思念与他青梅竹马的女孩,他在囚室的墙壁上刻画着她的名字……爱是无尽的牵挂,是不竭的力量,是苦难的庇护所。春迟也隐隐感到内心的不甘,她还有那份可贵的记忆没有找寻到,难道她放弃了将灿如珍宝的爱情呈于他面前的愿望?

犯人们越来越明白关在这里的唯一结果是什么。他们都不是匈蓬部落的探子,骆驼自是不会派人来营救;对于翁格人来说,他们已被认作罪人,又再无利用价值。翁格人的军队忙于抵御匈蓬军队的再度袭击,接连几日送饭的人没有按时来,他们已经被遗忘了,很快就要饿死在这里。

年老的夫妻已经没有气力说话,少年不再坚强,靠在铁栅栏上默默地哭泣;孕妇被间歇性疼痛折磨着,发出阵阵哀叫——也许就要临盆了。而那个他们一直以为死去的女子忽然跌跌撞撞地爬起来。她循着哭声走过去,在孕妇的身旁坐下。这样的举动,连春迟自己也感到惊讶,她甚至不知道自己还能动。

"你很痛吗?"在岛上居住那么久,春迟多少会说几句马来语。

孕妇已经痛得说不出话来,她只是紧紧攥住春迟的手。她的身体很烫,还在不断发抖。春迟的手臂不经意撞到她隆起的腹部,忽然有种异样的感觉。它在动,宛如一朵从水底缓缓升起的海葵,伸出柔软的触角,轻轻碰了碰人间。

孩子,孩子是水底绽放的精灵。

春迟忽然冲到囚牢的铁栏前,对着外面大喊:

"带我去见匈蓬人,我们是他们派来的探子,他们愿意付出任何代价赎回我们!"

囚牢里的犯人都惊异地睁大眼睛,望着春迟。关在这里那么久,这个瘦小女人身体里的血液还未流光,她忽然显现出惊人的力量,宛如一次重生!他们怀疑着,又不可遏抑地开始憧憬。

次日中午,春迟作为俘虏,被翁格人押着,前往匈蓬人的营地进行谈判。尽管对于春迟的话他们还有所怀疑,但由于军队已经处于极其不利的态势,所有可能扭转局面的办法他们都愿意一试。

她如猎物般被拎到骆驼的面前。她终于与他见面,众目睽睽下的见面。她被狠狠地丢在地上,腰背上化脓的伤口首先被他看到。她坐起来,仰起脸来。她从那一大堆混杂的记忆中艰难地扯出一丝微笑挂在脸上,哀怨或者也是有些的,但并不容易察觉。

他们用马来语交涉。她听着他的声音,缓缓地闭上了眼睛,悠悠地倒下去。听到他的声音她就知道,自己平安了。那声音强硬、洪亮,她知道,他不会丢下她不管的。

7

她醒过来,不知道自己在哪里。腰上的伤口还在疼,摸了摸,已经被包扎好。

她无法用心计算时间,她应当睡了很久。她幻觉中发现那边有一团亮,恍惚地以为满地都是她的贝壳。她很想走过去摸一摸,起身却感到背后的伤口撕裂般地疼痛,身体好像就要断开了。她只得又躺下。

不久,骆驼来了,走到她的床边。她伸出手,从空中晃了两圈,终于抓住了他的衣襟。

她唤他:"骆驼。"

"你想起从前的事没有?"他劈头就问出这个令她困窘的问题。他的目光落在她胸前的金柄短刀上——这次他应很满意,短刀被她擦拭得很明亮。她摇摇头。

他叹了一口气。她连忙说:"但我一直没有放弃,我正在用一个愚笨但是很奏效的办法去寻找……"

"嗯,好吧,那么等你找回记忆,再来找我。"他没有足够的耐心听她说下去。

他的话令她一时无语。她揽过他的胳膊,手臂与手臂藤枝般缠绕在一起,她终于如愿。然而那种满足只有片刻,她忽然被一种疼痛击落在地,霍地紧紧抓住他,急迫地说:

"牢房里还关着几个犯人,他们都是无辜的,你快去救他们……"

他用力甩开她,生硬地说:

"你难道不知道你已经给我添了多大的麻烦吗?为了你,我已经答应那些翁格人,放他们走,还划分了地盘,暂时不会再去进攻他们。"

春迟一阵感动,却不知该说什么好,可是立刻又想起关在囚牢里痛苦呻吟的孕妇以及她柔软的肚子,她又继续哀求道:

"求你了,快去救他们。那个孕妇就要生产了,她很痛苦。"

"闭嘴!"骆驼大吼一声。

"求你去救他们,他们就要死了……"

骆驼猛然甩过来一个耳光,打在春迟的脸上。他头也不回地走了。

这便是他了,她暴戾的爱人!他如此粗心,甚至没有发现她的眼睛已经瞎了,再也看不见他。

骆驼没有再来看过春迟,她仿佛被关进了另一座囚牢。她昏沉地躺在那里,只有送饭人提醒着她时间的迁移。一日又要过去,春迟不敢去想在翁格人的囚牢里关着的犯人们现在怎么样了。是他们激起了她求生的斗志,使她决心不顾一切地与他见面;她亦给了他们最后一线希望——那种期待是什么滋味,她很清楚。然而现在她却不能将他们救出来,他们一定很失望。

她一直最怕的是令别人失望。她曾答应淙淙,陪她一起去船上生活,不离不弃,可她食言了,并且不告而别,她令淙淙失望;骆驼一直希望她能够记起往事,虽然她从未放弃寻找,但至今毫无进展,她令骆驼失望;她答应苏迪亚,不会夜晚独自外出,可她还是自己走入毛茛丛林,并且再也没有回去,她令苏迪亚失望;现在她又令囚室里苦等的犯人们失望。失望就像一场暴风雨,熄灭的火种不可能再度点燃,那伤害将永远留在那里,无法弥补。

  沿着螺旋状的楼梯一直向下走去,这沉堕的王国却并不是地狱。一直走,直到风声塞满耳朵,灰尘蒙上眼睛,荆棘缠住双脚,记忆的主人才幽幽地现身。

  他站在马六甲河畔,注视着对岸的漂亮建筑。它是有名的红屋①。红砖墙,硬木门,门前是宽阔的石阶,荷兰人的建筑总是这样气派。

钟声忽然响起,吓了他一跳。有位嬷嬷走过来,把门关上。里面正在举行仪式。他的女儿、女婿,以及小外孙都在。他们多次邀他来观礼,都被他拒绝。他只是怕自己破坏了他们的好

---

① 1641 至 1660 年间建于马六甲河畔,是荷兰殖民者留在远东的历史最久远的建筑物,初为教堂,后改为总督府。

兴致。

也许不会有多少人像他这样迷恋中国,他甚至觉得,祖父曾是郑和船队中的一名海员,这是至高的荣耀。三十年前他在码头工作的时候,曾认识中国轮船上的工人。他们有过一段书信来往,他会写的汉字寥寥,那些信件被他视为珍宝。后来通信中断了,跑船的工人再没有了消息。他就更思念,希望可以渡海到中国去看看,但家人都反对。直至最近他的妻子死去,他才觉得事情又有了转机。

他很想带小外孙一同去中国,让他到那里去住一段,却又一次遭到全家人的反对。他们要让他到英国去,过喝伯爵红茶、戴绅士礼帽的上层生活,他们说,那才是文明——也许他们是对的。

他已经买好去中国的船票,临行前悄悄跟随他们到教堂,只是想多看看他们。他的行李不重,除了旅途中必要的干粮和生活用品,还有一双祖父留下的筷子,不过他不太会用。

8

战争并没有就此结束。第五日,窗外又响起了炮火,硝烟的气味在八月晴朗的黄昏里弥散得很远。除了送饭,没有人来探望过春迟。

三天后,欢呼声响彻她栖身的军营,匈蓬人胜了。她扶着墙,走到门口。门外一片空荡荡,看守她的士兵已不在那里,似乎所有的人都去欢庆了。军营空了。户外的空气里,野草花枝的淡香混杂着血腥,春迟竟很喜欢闻这种气味。她记得,这是埋藏在骆驼头发和胡须里的气味,温情而暗藏杀机。

出了营地,她沿着海岸线缓缓地走。中午的太阳像军队一样凶悍,她闻到皮肤散发着一股焦煳的味道。

即便是海啸发生的时候,那场景也绝不会比现在更可怕。海啸是一场柔软的、毫无生息的战争,而现在她踩着连成河流的血泊,跨过一具具尸体,慢慢走回翁格人的营地。她越走越灰心,这场灾难正是她的爱人赐予班达岛的。他是一个部落的首领,是横行霸道的海盗,是一个嗜血为生的征服者!

春迟在岛上居住已久,沿着海岸走了半日,她找到了翁格人的营地。这里已经血流成河,她步步靠近囚牢,每一步都走得很小心。腐臭的气息越来越重,她感到一阵恐惧,不由抱住肩膀。牢门是打开的,也许有人进来过。很安静,只有苍蝇嗡嗡地乱飞。她摸着走进去,想唤他们,却说不出话来。触碰——冰冷的身体,是那个少年,他的手里还攥着一截石灰笔,死前是否还在墙壁上给他的小恋人留话;老夫妻就在他的旁边,互相依偎着死去,身体已经冰冷,只有那两只握在一起的手,还有一些温热;最后,她摸到了那个孕妇。她的额头上有脓血,也许是自己结束生命的。春迟的手抚过她的脸颊,嘴还张着,她碰到牙齿以及从嘴里涌出来的蚂蚁。这女人已经像一座腐朽的建筑,很快就会坍塌。她将手放在女人隆起的肚皮上。高耸而冰冷,像一座凄凉的小山坡。而她的小宝贝就永远地葬在这座山下了。

她最害怕的事终于还是发生了:他们都已经死去(大概是饿死的),带着对她的失望死去了。

她从牢房出来,炽烈的太阳仍未罢休,又追赶她到了这里。她感到一阵晕眩,她不能原谅自己,甚至不想看到自己,只想快些找个安全的地方把自己藏起来。苏迪亚和她的海边小屋——她首先想到的是那里。她忽然很害怕骆驼,想到他,她的眼前就出现一摊血迹,那些死去的囚犯的脸庞一一闪过。

她盲目地奔跑起来。不知道跑了多久,发疯一样地奔跑,直到被一个有力的手臂一把抓住。她大叫了一声,像只绝望的小兽。

"你要跑到哪里去?"是骆驼的声音。

她惊恐却又盼望。她倒在他的怀里,却又感到了更具体的危险。她挣扎着,眼泪掉下来:"他们都死了,你知道吗?那些囚犯。"

"这与我有什么相干?死去的人到处都是。"他冷冷地说。

"你为什么还不认错?你杀了那么多的人!"

"你不杀他们,他们就会来杀你。"

"翁格人押我去和你谈判的时候,你不是答应了他们,与他们划定界限、不再进攻他们的吗?你怎么可以食言?"春迟仿佛看到了那样的一幕:当她带着找回的记忆去找他时,他却再次食言。

"我为什么要对他们信守承诺?我反悔了他们又能把我怎么样?"

春迟气得说不出话。她拿起颈上挂着的短刀,对着他的手臂狠狠地划下去。他疼痛难耐,把她摔在地上。她迅速地站起身来,快步奔跑。他没有来追,她听到他急促的喘息声越来越远,竟然有些失望。

9

她跑到天黑,终于接近了他们的小屋。在离他们家不远的地方,有一片缅桅树林。那些长有蛋黄色花蕊的白花挂满树枝,远远看去像一片晕着霞光的云海。夜愈黑,它愈明亮。她就是奔着这片亮跑了过来。她停下来,大口喘气,内心忽然觉得平安。忽然有人从后面抱住了她。

苏迪亚。

少年拥抱了他的女神。那是非常温馨而丰盈的拥抱,比他此前无数次幻想过的都要好——不唐突,不生硬。

他们置身于明媚的缅桅花林中。这属于热带的绚烂,将少年紧紧包裹住,使他格外纵情。他用炙烫的双手捂住她背后的伤口,于是那伤口不再痛了。

苏迪亚拉着春迟的手回家。他这样满足。自春迟失踪后,他到处寻找,躲避凶狠的士兵,残酷的炸药,心力交瘁,几近绝望。他祈求佛祖将他的女孩还给他。作为一个命运坎坷的孤儿,他内心平静,素来没有向佛祖要求过什么。现在他想用今世全部的业力去要她。

佛当真应许了他,把她还给了他。

他们回到那间光线晦暗的小屋。苏迪亚将一只木箱从床下拉出来,满满的贝壳。每一颗都打磨得像牙齿一样光洁。春迟跪下来,用手一颗颗地去摸。她粲然一笑,宛如找到食物的野兽。

春迟向来不言感激。

春迟将她的手放在贝壳上,便觉得周围忽然变得寂静。寻找记忆可以平复所有的伤痛,可以暂时令脑海中骆驼的形影与她隔绝。

昼日与黑夜再无分别。记忆像层层纱帐,将她笼罩起来。她重新变得圣洁而专注。

她安详地坐在她的密室里,苏迪亚忽然觉得她非常强大。他不再为春迟担忧,他的确已经习惯她专注于贝壳。这样的生活充实而安详,是他所希望的。

但是,苏迪亚还来不及感恩,那飓风般凶猛的首领已经撞开了他家的门。

春迟正探入一段记忆的深处,忽然被什么力量拉了回来。他来了!气息和声音都来了!他一脚踢倒了屏风,捏住了他的鹦鹉小鸟儿:

"难怪你千方百计地逃出来。原来是要到这儿来——你一直和他住在这儿?"

她蜷缩在他暴力的手心里,仿佛已经习惯了他的这种方式。她不说话。

"我在问你,你一直和他住在这儿吗?"他大吼一声,令人心惊。

"是。"她回答他。他很愤怒,用满手的力气捏住她。她身上那个脆硬的伤口崩裂开。

她应该感到一丝欣慰吗?他在意着她,无法忍受她与别人在一起。但这也许只是他惯有的霸道。他要怎样处置她呢?她异常平静地等待着。

他拎起她向外走,苏迪亚拦住了他。遗憾的是,春迟看不到少年无畏的表情,不然她也许能在顷刻间了悟少年有多么地爱她。

"放下她。"少年用马来语对骆驼说。

静默,僵持的片刻。春迟已经感到了可怕的乌云慢慢压下来。多年后她一直后悔此刻自己的沉默。她非常了解骆驼,知道会发生什么。

她会拦住他的,她正要这么做;只在一迟疑间,她的脸上已经溅满了鲜血。

"苏迪亚?"她颤声唤他。

他用重重跌在地上的声音回应了她。

她伸出手去,摸到骆驼手中的凶器。手指触到那温热的血液,精敏的触觉使她感觉到苏迪亚的心跳,越来越微弱。

"你杀死了他,是吗?"她紧紧抓住骆驼,手指嵌入他的皮肉里。

骆驼没有回答她,他用脚踢开门,将她搭在背上,走了出去。古旧的门在身后来回摇摆,嘎嘎作响。

她伏在他的背上,疲惫地闭上了眼睛。他带着她穿过那片缅栀花林。

这是苏迪亚最喜欢的地方,缅栀花是苏迪亚最喜欢的花。他常说,这花是有佛缘的,他幼年时曾寄住在寺庙中,寺庙的院落里便种满了缅栀树。他负责打扫寺院,这缅栀花很是脆弱,软风一吹,落了一地;待他扫完,回头看去,又落了一地。然而他却并不沮丧,因这花总令他看着欢喜。

傍晚时看这花树最是迷人。稀薄的日光落在蛋白色的花朵上，树上地下，到处泛着一层浅金色的光泽，仿佛是从殿宇和佛祖那里撷了几丝神采。

二三月份的时候，花开败了，叶片也尽数落下，只剩得光秃秃的树枝，那形态颇似鹿角，所以人们又叫它鹿角树。她的眼睛虽看不见那些浸染着金色神光的花朵，但苏迪亚曾带她去摸鹿角状的树枝。

现在少年和他景仰的佛祖在一起了。也许在一座最高最遥远的寺庙里，少年正缓缓扫起满地的缅桅花。正是黄昏，金色如故。他不时地停下来，微微俯身，看一眼那个还在人间受苦的女孩。

在春迟旁枝丛生的记忆里，苏迪亚也不过是一个单薄的影子，一闪而过，淡如一抹陈年血迹；可是那个影子总是笔直地站在春迟身后，不躲闪，不游移。

10

春迟被骆驼带回营地。仍旧是那间屋子，大窗户，傍晚射进来的阳光照亮满地的棕榈叶。

骆驼抱着她，他探入她，比先前更温柔，更小心翼翼。她疑惑地感觉着他，他伏在她的身上，忽然乖顺得好像小男孩。

她伸出手去摸他的脸，摸到他的眼窝——他紧闭着双眼。他的皮肤是块松软的土地，皱纹犹如茂密的植被，遍布各处，无声地疯长……衰老的过程不可遏抑，他像一面土崩瓦解的墙壁，坍塌的烟尘扑面而来。她贪婪地吸吮所有尘末,仿佛这些就是他沧桑的过往。她在他的往事中寻找她丢失的记忆。

她比任何时刻都更需要这段记忆。苏迪亚的死已经拦住了她奔向骆驼的路,她与骆驼不会再有将来,他们只能在往事里相聚。所幸的是,他们拥有丰沛的往事,她在寻找记忆的过程中越来越相信,那段丢失的记忆一定繁盛而华美,不会令她失望。

她躲在他身体的下面,他那沉实的身体像低低的屋檐一般遮挡住她。她努力使自己相信,他们是在过去的某个时间里。于是她忘却了苏迪亚的死,尽情地与他欢愉。

但是骆驼永远是个野蛮的闯入者。他刺破了她的茧,将她掘出。

她感到房檐忽然被掀翻了,她站在旷阔的空地上,暴露无遗。她看到少年一点点被拖出来,从阴冷晦暗的角落里。他冰冷的双脚张开着,灰青的脸庞上还留存着几分死亡突然降临的惊愕。

她在他的肩膀上找到了自己的气息。他们是有过一个拥抱的,带着缅桅花的清香。

她猛然推开他,黏合在一起的身体被撕裂,他们都感到一阵疼痛。他捏住她,把她重新打开。

她恶狠狠地咬他,掐他的脖子。他按住她,携她翻越最高的山峰。那是有飞鸟和桃花的地方,是人间仙境,谁也无法抗拒。

瀑布从山顶飞溅下来,流进最隐秘的溶洞里。她听见泉水击打岩石的声音,那声音圆厚而悠长,宛如经历了一个瓜熟蒂落的过程。

她愣了一下。

也许早在那时,春迟就已经明白什么将会发生。底层休眠的火山醒过来,骇人的声音一层层涌出表面,干燥的皮肤变得湿润。她忽然不想和他的身体分开,体内的仇怨已被奔腾的瀑布冲走,现在那里一片空旷。没有人知道,一粒微小的种子正缓缓地游向它的彼岸。

11

军队正在造新房子,并且集敛了岛上有钱人的各种珍稀宝贝。人们渐渐习惯了匈蓬人的统治。对他们而言,谁统治并不那么重要,重要的是,家中剩下的成员都平安地活着,能够吃饱,不再流血。

春迟走出营地的时候,没有人阻拦。骆驼并不担心她会离开,或者应当说,骆驼不认为她会离开(素来只有他抛弃她,绝没有她抛弃他的可能)。骆驼以为,先前她离开是因为惦记着住在海边小屋里的那小子,现在他已经替她了断了这份牵挂,她还有什么理由离开呢。

她一个人跑去海边小屋背后的树林,逐一抚摸那里的坟包。小的是他的小动物们,那个最大的应当就是他了。她采回一些缅桅花,放在他的墓上。她没有哭,靠在那座坟墓旁边的时候,她觉得很平安,仿佛他就坐在她的旁边。他一向是安静的,不会吵着她。

三日后,她离开这里。临走前从床下拖出那只木箱,满满一箱贝壳,这是苏迪亚最后赠予她的礼物。

春迟在海边等待可以去其他小岛的船。她要找一个不属于骆驼的小岛，逃出他掌控的领地。

然而骆驼的士兵忽然出现，将她抓住。她又被带到了骆驼的面前。她蜷缩成一团，手中紧紧抱着那只木箱。他一定是愤怒的，她听到他咻咻的喘息声。他扯着她的头发把她拉起来。

他用手捏住她的脸。她试图在他野蛮的动作里寻找一丝往昔的温存，然而这似乎是徒劳。爱是最令人哀痛的幻觉，此刻，被他这样羞辱着，如何能再沉浸于被击碎的幻觉当中呢？

"把她手中的木箱夺下来！"他命令身边的士兵。

她冷笑起来。在他眼中，她不过是个见钱眼开的女子。

他们走上前去抢她的木箱。她紧紧抱住，他们都很吃惊，一个柔弱女子怎么会有这样大的力气，然而这也使他们断定她手中的木箱里是珠宝。

春迟明知，若是打开让他们看一眼，真相自然明了，那一刻骆驼该是多么难堪！然而她却宁可他继续误解，也不想让他们打开木箱，因这是侮辱，对于虔心的爱，对于可贵的记忆，对于苏迪亚。

木箱还是被夺走了，倒扣在地上，贝壳滚落了一地。破碎的声音。

赤烈的日光下，不会再有更大的羞耻。

她挣脱惊愕的士兵，扑倒在地上，摸索着捡拾那些贝壳。春迟一片一片捡着，将它们重新放回木箱。

骆驼和他的士兵怔在那里。没有人会懂得这个疯癫的女人，她视如珍宝的木箱中不过是一些随处可见的贝壳。她贪恋的不是金钱,那么又是什么呢？是什么令她如此敬畏和迷恋？骆驼俯下身去,试图安抚她。她剧烈地颤抖起来,喃喃祈求道:"让我走吧……"

她带着她的木箱离开,消失在船舱里。而船又消失在大海中。这女孩令人不安,甚至令人感到不祥。骆驼只是希望自己快些忘记她跪在地上的绝望的样子。他疲惫地对他的士兵说:

"走吧,我们回去。"

女孩坐在船舱里,那颗小小的胚芽终于动了起来,第一次。它像一个风筝轴不动声色地放线,然后轻轻对女孩说:

"不要怕,现在你不再是毫无凭借的。"

女孩接过梭形线轴,看见挂念和爱恋一圈圈缠在上面,都没有丢。她所有付出的,都在这里了。

磨镜记

猿猴探水月　谎谑拾花针
爱河浮更没　苦海出还沉
　　　　　——梁朝傅大士《颂金刚经》

上阕

1

双目失明后，春迟的眼前常常出现淙淙的样子：她穿着那件脏兮兮的灰色裙子以及草叶编的简陋凉鞋，佩戴庞大的扁月形铜饰以及很沉的黑色或白色的珠串项链，她站在高大的扶桑树下，嘴里咀嚼着一颗槟榔。忽而粲然一笑，露出满口赤红。淙淙的美令人讶异和不安，然而她自己却浑然不知。那美丽又暗藏着杀机，仿佛她被放置在巅峰之上，随时都有可能一落千丈。

她们初识正是淙淙最美的时候，一个女子在她最美的时候，对于自己的美一定是不自知的，在懵懂中攀爬，向着更高的地方，不知不觉就到了巅峰。

这种美也许曾让春迟感到不安,也许还有更复杂的情感,比如妒忌。因为妒忌,她才开始想要躲闪。这种感觉,就像春迟第一次走入曼陀罗花丛,看到一朵朵倒吊的花朵,绵绵不绝,生机勃勃,可这是多么令人垂丧的艳丽!在淙淙面前,她赞美了这些花朵,淙淙便以为她十分喜欢它们,却不知道那赞美也隐藏着深深的敬畏。这注定她无法将自己融入那片花丛。

2

激滟岛上的收容所是春迟记忆的起点。

它曾是一座建在半山腰的寺庙,由于绝好的地势,又或者还有神明的保佑,这里纵使在海啸来袭的时候也安然无恙。海啸之后,当地的穆斯林们欣然同意将它改建为收容所,而他们大都迁徙到邻近的一个岛屿,那里是很原始的马来人部落,有寺庙和安全的住处。

在这里,春迟闻到墓穴的气味,好像一切都死过一次了。她亦如此,并且,她死得似乎更加彻底一些,从前的事情一点也不记得了。

那场海啸带走了春迟的记忆,将她像一个清洁的婴儿一样带回世间。很长一段时间里,她好像得了嗜睡症一般,久久沉溺在梦里。不过做梦的感觉的确很好,不费一丝力气,很轻很轻,像是有个陌生人走近,轻轻地挠她的头皮。春迟醒来便看到枕头上落满了头发。

她醒来,在热带的暴雨中,原来有人在拼命地摇晃她。春迟看见眼前的女孩脸上满是鲜血,在月光下像幽怨的女鬼。女孩用一团雪白的棉花堵住了春迟的鼻孔,拽起她的一只手臂,向上伸直。春迟蒙蒙地坐在床上,透过身旁黑洞洞的玻璃,看见自己血糊糊的下巴,鼻子里簇拥着白烟,奋力地举高一只手臂。

女孩对春迟说:

"你不能再睡了,否则你的血要流干了。"

"可是一点也不疼。"

"那也不行,手再举高一点。"

原来又流鼻血了,在睡梦中流鼻血。那是很轻的,一点也没有感觉。它像一条红色蚯蚓一般潜入春迟的梦。它很小,尾巴带个小钩,然后它开始变长,最终捅破了春迟的梦。

梦是好像子宫一样的袋囊,被捅破之后,它就开始流血,像一个生命的夭折。然而却并不会为此难过,反倒会有喝彩,还以为是魔术表演结束时,从黑手杖里变出的一大捧鲜花。鲜花上原本落着许多心形的小蝴蝶,这时便都飞了起来。蝴蝶落在春迟的脸上,挠得她两颊发痒。她在梦中发出咯咯的笑声来。随即,她就被人摇醒了,鼻血已经染红了半个枕头。

春迟惶惶地坐起来。午夜的树影在窗外摇摆,偌大的房间里,全都是床,床上睡着年龄不同、肤色迥异的女人,她们就这样恐慌又贪婪地睡着,充满哀求与渴望的梦呓絮絮不止,有时发出喑哑的叫声,叫声犹如被石头压住的狸猫那般惨烈。

摇醒她的女孩将她的被褥拿出去清洗。女孩对春迟说过她的名字,然而此刻春迟却不记得了。

沿着月光铺设的甬道,春迟跨出门,走进了种满凤凰树和椰树的院子。她看见地面上横七竖八地放着一张张担架。在这个有风并即将下雨的午夜,这些担架仿佛一叶叶扁舟在水中缓缓地摇着;半空中又横竖扯起几条粗绳,那女孩正将洗干净的被褥晾在上面。在那儿,许多条白色床单一字晾开,犹如被戳破的船帆,起风的时候它们便也上路了。

那是春迟最初认识的淙淙——站在摇曳的白色床单中间,好像被云朵轻轻托着,来到她的面前。

正是她救了春迟。她从海滩上捡到春迟的时候,春迟的鼻息已经无法感觉到。可是她的身体并不冰冷,恰恰相反,她像一块火山灰烬般灼烫。如此的热,以至于淙淙相信她一定可以活下来。同时,她惊讶地发现,春迟的双脚是血红的,殷红的血迹从脚底一直向上蔓延,由深至浅,直至脚踝处才完全消失。这双赤红的脚也在发烫,淙淙蹲下来,试图找到脚上的伤口。可是没有,脚并没有流血。她又试着揩拭血迹,可是那血迹似乎是由肌肤里面渗透出来的,无论多么用力都擦不掉。

神奇的红脚女孩。

那个黄昏,淙淙坐在旁边看了她很久。然后慢慢扶起她,将她放在自己的背上。她背着她往回走。她的背被她压着,也开始发烫。落日把最后一丝光热传到她们身上,就跳进了大海。她们是黯淡的天地间最亮的一簇火焰。从这一刻起,她们的命运被紧紧地连在了一起。

3

那个时候,春迟的全部所有是一张收容所的阴潮幽暗房间里的床铺、一条山茶花图案的墨绿色毛毯,以及一件不知从什么地方捡来的粗麻布裙子。她一直都穿着这条裙子,浅紫色,胸前有淡红色的石榴渍,抑或是西瓜的汁水,看起来像个暗藏杀机的伤口。

春迟本是不屑去争抢那些衣物的,每次收容所分发衣物的时候,她只是冷冷地站在角落里看着,看着难民们冲上去拼命地争夺和厮打,仿佛是为了证明她们得到重生后蓬勃的生命力。

而裙子是淙淙送过来的。

此前,淙淙只是常常在夜里帮春迟止血,她也许是睡在春迟旁边的床位上,但春迟对此毫无印象;每次睡醒时,偌大的房间里几乎没有什么人了。女人们更喜欢聚在院子里聊天,不到万不得已,她们不会回到这拥挤黑暗的房间里睡觉。

有时春迟早晚散步,就看到淙淙在院落墙根下晾那些替换下来的沾满血迹和痰渍的床单。她常帮这里的看护做事,甚讨她们欢心。

春迟迎面走过去,看到淙淙伸长手臂,踮着脚尖晾衣服。这女孩不过十五六岁年纪,生得瘦小,皮肤细腻,很难分辨她是不是华裔。只是觉得她有一种生野的美,能紧紧抓住人。她晾衣服时,柔软的身体被拉展开,宛若开在院落中央的一株小桃树。蓬勃的生命力犹如花粉般从她的身上散落下来。春迟只是这么安静地走过去,偶尔几次,她隐隐感到淙淙在对着她笑,然而她却记不起淙淙的名字了。

直到那个下午,她们两个都站在屋檐下,看着那些女人们争抢从远方运送来的旧衣服,她们是仅剩的没有加入那场拼抢的女子,彼此对看了一眼,向对方投去友善的微笑。淙淙用眼神示意春迟等她一下,就向着那群撕扯的女人们走去。春迟疑惑地看着她。炎热的下午,烧烫的地面上浮起一层白茫茫的水汽,她那双细瘦的脚踝仿佛悬在白雾缭绕的半空中,轻渺的背影像个腾云驾雾的仙女。仙女降落在那群凶悍的妇人当中,然后她就毫不客气地和三两个手中紧紧攥着抢来的衣服的女人争夺起来。刚才还好端端站在她身边的温婉少女,顷刻间变身为野蛮专横的泼妇。她揪着其中一个妇女的头发,犹如压一口水井般将她的脖颈向下压,而另一只手紧紧地抠住那妇人攥紧的双手,将她抓着不放的裙子一点点扯出来。

女孩在这一刻呈现出的令人惊异的力气,与此前宛若行在云端的脚步迥异。

她们当然也打她,拧她的耳朵,扭她的手臂,用尖利的指甲去划她的脸,可是她像一个刀枪不入的勇士般毫不退缩,甚至没有流露一丝痛苦的表情。很快,四面涌来一群为淙淙助阵的女人。这些平日里神情漠然、看不出与淙淙有什么交情的女人,竟然都兴奋得好似被抽动的陀螺。淙淙就是一根有号召力的鞭子,她能让这世界围着她团团转起来。

那几个和淙淙争夺的女人寡不敌众,很快便败下阵来,眼睁睁地看着那个抢到衣服的女人走到淙淙的面前,将裙子递给她。淙淙很从容地接过,自始至终,她没有擦过一下脸颊上流下来的血。

女人们四下散去,淙淙亦无须向她们道谢,仿佛这是发生过许多次的事,人人都习以为常。淙淙迎面走来时还向春迟扬了扬手上的裙子,一切都非常明艳,女孩笑中的眉眼、脸颊上慢慢凝固的血,以及她手中的衣裙。

女孩在春迟的面前站住,未等气息平顺,就说:
"给你。"
"给我?"
"嗯,给你的。紫色很适合你。"

裙子落在春迟的手上,轻得好像一只小鸟;她用力抓紧它,生怕一不留心,它就会飞起来。

春迟非常惊讶。她很快变得不安起来,犹豫了一下,终于伸出手指,帮淙淙擦拭脸上的血。有几处伤口,抓破的表皮已经脱落,裸露在外的嫩肉不断涌出血来。春迟看着鲜血犹如愈演愈烈的火焰一般蔓延,心中一片慌乱,只是徒劳地不断擦去伤口四周的血。

在失去记忆后,淙淙是第一个对春迟好的人,但这种感觉并不像春迟想象的那样美妙。由于对过去一无所知,春迟时常会感到无助。那时她多么盼望有人能够走近她,疼爱她。可是淙淙脸上的伤口那样灼目,令春迟不知所措。她觉得自己无法还给她什么。

4

淙淙是个野姑娘。父母双亡,孤身一人住在潋滟岛上。有时在岛上的天主教堂里寄住,有时到难民营里混日子,谁也不知道她明天会在哪儿,连她自己也不知道。

可是她的影踪一定有许多人想知道。因为她是一只太美丽的动物,令整个森林里的鸟兽都黯然失色。春迟也许应当感到幸福,因为这只最美丽的小兽栖落在她的身旁,日日夜夜与她为伴,这是多么值得羡慕的事。淙淙的确很依赖春迟,夜晚睡觉的时候,她总是偷偷爬到春迟的床上来,抱着春迟:"睡吧。"说完,淙淙心满意足地闭上眼睛。

热带的夜晚,虽然有海风,仍使人觉得燥热。淙淙睡着了也很不老实,仿佛在被子里游泳似的,四肢摆动,呼吸很深,嘴巴也张开协助呼吸。有时她又会紧紧地抓住春迟,讲含糊不清的梦话。在那些深夜里,春迟惊醒,看见女孩如攀缘的小野兽般地钩住她,神色餍足。

春迟轻抚她的脸颊。此刻她睡得很熟,不会醒,像一个属于她的娃娃。她必须承认,自己有些妒忌淙淙。尽管她已经努力克制这种糟糕的情绪,当旁人被淙淙的美吸引,试图与她靠近的时候,她就会不由自主地远离。虽然她明知淙淙也许从未意识到自己的出众,她也不会知道春迟的难过。春迟又看了淙淙一会儿,轻轻地用被子蒙上她的头。她希望世界都不要看到这个光芒四射的女孩,只有自己知道她的美;或者哪怕她的美不要这样突兀,像自然中的流水树木,屋舍中的瓷器摆设一样静谧,那样也不会令春迟不安。

清早醒来时,春迟看见淙淙已经坐在床边,正抱着她的双脚出神地看。她抚摸着春迟脚上的血迹,说:

"真可惜你记不得从前的事了,我想那一定很精彩,这双红色的脚就是最好的证明。"

"它们还烫吗?"春迟轻轻问。她很少去碰这双脚,她总觉得,它们似乎并不属于她。

"还烫。你全身都很烫,所以才会流鼻血。你就是一座活火山。"

"是吗?那你不怕我喷涌吗?"

"不怕。我喜欢你的烫,红孩儿。"淙淙这样叫她。

然而淙淙并非对谁都这样温柔,春迟是一个例外。事实上,淙淙瘦小单薄的身体里充满了惊人的破坏欲。虽然曾寄住教堂,但她对于基督教有一种非同寻常的憎恶。当春迟对淙淙说,她非常想去做一次祈祷,祈祷能将那些遗落的记忆找回来时,淙淙的口气十分鄙夷:

"不要在我的面前提这些,我早已不相信有神。我住在教堂的那些日子,每天都想放一把火,将它烧毁。"

淙淙露出轻蔑的微笑,春迟一阵凛然。她看到淙淙的虎牙在唇间掠过,附着几缕残存的槟榔果肉,犹如一颗绞缠着血丝的兽齿。

在难民营里,淙淙喜欢和那些在船上卖唱的歌妓混在一起,让她们教她唱歌。她的声音低沉,略带沙哑,唱起歌来别有一番韵味。那些歌妓们开始撺掇她与她们一起到船上卖唱,说她这么美,肯定能成为最红的姑娘;船上的生活很热闹,再也不会感到烦闷,而且还能赚到许多钱。对于别人的赞美,淙淙毫不经意,只是抿嘴一笑;金钱也并不令她心动,然而那种新鲜的生活倒令她有些向往。

"我们一起去船上唱歌,你说好吗?"深夜,淙淙碰碰春迟,小声说。

"我不想去。虽然说不上什么缘由,但我不喜欢她们。"

"每天唱歌喝酒,生活得很自在,有什么不好呢?"

"我希望可以过安定一点的生活,在自己喜欢的地方有一幢小房子,院子里种些花草,离海也不远,傍晚时走到沙滩上吹吹海风。"

"嗯,我记住了。"淙淙说。

"你记住什么了?"春迟疑惑地问道。

"我记住你想要过的生活了,总有一日我会为你实现它的。"

春迟很感动,却又生出几分诧异。这样的话似乎应当由一个男人来说,现在从淙淙口中说出,多少有些古怪。春迟知道,淙淙绝不是柔弱女子,可她终究也是女子,应当被人娇宠呵护着,又怎么能肩负起照顾她的责任呢。

沿着螺旋状的楼梯一直向下走去,这沉堕的王国却并不是地狱。一直走,直到风声塞满耳朵,灰尘蒙上眼睛,荆棘缠住双脚,记忆的主人才幽幽地现身。

巴里安①的街头,坍塌的瓷器店,满街滚落的水果,仓皇奔跑的妇人,哭得撕心裂肺的小孩,来势汹汹的红毛番鬼……

巴里安,据说在西班牙语里,它的意思是流浪汉区。这个位于巴石河畔的小城顺着历史的大河漂流下来,落到那些红毛仔手里的时候早已支离破碎。他们从当地人中选出首领管理和压制其他人。是欲望支撑起了这些弱小而怕事的"首领",而权力则令他们生出与侵略者一般无异的脸孔。于是奴役和杀戮化作他们手中的长鞭,同族人的血裹住了他们的双脚。

---

① 1582—1860年菲律宾马尼拉华侨居住区兼商业区。西班牙殖民当局在这里采用"以华制华"政策,派华侨监督官管理该区。巴里安曾七次毁于火灾。

密谋已久的起义终于在这个闷热的夜晚爆发。西班牙人在撤离之前,把兵戈交到"首领"的手中:

"好好干吧,这里需要一场大清洗。"

起义者远比他们想象的强大。是的,有多么愤怒就有多么强大。带头的人被抓住,"首领"将他绑在火刑柱上,脚下是熊熊烈火。火从脚踝处缠住了他,一寸肌肤一寸肌肤地舔上去。围观的人群发出尖叫,一些软弱的开始逃跑⋯⋯黑色的骨架矗立在空中,像一柄不屈服的宝剑。可是那些追随他、响应他的百姓们分明已经屈服,他们跪在他的尸体下求饶。

人们以为这便是起义的结尾了。可是谁也没有料想到,那团火烧尽了火刑柱上的人,却仍不罢休,它仿佛是领受了神意,"嗖"的一下蹿下来,沿着巴里安杂草丛生的街市、荒凉的巴石河一路蔓延。屈服的人们要为他们的行为付出代价。

所有不够洁净的人,都来洗吧!

大火烧了七日。雨水也浇不灭。巴里安城被毁,只有鹰隼盘旋在废墟的上空,小心翼翼地靠近那尊黑漆漆的塑像,衔去一块焦煳的肉。殖民者对于这场灾难的悲伤并没有停留几日,他们又在巴里安的下游修建新城。一切都是新的,新的首领,新的律法,新的子民,唯有"巴里安"这个名字保留下来。

5

春迟逃跑了。她用行动证明了自己有多么轻视淙淙的诺言。

那一天并非毫无预兆。前一日淙淙接连做了许多噩梦。醒来时看到外面天气阴霾,暴雨将至。春迟又抛下她,独自去散步了。春迟最近有些古怪,总是喜欢一个人跑出去,到了晚饭时间才回来,并且神色凝重,看起来有些心事重重。但淙淙只当春迟是为失忆的事难过。

晚饭吃了一半,春迟就起身回房去了。淙淙永远都将后悔,为什么那时她没有跟春迟一起回去呢?她在听一个歌妓讲从前在船上的事——日子过得太平静了,听歌妓们讲她们千奇百怪的经历是唯一的消遣。

等淙淙再回到房间时,春迟已经不见了。在那只她们共用过许多个夜晚的枕头上,淙淙找到一片尚有余温的泪迹。

她冲出去,到院子里找她。在回廊的尽头,她似乎看到了春迟的背影,瘦瘦狭长,像一片从地面升腾起来的水汽,向着躲在屋檐后面的云彩聚过去。她大声呼唤春迟,但那水汽兀自飘飞,转瞬便消失无踪。

身上还穿着淙淙为她抢来的连衣裙,耳边还回荡着淙淙对她的许诺,春迟就这样拉着男人的手欢快地逃走了。她一定听到了淙淙大声呼喊她的名字,声音撕心裂肺,再磅礴的雨水也遮挡不住。她怎么忍心背对着那么凄楚的声音疾跑而去,头也不回?三月的小岛,突如其来的暴雨,到处充满背叛的气息。

有人曾看到春迟拉着一个男人冲出了难民营的大门。歌妓们的议论沸沸扬扬:想不到那个最不起眼的姑娘却这么有心机,很快就骗到一个男人将她带走。目击的人详细描摹男人的样子:深铜色的皮肤,宽阔的肩膀,浓密的胡子……

"啧啧,还怪不错呢!"女人们微含酸意地赞叹。没有人发现坐在角落里的淙淙脸色有多么难看——内心的屈辱折磨着她,令她如坐针毡。她恨春迟,却又一直在寻找她,从未放弃。

四月,海啸之后的第一艘船从中国抵达南洋。难民营中的歌妓奔走相告,她们终于又可以回到船上了。她们热情地劝说淙淙到船上也玩几天。淙淙本来不想去,可是她很想赚钱;歌妓们说,船上赚钱很容易。

总有一种直觉牵引着她,令她相信:当她把春迟的梦想实现了,春迟一定会再回到她的身边。

6

她在船上遇到形形色色的男人,水手、外国使臣、太监、传教士……她的美貌令他们倾倒,她身上那种半驯服的野性使所有男人提起手中的猎枪,甚至连她那沙哑低沉的声音也被他们大为推崇……她的美高高在上,与一般歌女不同而又难能可贵的是,她甚至能使男人感到敬畏。当她站在台上唱歌时,所有的人都全神贯注地看着,听着,没有人想起她是在卖艺;与客人们一起喝酒,她也总被关照,几乎从未被轻薄和灌醉。

虽然船上的生活萎靡而混乱,但淙淙从未放弃她的坚守。船上的客人都知道:这位惊世的美人也矜持得很,素来卖艺不卖身,不管客人有多么显赫的身份、出多么昂贵的价格。这一点的确令船上的其他歌妓们钦佩。然而没有人知道,这种坚守并不是出于道德,而是身体,完全是由于身体。淙淙怎么也无法说服自己接受男人。每当她想象男人的身体像钟罩一般扣在自己的身上,只留一点空气给她,她被压在低处沉重地呼吸……那是多么可怕,不管是多么英俊的男人,哪怕他温柔有加,一旦化做一只盛满欲望的钟罩,对她而言就再没有什么分别。

虽然淙淙天性厌恶男人,但是他们如此迷恋她,每天活在赞美和宠爱里,那种感受的确不坏。

短短几个月,淙淙已经成了船上的头牌姑娘。淙淙也很喜欢船上的生活,每每饮酒必喝到醉,喝醉了就能顺利摆脱思念的纠缠,一宿都会睡得很好,春迟被关在梦的外面。

在喝醉之前,淙淙总是对自己说,春迟会回来的。她现在唯一能做的,便是攒足钱,实现春迟的愿望。

从前,她身上从不佩戴什么女红饰物,但现在她有了一只锦缎缝制的小口袋,每天客人的打赏,除了上交给老鸨的,其余都被小心翼翼地投入这只口袋。每天清晨的时候从枕头下摸出这只口袋,摇几下,里面的钱币叮叮作响,这悦耳的声音将淙淙内心的空洞填补起来,于是她感到很满足。而新的一天就这样又开始了。

激滟岛的东岸没有受过海啸的侵袭,植被茂盛,海滩也很干净。淙淙想,若是把家安在这里,应当不错。从那以后,每次商船回来停靠激滟岛,淙淙都会到东岸来建造她和春迟的家园。淙淙看中一艘废弃的木船,两层高,窗户上雕着莲花和鲤鱼,非常好看。许多水手都愿意为淙淙献殷勤,七手八脚就把木船改建成一幢船屋。每次出海,淙淙从船上带回各种小玩意和小摆设,中国的瓷器、波斯的地毯、印度的纱丽……这些都是女孩儿喜欢的东西。

船屋前三丈见方的小院子也被她打理得有模有样。有一次出海,她从一个遥远的海岛上找到梦寐以求的曼陀罗花种,就将它们带回来种在院子里。因为土地湿润,花枝很快就长到两尺高。在一次漫长的旅途结束之后,淙淙再次回到船屋,院子里氤氲着一片红光。她推开木门,看见漏斗形的花朵,宛如一只只灯笼般倒垂下来——还未来得及将它们看清,扑面而来的香气已经将她迷倒。

她在院子的中央躺下,闭上眼睛,就感到周围的花朵慢慢向她靠拢过来。它们很温柔,使淙淙想起了她。春迟,这个名字像一只鸟儿从她拧紧的喉咙里飞出来。她忽然开口说:

"这是你喜欢的曼陀罗花,都在这里了。你应当回来了。"

7

但春迟一直没有回来。

船屋变成淙淙最害怕的地方。每次回去,独自躺在曼陀罗花的中间,几乎就要睡过去的时候,就看到春迟朝她走过来。她经过的每一朵花都摇摆起来,停不下来。眼前的一切都在晃动,什么都看不清、抓不住,直到春迟再度消失才慢慢平静。

淙淙宁可待在船上,喝酒狂欢,在众人的簇拥里挥霍时光。至少这样不会太冷。

她开始酗酒,棕榈酒、糯米酒、椰子酒……她最喜欢的是椰子酒,船上的歌妓们都会自己酿制,而她酿造的格外醇甜——用采集来的椰子树花蕾熬制,蒸发,直至表面溢满白色的泡沫,煮沸后便是澄清的椰子酒。她不过略施小技,在发酵的时候滴了几滴提炼的曼陀罗花香精,酿造出的椰子酒就大不相同。船上总有些客人痴迷于她的酒,在旅途结束的时候也不舍得离开。

钟师傅便是这样留在船上的。谁也说不清最初使他留下的,究竟是淙淙的人还是淙淙的酒。他们刚认识的时候,钟师傅还很年轻,他的名字是钟潜。他混在船上日日把酒言欢、纵情忘形的人群中,度过一段又一段的旅途,直到有一日,淙淙终于觉得这张脸眼熟,她冲他笑了一下。那时她站在台上,他被淹没在围观的外层人群中,是一个杂役的打扮。

钟潜原本是并不酗酒的,然而喝起淙淙酿的酒却永远也不够。那个夜晚,他们二人在甲板上秉烛夜谈,多少次桌上的烛火灭了又被点燃,钟潜那张白净的脸一层层变红。他是个羞涩的男子,不喝酒的时候基本无话;喝醉以后,话虽多了,却又开始结巴。淙淙十分喜欢他那副羞赧的样子。在船上见过这么多客人,淙淙还没有见过一个清洁如钟潜的男子。他皮肤像女人一样洁白光滑,手指纤长,几番拨弄烛火的时候小手指都微微翘起,动作轻柔而优雅。他总穿一件粗布长衫,却一点也不令人觉得寒碜。衣服被他洗得很干净,还带一点草藻的清香,使人很想与之接近。

有一日,他喝醉了。他喝醉的样子也很美,虽然有些神志不清、言语频密,然而也不算失态。他伏在桌子上昏睡过去,淙淙忽然觉得,眼前的男子与自己非常相像,贪杯只图一醉。也许他也是孤儿,也许他也失去了爱人。她想着,喝光了他剩下的半杯酒。

淙淙扶他回去休息,他站起来走路时,步伐仍旧轻缓而从容,也没有大声吵闹,一点都不像她过去见到的那些喝醉的男人。

次日他来向她道歉,为了昨日的失态。他羞怯而彬彬有礼地站在她面前,不敢看她。她看着,心中觉得好笑,佯装认真说道:

"以后再也不给你酒喝了。"

"千万不要,若是如此,人生还有什么乐趣呢?"

"原来你也是个酒鬼。"淙淙嫣然一笑。

从那之后,他们就常常一起喝酒。与钟潜在一起,淙淙不用赔笑,无须迁就,只有和他在一起她才觉得安全,才能毫无顾忌地畅饮。哪怕喝得烂醉,他亦不会趁势轻薄。钟潜渐渐成为淙淙身边最亲近的人。他将淙淙奉为公主,对她关怀备至。此后,人们只要看到淙淙便总能看到他。他像她身后无声的影子,又像一只脉脉含情的小动物。

船上那些喜欢淙淙的客人开始妒忌他。他生得细皮嫩肉,很得姑娘们的喜欢。他性格又随和温顺,身边总是簇拥着姑娘,尤其是最美的淙淙姑娘与他甚是亲密。他总是那么碍事,当他们与淙淙一道喝酒的时候,他坐在一旁,见她为难时便替她饮酒,帮她解围。他那么担心她,一刻也不愿意离开她,生怕她喝醉了被别人占了什么便宜。

他们把钟潜叫作淙淙的"影子"。客人们在甲板上喝酒,若看到

淙淙经过便喊她过来一起喝酒。每每这时,淙淙就笑着说:

"你们去问问我的影子吧,他若同意,我便坐下喝。"

那些客人于是起哄说:

"什么事都要问他,难道那个人是你的男人吗?"

"是呀,等赚够了钱,我便嫁给他,我们一起去岸上过日子。"淙淙笑着回应。钟潜明白,淙淙只是随口说的,可是每次听到这话,他的脸还是涨得通红,头压得很低很低。

8

钟潜的秘密是一个客人首先发现的,他去小解的时候,从那扇没有关好的门外看进去,看到钟潜在里面。而钟师傅的秘密也从这扇虚掩的门里泄露出来。后来便有人趁钟潜洗澡的时候,偷走了他的裤子。那件事再一次得到了证实。待到钟潜再次坐在淙淙旁边替她喝酒的时候,那人就故意问淙淙:

"这个人是你的男人吗?"

淙淙说是。

那人哈哈大笑起来,大声嚷道:"大家来看看啊,淙淙的男人是个太监!淙淙要嫁给一个太监!"

"闭嘴!你不要胡说!"淙淙大声喝止,竭力维护着钟潜。

"不信你就扒掉他的裤子看看!"那人得意扬扬地大喊。

所有人的目光齐聚在钟潜的身上——钟潜浑身都在发抖,他恐惧地将双手护在裤裆前。

那人身后还有几人帮腔,其中一个刚从船舱里走出来,他将一只

手高举,大声嚷道:

"看看这个是什么吧?这是从小太监的枕头底下找到的!"

那是一只巴掌大小的木器,金黄色的烫漆,雕着喜鹊梅花的图案,很是精细。这便是盛放太监的宝贝儿的小盒子了。那人挥着手臂,它如利器般在空中划出一道金色的伤口。

众人一片哗然。在船上,他们不是没有见过太监——他们身穿官服,吃喝都很讲究,说话语调奇怪,很难与人亲近,混在人群中,一眼便可分辨出来。没有人见过钟潜隐藏得这般好的太监——他的声线虽细,语调却很平淡,他穿布衣在船上做杂役,看起来就是个寻常百姓家的年轻男孩。为了掩饰身份,他一定费尽了心机。

青天白日,众目睽睽。人们来不及笑,也许更多的是惋惜——这么干净漂亮的男子,看起来无可挑剔,可他竟然是个太监!

淙淙愣在那里。

钟潜又羞愧又气恼,脸涨通红。他倏地从淙淙身边站起来,顺着楼梯,钻到最底层的船舱里。他知道那里有个堆放杂物的角落,见不到光。他用手撩开层层蜘蛛网,走进那个角落,将自己塞了进去。这样,他才觉得安全了一些。

淙淙从那人手中夺来木盒。那理应沉甸甸的东西,掂在手中竟是这样轻。那人捏过的地方留下两个灰蒙蒙的手印,淙淙掏出帕子,小心翼翼地将它擦拭干净。清漆依旧很亮,但木盒已经缺角,露在外面的小块木纹上已经聚满朽毁的气息。

半夜时分,钟潜睡得昏昏沉沉,只听到淙淙低声唤他:

"钟潜,钟潜。"

他不应她,将头压得更低。可是她已经看到了他。她穿过蜘蛛网,跨到他的面前,拍拍他。他再也躲不过了,这才抬起头,看着她,说:"对不起。"

"为什么要说对不起?"

"因为隐瞒了你。"

"那是你的秘密,你当然可以不说。"

"可是这样却连累了你——他们会借此羞辱你。"

"噢,这并没有关系。"淙淙伸出手,把他拉起来,"反正我从来也没想过要嫁人。"

"是吗?"钟潜小声问,她这样说令他有些难过。

"是这样。我一点也不想嫁人。"淙淙肯定地回答。

"可是——又为什么呢?船上的姑娘们有哪个不想找个好人家把自己嫁了呢?"钟潜不解。

"也许吧。但我和她们是不一样的。"

"是的,你和她们是不一样。"钟潜看着淙淙明亮如水的眼睛,喃喃地说。

淙淙拉着钟潜,慢慢爬上楼梯,走到空荡荡的甲板上。走在后面的钟潜忽然低声说:

"可是,我一直以为你是有些喜欢我的,也想过要嫁给我。"

淙淙没有回头,但她知道他的脸又涨红了。她用力捏捏他的手:

"钟潜,我不喜欢男人,也不打算嫁人。"

"为什么呢?"他不走了,怔在那里。

"男人都是自私、霸道、凶残的,他们和暴力、杀戮连在一起。"

"……也并不都是这样。"钟潜说。

"也许吧,但我懒得去一一分辨。我情愿去喜欢温情细腻的女子。"

"你——你喜欢女孩?"钟潜大吃一惊。

"是,我喜欢一个女的。"

"她……她在船上吗?"钟潜小心翼翼地问。

"不在,她和我走散了,我一直都在寻找她。"

"原来如此。"

"我在攒钱,等找到她,我们会生活得很幸福。"淙淙坚定地说。

钟潜震惊不已,一时不知该说什么。他脑中忽然闪过一个念头:倘若淙淙真的找到那女孩,恐怕就不再需要他做伴了。

沉默良久,钟潜忽然说:"你知道吗,我原本也是一个穿着官服、执行公务的太监。因为在船上看到你,喜欢得不行,才掩饰身份、乔装打扮,留了下来。"

淙淙点点头,将他揽在怀里,安慰道:

"好了,我知道了。可是现在,即便我知道了,也并不会有什么不同。我们仍可以像之前那样。"

"你还愿意让我留在你的身边吗?"

钟潜纤细的声音因为喜悦而发颤。

"当然。"

在甲板上,淙淙久久地搂着钟潜。她一只手从衣服里掏出烫金木器,悄悄塞进钟潜的衣袋里。钟潜只觉得衣衫沉坠了一下——他知道自己的宝贝又回来了,这才有了几分精神。从此,这木器再也没有离开过他,直到许多年后他死去。

9

淙淙从未放弃寻找春迟。她找遍了潋滟岛的每一个角落,但凡有船停靠,她便上岸来找。有些岛上战火连连,到处是杀戮,纵使如此,她也都冒险去过。她只是想找到她,问一问她,当日在难民营为什么要将她抛下独自走掉。她们是说过誓言的,难道那些都是假的吗?

两年后,她们在潋滟岛的码头重逢。

春迟从一只小船上走下来,她从别的岛屿回到了这里。淙淙正与几个中国商船上的水手在岸边嬉闹。船刚刚靠岸,一路上陪伴男人们喝酒、赌牌,她身心疲惫,只期盼深夜早点来到,可以快些躺下睡过去。好在对于这些男人她早已应对自如,强颜欢笑亦不觉得辛苦。

可是,春迟,那个令她朝思暮想的女子犹如一缕头发忽然飘到她的眼前。可是她哪里还像个妙龄姑娘呢,身体臃肿了许多,披散头发,拄着一根拐杖走路。但她看起来依然安静肃穆,旁物仿佛都不能靠近。淙淙正与海员说笑,眼泪忽然涌出眼眶。她被唤醒了,为自己过着这样身不由己的生活而感到屈辱,麻木的身体顿时有了痛觉。

淙淙冲过去,抓住春迟。春迟微微诧异地抬起头,一双大眼睛空茫地睁着。由于太用力,她的脆弱的眼睛慢慢渗出泪水。淙淙伸出手去抹那些泪水——她在哭泣。是在为她所做过的事情感到羞愧,还是在为她们的重逢感到喜悦？

一刹那间，所有的憎恶都不见了，她原谅了她。她抱住春迟，抚摸她柴草般干枯的头发。她怀中的女孩一动不动，乖顺地任她抚摸。

此刻她们所在的海滩，正是淙淙最初发现春迟的那一片——好像经历了一场轮回，然后又到了原地。逃亡的姑娘终于懂得了她的爱，回到了她的身边，淙淙百感交集，然而她怀中的女孩却忽然抬起头，轻轻问道：

"你是谁？"

来不及惊喜，淙淙就发现一切都已经不同。她的眼前是一个神情恍惚的盲女，她看不到淙淙，辨别不出她的声音，感觉不到她的气息。

"我是淙淙，你跟我走。"淙淙冷冷地说，不留余地。

淙淙带春迟回到船屋。房前还有一个小院，走入其中，春迟闻到熟悉的花香，她知道这里种满了淙淙最喜欢的曼陀罗。

在难民营的时候，有一次她和淙淙走入森林深处的曼陀罗花丛，香味喷薄而至，使人浑身一阵酥软。可是那香味又令人欲罢不能，不忍离开。闻久了，她们就倚靠在一棵扶桑树下，昏昏沉沉地睡过去。一觉醒来，浑身发汗，春迟看见淙淙正紧紧抱着她，柔软的嘴唇像一朵垂下来的红色曼陀罗花贴在她的太阳穴上。

春迟仿佛落入了仙境，此刻正躺在一个妖冶的花中仙子的怀抱里。

令人窒息的拥抱，像永无止境的梦魇缠绕在她的身上。当然，这拥抱,它是温暖而奢美的;可是,就像一件令人忐忑不安的华服,穿着它,仿佛走入光芒万丈的火焰中央。它仿佛能够摧毁人的意念,令人颓丧,并且从此沉溺下去。她试图挣脱,可是却被箍得更紧了。

春迟忽然发现,淙淙已经睁开眼睛,正一眨不眨地望着自己。她的嘴唇慢慢从自己的太阳穴一点点移下来。她吸走了她脸颊上沾着的几滴露水,然后继续向下移……吻到下巴,她轻轻地伸开牙齿,咬了一下。痒痒的。春迟来不及反应,她的嘴唇忽然升起来,印在她的嘴上。她想要躲闪,可是淙淙的嘴巴是甜的,装满了蜜一般……她吸吮着蜜糖,只觉得头脑阵阵晕眩。她不想醒来,她等蜜来将她灌醉。直到淙淙的手像一只兔子从她的胸口钻进去,怦怦扰乱了她的心跳,她这才醒过来,生硬地将她推开。

她们都很渴,张着嘴巴望着彼此。但梦已经做到了尽头,她们都变得很清醒。

这件事的确恍如梦境一场。春迟走入船屋的小院,感到这里曼陀罗花的香气比曾经那片曼陀罗花丛更盛。春迟再度闻到黏稠的花香,觉得梦魇犹如藤蔓般向她伸过来,紧紧将她扣住。虚汗浸湿了她。

"这曼陀罗花的香味太浓郁了。"春迟说。

"你喜欢吗?"淙淙的声音被花香送出去很远。

"这样好像生活在幻觉里。"

"是,我就是希望活在幻觉里,那样日子可以过得快一些。"

"也许吧。"

她们都不再说话,只是默默走路。越是走至深处,曼陀罗越是茂密,那些吊垂下来的花朵横亘在唯一的小石子路上,像一张张嗷嗷待哺的嘴巴。

"这些花朵能麻醉,哪里痛,就将花瓣揉在上面,很快就好了。"淙淙忽然说,"我常常将曼陀罗碾碎了泡酒喝,这样,我的心就能坚硬、麻木一些,不再那么痛了。"

夜色降临,船屋里挑起几盏吊钟状的艳红灯笼,探在海风里,宛如猎头族挂在门前的几颗凄楚的人头;地面映出一片赤红的水影——像是谁吐出的最后几口鲜血。

淙淙给春迟倒了泡满曼陀罗花的酒。她们一直对坐到黄昏。微醺之后,言语自然就多了起来。

"你喜欢这里吗?"淙淙问。

"很不错。"

"这里所有的陈设都依照你的喜欢——我曾承诺给你一个这样的家,现在我做到了。"

"曼陀罗花是你喜欢的。"春迟说。

"不,你也喜欢,它是属于我们的花。"淙淙纠正她。

春迟啜了一口酒,郑重地说:

"谢谢。谢谢你为我做了这些,建这样一个家你一定很辛苦。"

"我还是去船上唱歌了。"淙淙很坦然。春迟的心沉了一下,轻声说:

"就是为了给我造这样一座房子吗?"

"不,我很喜欢船上的生活。浑浑噩噩,两年一晃便过去了。"

长久的沉默。淙淙终于问：

"你在想什么？"

"我在想象你在船上唱歌的样子。"春迟微笑着说。

"嗯，你想象的是什么样子？"

"那些男人一定很迷恋你，围着你团团转。"

"差不多。还有呢？"

"我还在想象你唱歌的样子，穿极其艳丽的裙子。"

"是啊，每次我穿起那些裙子都会想，要是你在就好了，你一定喜欢那些漂亮的裙子。——还有呢？"

"想象你喝醉了，站在甲板上跳舞。"

"难道你没有想到，两年里我做过多少关于你的梦吗？"淙淙终于忍无可忍地打断了春迟。

她总是那样咄咄逼人，毫不留情地将春迟逼到角落里。

春迟又陷入沉默。

"和我说说这两年来你经历的事吧。"淙淙又说。

"没什么可说的，都已经过去了。"

"说说吧。算是对我致歉。"淙淙抬高了声调。

"我的眼睛已经瞎了，放过我吧。"春迟凄然一笑，那双睁大的眼睛由于太过澄亮而显得不真实。

春迟缩在一把桃花心木的椅子上，双手抱膝。淙淙的目光首先落在她的手上。她的十根手指竟然都被挖去了指甲，指端结着厚厚的血痂，双手交叉时宛如开出一朵糜烂的花。一定有人对她施刑，淙淙想，这是多么残酷的刑罚。她恨得咬牙切齿。

她的目光又落在春迟奇异的双脚上。找到春迟的时候,她赤着脚,连一双鞋也没有。瞧瞧她把这双脚折磨成了什么样:趾甲是黑色的,塞满了泥垢,有好几颗已经脱落,血不再流,伤口被厚厚的痂堵了起来。淙淙记得,这双脚曾很美,浸在海水里,红艳犹如一簇珊瑚礁。

淙淙小心翼翼的目光阅读春迟的伤口,每一个伤口打消掉几分记怨,一个又一个,几分又几分……就这样,她原谅了她。

淙淙走过去抱住春迟,挣扎的内心在一个拥抱后落于沉实。春迟的身体仍旧是烫的,她没有死去。旺盛的火焰藏在她的身体里,那是无法消磨的。

曼陀罗花似乎起了效用,这一次春迟没有抗拒。她捧起她的脸,亲吻她毁损的眼睛。她帮她挽起乱发,固定在脑后,抚摸她脑后脖颈上密密麻麻的疹子。

"好吧,从前的事不要再提了。现在你回家了,我的红孩儿。"淙淙的声音像一种蛊。无数斑斓的小蝴蝶在春迟的面前飞绕,她的脸庞早已绯红,笑吟吟地说:

"我醉了。"

10

春迟的归来令钟潜猝不及防。虽然他一直都在帮淙淙布置船屋、寻找春迟,但心中却始终以为这只是一个迟早破灭的梦罢了。所以当有一日春迟真的出现,他就意识到,破碎的不是淙淙的梦,而是他的。

钟潜站在院子的外面,从镂空的砖墙望进去。她们自由自在地躺在大片的曼陀罗花丛中间。一切看上去很完满,这应是淙淙期盼已久的时刻。院子里花树正密,环绕的流水潺潺,在庭院的角落里,上好花梨木制成的木桌木椅靠墙根放着,还从来没有人坐过。窗开着,卧室里的铜镜被黄昏时繁盛的晖光擦得锃亮,像困守在这里的月亮。床榻上的棉褥是拿从土著人那里买来的新布做的,那么柔软的布,针脚细腻,整个岛上也难找到第二块。至于那两个缎面绣花的枕头,深红颜色与床榻相配,但材质却是丝的,它们可是一个商人从中国带来的,潋滟岛的女人是不会纺丝的。还有嵌着孔雀翎羽的屏风,绿蓝色的光渗进雕花的木头里,只在下雨时以及那些潮湿的早晨才一点点泛出来。

可惜这一切春迟都无法看到了。她不会知道,船屋里有多少件为她精心准备的物什。春迟当然更不会知道,聚起这些漂亮的玩意儿还赖于一个叫钟潜的人的协助。他被彻底遗忘了,淙淙带着春迟回来之后就再没有关心过他在哪里。

淙淙不再需要他了,他为自己的多余感到羞耻。

他原本是打算离开的,但在院子里,那两个貌似亲密无间的女孩中间,有一种紧张的空气弥散开来,令他有些迷惑和迟疑。

他在暗处小心翼翼地观察着春迟,不觉有些诧异。想象中,淙淙喜欢的女孩是温顺而恬淡的,就像最宁静的泉水那样,一点点汇入淙淙这条奔放的河流。可是他所见到的春迟,看似平和,实则充满生野之气。她大概是吃过许多苦,受了很多惊吓,所以时时刻刻都紧绷着神经,小心翼翼地应对。相比淙淙的一腔热情,春迟显得太过冷冰。钟潜看得明了,春迟只是在敷衍,留在淙淙身边并非她所愿。她拒绝淙淙靠近她,有时淙淙情不自禁地伸出手触碰她的脸颊或抚摸她的头发,她就倏地躲闪开,犹如一只浑身寒毛耸立的野猫。她这一生所受的疾苦令她时刻警惕。淙淙好生怜惜,只是叹一口气,将手撤了回去。

后来,终于在一个晴朗的夏夜,钟潜夜半醒来,发现通向庭院的门半开着,被风吹得吱吱作响。他便起身,循着月光走到院子里。他找到春迟,她站在水塘旁边,窸窸窣窣地解开层层叠叠的衣衫。钟潜从未见春迟脱下过这身厚重的衣服,纵使已经脏得生满虱子,她也不肯洗澡。

她褪去衣服,用手扶住旁边的凤凰木,缓缓地蹲下身去。钟潜看到她镀满月光的侧影,隆起的腹部突兀地闯入视线。

孕妇终于艰难地摸到了水,双手捧起,洒在身上。她仔细地清洗着脖颈、乳房、手臂、腿和脚踝……最后才小心翼翼地将水泼在肚子上。也许因为水太冷,或者是太久没碰过肚子,水滴落在那块寂寞的皮肤上时,她发出"嘤"的一声。

可能是太专注,连身旁的衣服滑落到水中,她也浑然不知。他屏息看着,很想走过去帮她将衣服捡上来。可是要惊动她,他多么于心不忍。

他犹豫着,是否要走上前去。当然并不仅仅为了要帮她捡起衣服。他想走过去与她交谈。可是这时她已经洗完,又将手扶在树上,慢慢起身。他看见她颤巍巍的,大概是蹲得太久,脚已经麻了,险些站不稳,摔倒在地上。但等她又站稳了,慢慢摸索着找到一半浸湿在水中的衣服,一件件穿上。她虽眼盲,又不熟悉地形,慢慢做着,却也有条不紊。她用了很长很结实的麻布,将隆起的肚子狠狠地勒起来,一圈圈紧紧缠好,那布宛如井索般被她双手拼命地拉着,他甚至听到她的喉咙里发出的声音。

不知道这样用力,她会有多么疼。她所隐瞒的,不仅仅是孩子,还有孩子的父亲。事实上,她隐瞒的是一段往事。这所有的一切都被她一圈圈缠裹起来。唯有让她的孩子活在这只几乎窒息的茧里,她才觉得安全。这种苦难就是对孩子最大的庇佑。

春迟做完这一切,又幽幽地飘回房间去,带上了门。

钟潜站在院子里发了一会儿呆。走回去的时候,他想,如果淙淙知道春迟怀有身孕,又会如何呢?他非常了解淙淙,深知她一定受不了,也许会与春迟决裂。

11

秘密将他们拉到了一起,从那之后,钟潜再见到春迟,总觉得很亲切。然而这个秘密迟早会败露的,钟潜不动声色地观察着春迟,想知道她打算怎么做。

很快,他看出春迟是想逃走的。傍晚时她要钟潜带她去散步,每次走同一条路,从船屋到码头,路途中她总是一言不发,用心记着路径。她甚至偷偷地将一些小摆设和小玩意儿都收在她的木箱里——由于眼睛看不见,她无法分辨价值,将一些毫无价值的东西也统统收了进来。她卑劣又小心翼翼地积攒着"财富",只是因为她是一个母亲。倘若她不是,她不会变得这样卑琐。

钟潜每每看到她这样做,心中都会一阵难过。他应该将她放走吗？这时他已发现，自己不可能再与淙淙过从前那种单纯的生活，春迟绝不是一颗打在水面的小石子，轻飘飘激起三两个水花——她那么尖利，沉重，谁又能轻易将她从眼前挥去呢？他希望她留下来，尽管在三人生活中，他只是个微不足道的配角。但他预感这局面将发生改观。

为了留下春迟，他选择了向淙淙告密。

在将这件事悄悄告诉淙淙之前，他在心中不断地宽慰自己，这样做也是为了结束春迟施予自己的刑罚。但无论如何，他那颗不安分的心无法掩藏——告密的快感在他的心中滋长。

淙淙先前单以为春迟是受了惊才会变成这样，直到钟潜告诉了她那个有关春迟的秘密。她大吃一惊。再仔细观察春迟，果然见她走路时，一只手总是不知不觉地扶在小腹上。又见春迟食量很小，精神恹恹，再回想起她那副处处警觉、事事小心的样子，更觉得钟潜所说的是真的。

看似平静的日子又过了几天。春迟觉得再也没有力气掩饰下去，终于到了非得逃走的时刻。

深夜，她提着木箱，沿着已经熟悉的小路穿过花园。她的步伐是那样坚定，没有一丝游移，也不曾回过头。她摸索着寻找院子的大门。摸到灯笼、花格子墙以及几片缠着热风的芭蕉叶。门就在旁边了，她又向前走了一步。一手按上去，触到的不是木头，却是一块柔软而温热的肌肤。她心中凛然，手慌忙缩了回来。

一只手猛然伸过来，按在自己的肚子上；跟着，淙淙柔软的声音扑面而来：

"小东西，你妈妈这是要带着你往哪里去呢？"

12

春迟终于不必再隐瞒，她反倒觉得轻松了许多。慢慢松开一层层缠裹，将肚子露出来的时候，她仿佛听到身体里那个小家伙长长舒了一口气。原本疲倦至极的她忽然又有了气力。

淙淙锐利的目光盯着春迟的肚子。丑陋的妊娠纹像蛆虫般匍匐在上面，缓缓蠕动。上面爬满了男人蛆虫般脏兮兮的手指、男人苍紫色烂疮般的嘴唇、男人毒蘑菇般的生殖器。她凶狠地推开春迟。春迟跌倒在地上，打翻了木桶。她和她邪恶的肚子浸在水中，却是那么脏，再也洗不干净了。

春迟伏在地上，脸边贴着几朵压扁的曼陀罗花。这罪恶的不祥之花，此刻与她十分般配。她们应当一起去死。可是春迟的求生意志比任何一个时刻都强，她双手下意识地护住腹部。因为又听到了它散漫而茁壮的呼吸，她顿时觉得很安心。

春迟的坦然反倒令淙淙无措。现在淙淙面对的是一个彻底的母亲，邋遢，不顾自尊。她如何能够这样骄傲？因为这隆起的肚子背后一定有一份强大的爱情。她在爱着，内心充满盼望。几丝得意的神情藏匿不住，从她的脸上掠过。她的内心并没有屈从于淙淙，她只是需要帮助，所有乖顺不过是一个母亲本能的伪饰。

妒忌的火在淙淙的胸中燃烧。她仿佛看见陌生的男人像盘旋于低空的鹰隼，将漆黑的影子紧紧笼罩在春迟的身上，网一般。春迟却安享于网下狭促得令人窒息的空间,并甘愿在这里等待一次艰辛的繁衍。

她太想知道那个令春迟如此骄傲和淡定的男人究竟是什么人,他们之间神秘的爱情故事宛如一颗钻入肌肤的深刺,疼痛长久地困扰着她,令她非得将它拔出来不可。

她取出两瓶浸泡着曼陀罗花的酒。她独自在这间船屋里生活得太久,大段的时间都被她用来泡酒。前后泡成的棕榈酒颜色由深至浅各不相同。她拿出的是最早泡好的两瓶,颜色深褐,花瓣因为泡得太久而凝满了灵气,看起来像一只只饱满的蛹。曼陀罗花泡至这种程度,就会变成一种迷药。饮它的人被送入致幻的仙境,仿佛飘到了天上,感觉不到自己的重量。她为春迟斟满,又给自己倒了一杯。她们一饮而尽。如此三杯,二人都已感到晕眩。

淙淙突然说:

"我在这酒中下了毒,你信不信?"

春迟正沉在深深的醉意里,忽然听到这话,大为震惊,她下意识地将一只手扶在肚子上。

"不要怕,我只是想替你拿掉这个孩子。"淙淙一阵乱笑,这时的她比任何时刻都更像一个船上的歌女。

春迟倏地站起来,转身向外走。然而身体太轻,双脚好像不能着地,没走几步就摔倒了。她痛苦地想要挣扎起来,淙淙一把按住她:"把有关你腹中这个胎儿的事讲给我听,我就给你解酒的药,帮你保住它。"

曼陀罗花扰人心性,使这样荒诞的要挟在此刻格外奏效。后来,春迟便开始讲述从难民营逃离后的故事。

这些事漾在她的心里,几乎要沸腾了。她需要一个出口,一个伟大爱情的见证者。

淙淙正合适,因为她将是天底下最关心这段爱情的人。

在春迟讲述的时候,淙淙一直望着她,春迟仿佛离她越来越远,声音是从另外一个世界传过来的。当春迟简略地说到她与骆驼共度的七日,淙淙的脑际闪过男人臃肿而粗陋的脸。她看见他们交欢,他捧起她的饱满,探入她的炽热,吸吮她的潮湿。交合的身体犹如岸边濒死挣扎的鲤鱼,汗水像河流一样流淌,冲开了她的泪腺。

事实上,真正的故事很短很短,只有几日的光景。其余漫长的时间里,与淙淙相同的是,她也一直在寻找,为什么在春迟的口中,艰辛的寻找却变成了一件愉悦的事情?

在贝壳里寻找往事,在浩瀚无边的大海里打捞那片属于自己的记忆——她是应当赞叹春迟惊人的毅力,还是嘲弄她几近癫狂的痴情?

淙淙始终没有打断春迟,她只是奇怪为何春迟可以这样坦然地坐在那里,神色平静,甚至有一种圣母的安详。仿佛一切都是理应发生的,她也许从未觉得自己做错了什么。

末了,春迟说:

"就是这样了。"

淙淙的心被轻轻撩动了一下。"就是这样了"——淙淙记起这句话是从前春迟常说的,在一段讲述或者表达了自己的观点之后,她总是会用这句话作为结尾。语气坦然,却又带着一点无奈。淙淙很喜欢她说这句话的样子,仿佛将一切毫无保留地放在手上,呈于面前,那副乖顺的样子真是惹人生怜。

就是这样了。就是这样了。她把这样一个不堪的自己呈于淙淙的面前,无可奈何地说。

夜晚到来时,下起一阵急雨。春迟忽然微笑起来,她记起了,潋滟岛的三四月份就是如此的,夜幕降临,雨水便赶来了,那种默契令人感到温馨——当然,也或者是因为和她在一起。淙淙看到坐在对面的春迟冷得发抖,然而那张长满红疹的脸上却忽然露出微笑。没有人知道她在想什么,这个经历了那么多疾苦的女子,竟然仍能在废墟般的现实中寻找到属于自己的微小快乐。

喝了太多烈酒,春迟变得瘫软;故事说完,身体被掏空,她疲惫不堪地伏在桌子上,抬不起头来。

太寂静了,此刻的寂静犹如移不开的巨大岩石,横亘在她们中间。淙淙被巨石压着,几乎就要发狂。她的目光已经无法落在春迟的身上,只要看着她,她就会看到那个男人。那个脏兮兮的男人压住了她。他是一块从天而降的陨石,重重地砸在她的身上。他一点点剥开她,咀嚼着她的鲜嫩。

而春迟干涸的眼窝里竟然溢满感恩的鲜血,她已无药可救。

13

最后一次,淙淙为春迟洗澡,像从前在难民营时那样。彼时,她们躲进深深的森林里,在浑浊的小河旁,很快地为彼此擦身。无数次幻想以后能有一只足够大的木桶,足够多的热水,最好还能有些花瓣,关起房门,不用担心有人会看到,慢慢将身体一点点洗干净。

淙淙用木桶装满热水和曼陀罗花瓣。她看着热气腾腾的水,不禁感慨,现在这些梦寐以求的东西都有了,可是人却已经脏了,再也洗不干净了。

淙淙轻轻地唤春迟——

"到这儿来,春迟。"

春迟循着淙淙的声音跌跌撞撞地走过去,只是短短几步路,竟也走得这样费力。在陌生的地方,她显得格外无助。她那么小,像个学步的婴儿。可是多么好,仿佛又回到了她们相识的时候,她谁也不认识,只认识淙淙。她没有其他的指望和依靠,只有淙淙。

"你若不喜欢住在船上,尽可以在这里生活。我在船上唱歌可以赚很多钱,可以让你过得很好。"淙淙一边给春迟梳头,一边说,声音轻柔而絮絮不止,仿佛是一种催眠。

春迟点点头。此刻,她很依恋淙淙的怀抱,慢慢将头靠在她的身上,放心地闭上眼睛。

淙淙抱起春迟,让她踩着木凳,走入木桶里。

"水温可好?"淙淙问。

"好。"春迟将身子一点点沉入水里——奇妙的水,温柔地托起她的肚子。

淙淙撩起水,洒在春迟的肩膀上。生满红疹的皮肤火辣辣的,春迟身子颤了两下。淙淙连忙拿起药膏,帮她敷上:

"如果早点敷药,现在已经好了。"

春迟温顺地点点头。

"从认识你到现在,你一直受伤,我一直都要为你敷药。这难道是命定的吗?"淙淙又问。

"对不起。"

"我对你这样好,可你还要离开我……"淙淙的声音哽咽了。

"你无法接受我腹中的孩子。"

"它那么重要吗?比我们之间的情谊还重要吗?"

春迟终于缄口。

敷完药,淙淙又继续撩起水,洗她的乳房。乳房是春迟身上变化最大的地方。它们霸道地向四面扩张,胀得那么大。乳头颜色深郁,也不再那么敏感,水溅在上面,它们还是恹恹地耷拉着,没有丝毫变化。淙淙厌恶地看着,它们是多么丑陋,令春迟看起来像一个行动迟缓的中年妇人。

淙淙终于无法忍受,说:

"我问过一个有经验的土著妇女,她有办法可以将孩子拿掉,即使孩子已经很大了……"

春迟怔住了。她多么希望淙淙可以让她好好地洗一个澡。然而,始终是这样的,淙淙从未给过她片刻的安宁。她用力推开淙淙:

"我会和他一起死的。"

淙淙望着她,她黯淡的脸颊已经涨红了,果真是一副同归于尽的神情。淙淙知道,春迟一定做得出来。

她心灰意冷,丢下春迟,夺门而去。

14

淙淙不辞而别。谁也没有想到,她会这样地走掉。

走之前的那个夜晚,淙淙走到院子里,挥着斧头,砍倒了所有的曼陀罗花。整个院子里都是一片翻腾挣扎的火海。钟潜就站在她的身后,而她却没有察觉。次日清早,钟潜就发现淙淙的床榻空着,也没有半丝余热,想来是凌晨时分就上路了。似乎没有带走什么,一切都还在,但船屋却分明是一片冰冷的废墟了。

最令钟潜难过的是,淙淙没有留给他一句话——她是一点也不留恋他的。

尽管如此,他还是要去找她。他跑遍岛上,各处寻找,向船上的歌妓们打听,都没有收获。若是淙淙有意躲藏,那是无论如何也寻不着她的。钟潜终于体会到了那种绝望,想必当年淙淙寻找春迟的时候也是这样的吧。他找得筋疲力尽,想起春迟,又折回船屋。

春迟久久地坐在床边,守着她那在静默中悄悄生长的肚子。

她等了很久,淙淙都没有从外面走进来。她几乎可以确定,淙淙已经离开了这里。她终究还是没有原谅她。这个结果早在春迟的意料之中,但淙淙当真这样离她而去,春迟心中还是有几分失落。

春迟沿着墙根走到院子里,她听到钟潜的声音。

"你是要去找她吗?"钟潜打算阻止她。

"不,我需要一些贝壳。你可以帮我吗?"

她的语气坚定而恳切,钟潜无法拒绝。

可能因为太累了,他缓缓从门槛上坐下来,将头靠在墙上。她站在那儿,又没有穿鞋子。淙淙给她准备了鞋子,可她就是不穿。赤红的双脚似乎故意暴露在外面,惹人心疼。他忽然很想抱着她大哭一场。但这显然太唐突了。他们还很生疏。他对她的熟悉是一种很奇妙的感觉。他发现自己也是喜欢春迟的。

在这么疲惫的时刻,什么也没有力气去做、去想,靠在门边,静静地看着春迟;而她也是这样静静的,像一幅画一样,真好。

春迟不似淙淙那样惊艳。她有中国女子的细眉凤眼、小尖下巴、浓密的头发,乍一看去,就像小时候在乡下看到的漂亮姑娘一样,没什么特别。但那些姑娘只是清秀,而春迟更多几分坚硬,苦难在她的身上留下了很深的印记,令人尊敬并且怜惜。

他看着她,忽然觉得,她就是他小时候在村头的庙堂里拜过的那尊观音像。早年,除了祖母,只有那尊塑像给过他些许母性的慈爱。年少时茫然的他曾匍匐在观音像的脚下,祈求仙人用点着圣水的手指为他指明方向。后来他离开了乡下,来到城里,生活多了几分色泽,却再也没有见过那尊塑像。现在,他从春迟的身上看出那朵隐没在菩萨像里的湿漉漉的莲花。

她天生富有的母性,溢着拯救的光。他坐在门槛上,一直望着她,直到满天星光,他的内心重又充满了盼望。

他慢慢爬起来,拍拍身上的尘土,走过去对她说:

"你解开这些缠在身上的布吧,以后再也不必这样藏着了。你不用出门,也不用担心,我会照顾好你的。"

春迟向后退了一步。

她尚不知道眼前的男子是个阉人,对他十分警惕。

他看着她那副惶惶的样子,苦笑起来——内心却又很是满足,从没有女人害怕过他。

15

钟潜的生活忽然变得忙碌。寻找淙淙,还要照顾春迟。日子又一天天快了起来,他每天天还没亮就为春迟做好饭,然后出海去。捞贝壳,打听淙淙的下落,直到太阳下山,他带着贝壳和几条捕来的红绸鱼上岸了。他提着鱼往回走,下过小雨的地面已经干了,但空气还是湿漉漉的,日辉已经散尽,月亮露出小半个脸。赤道上的月亮,弧度与别处不同的,更加饱满,所以格外美。他心情愉快,小声地哼起歌来,是在船上时从歌女那里学来的小曲儿。他原本以为,再唱起这些歌,一定会想起淙淙,很难过。可是带着旧日气息的歌也未能敌过此刻的好心情,他忽然意识到,自己这样快就从淙淙离开的悲伤中走了出来。

他借着月光打量自己,他难道不像一个出海打鱼、养家糊口的男人吗?披星戴月地赶路,妻儿正等在家里……这样想着,他就又多了几分力量。这是他最喜欢的一段路,两旁的植物他一直都记得。他梦见自己就这么一直走着——走着走着,春迟的孩子出生了;走着走着,他变成了一个真正的男人。

一个多月后的一次出海,他在船上听到对面的船上有人在唱歌,略带沙哑的嗓音,一唱三叹。他倏地站起来,冲出了船舱。他知道那一定是她。隔船相望,只能看到女子的一角黄色衣衫,十分寂寥。胸无城府的淙淙还是显露了踪迹。

他日夜盼望着见到她,但若真的见到了却不知该怎么做才好。此刻两船之间距离狭窄,他大步一跨就能跳上对面的船。可是为什么他却在犹豫呢?

他这才发现,自己其实已经背叛了淙淙。

她唱完,男人们连连喝彩,免不了说些轻慢的话。他仔细分辨,在话语之间挑拣出几丝她的笑声。她笑的时候总是翘着嘴唇,露出几分不屑,那是足以迷死男人的。他闭上眼睛,想着,眼泪涌了出来。背叛的泪水,顺着脸颊,跌落下去,掉入滚滚大海里。而两船已经交错,各自前行,方向相悖,再不会重逢。

而她又唱起来,但歌声已远,缥缈无踪,再也不能将他抓住。他举起袖子,拭去眼泪,重新钻入船舱。从木席上坐下来,脚旁边的木桶里装满了贝壳以及两只濒死的鱼。他顺手拎起一把长刷,拨开鱼儿,拣起一枚贝壳擦洗着。

泥沙褪尽,贝壳露出皎洁的白光。

下阕

1

在一张潦草的原住民地图上,淙淙终于找到了龙目岛。它看起来像一颗煮熟的鸡心,散发着一股烧焦的气味。岛上有三十八处火山,其中有些一直是活火山。湿润的空气以及丰富的热量,使山上的植被生长得非常旺盛,几乎一直长到山顶。较矮的山坡上是森林或者庄稼,还有种类繁多的动物,尤其是鸟类和昆虫。

岛上的居民生活富足,甚至近乎奢华。女子穿金戴银,从手腕到手肘挂满银饰,脖子或耳朵上戴着银币,一串十二个。她们衣着艳丽,繁复,但并不整洁,也不精细。那种简陋的华丽就像岛上的太阳光,粗暴喧嚣,令人无从闪躲。

但她对于这种漏洞百出的华丽却非常喜欢。完美并不令她神往,相形之下,破绽反倒更充满诱惑。

第一次来到龙目岛时,她就知道,自己会喜欢这里。这次造访似乎并不唐突。

在起初的日子里,她极力掩盖潜藏于内心深处的意图,只是像一个旅人那样专心欣赏风景。直到她又在梦里看到了春迟——春迟的眼睛仿佛没有盲,在比夜晚更寒冷的梦境里,那双明亮的瞳仁像黑洞洞的枪口一样无情——春迟猛然捏住她的手腕,说:

"淙淙,你来这里做什么?"

她对着春迟莞尔一笑。醒过来,她终于知道,自己来这里做什么。

两周后,她已经进入岛上的军营,等待部落首领的接见。

她虽两手空空,但信心十足。美色便是她的资本,在过去许多年里她还从未失手过。她漫不经心地出现在营地附近,慵懒的神情好似一头迷离的小鹿,谁见了都会心旌荡漾。

金棕色头发,肌肤如雪,眼仁好似薄荷般剔透,她是天生的猎物,能使藏裹于深处的欲望发酵,酿出令人迷狂的烈酒。

士兵擒住她,企图凌辱她。

"把我献给你们的首领吧,他会给你们的,比你们从我身上得到的要多。"

士兵们面面相觑。这女子说得如此确定,使人不容置疑。他们看着她,她的头发在白日的太阳下金光灿灿,曼妙的蛇腰动人心魄。当她启口说话时嗓音略带沙哑,仿佛清晨时分森林中缭绕的烟霭,使她变得更加神秘莫测。

2

春迟和钟潜又在船屋住了几个月。除了几个迷路的僧侣,船屋再没有人登门造访。

在习惯了清晨那阵热闹的鸟鸣之后,这里几乎是最安静的地方。可是这里并不祥和,房子是淙淙造的,似乎到处充满了杀机。

很长时间,院子里不生任何植物,一片残败的景象。后来在钟潜的悉心照顾下,才活了几株兰花。

随后雨季就来了。败花化作了泥,高高低低,像久不痊愈的伤口。漫长的雨,淅淅沥沥下了半个月才停下来。

接连十多个晴天,院子里的泥土才被晒干。搅着曼陀罗花的泥地,犹如一块斑驳的碎花地毯。用铁铲清理后,仍旧留下一块块印痕,宛如血迹。雨天一到,花的气味就被雨水勾引出来,充满院落和房间,令人疑心时光倒流、故人重返。春迟总是坐立难安。妊娠反应一天比一天强烈,她讨厌所有荤油的食物,只能喝下一点汤水。

自从在太阳底下散步、晕倒过一回后,白天钟潜就不让春迟再出门了。但船屋阴潮,故人的气息犹在,春迟常常透不过气来。她常伏在窗户上,探身向外,大口呼吸外面的空气。有时候钟潜看见她就这样趴在窗台上睡着了。阳光从头顶慢慢移到她隆起的腹部——这正是她等待的,也是唯一令她感到幸福的。

一个盲女,怀着身孕,亲人又不在身边,这对她来说是多么艰难。钟潜对她极为怜惜,但能为她做的也只有找回更多的贝壳。

穿梭于贝壳中,每一段记忆都像一个热闹的王国,杀戮或挽救,弥留或诞生,一幕幕呼啸而过,应接不暇。这是与春迟毫不相关的人生,可是她张开双臂,将它们一一拥在怀里。所以对于那些生死别离,她感同身受。每一日,身心都要耗损一些,渐渐地,直到越来越麻木,哪怕这段记忆中有最可怕的杀戮、最悲伤的离别,也不能引得她丝毫的痛楚。

自己正沿着一个可怕的方向走下去,一个即将成为母亲的人理应变得温和,对世界充满怜恤。这才是迎接孩子的姿态。可是春迟却日复一日地失去热情,除了腹中这个与她紧紧吸在一起的胎儿,她无法交付一丝关爱。不知不觉,她将自己和孩子锁身一座孤岛,与周围的一切隔绝。

她与钟潜几乎从不说话,只在钟潜带着贝壳从海上回来的时候,也许出于感激,她才会开口与钟潜聊上几句。但彼此都小心翼翼,绝口不提淙淙。

春迟知道,钟潜每次出海一定仍会打听淙淙的下落,但始终没有她的音信。她大概又在船上唱歌了吧,有一夜她还梦见她,站在船沿上唱歌,金黄色的头发垂下来,绞在船桅上,她挣扎了两下,便坠入深海。平静的海面水波震颤,春迟醒过来,腹部阵痛,出了许多冷汗。

在怀孕的最后几个月,噩梦常常来袭。那些贝壳里的凶猛记忆,混杂着淙淙凛冽的笑声、骆驼沉浊的呼吸,汹涌扑上来,将她漫了过去——她常在午夜时分忽然挣扎着坐起来。这些仿佛都是不好的征兆,令她辗转难安。

沿着螺旋状的楼梯一直向下走去,这沉堕的王国却并不是地狱。一直走,直到风声塞满耳朵,灰尘蒙上眼睛,荆棘缠住双脚,记忆的主人才幽幽地现身。

一场对华人的大屠杀过后的马尼拉,没有理发师,没有裁缝,没有鞋匠,没有厨师,没有农民和牧民……没有粮食吃,没有鞋子穿,纵使出再高的价钱,也无法买到。失去华人的马尼拉几乎无法维持下去。

一个满头陶土鬈发的当地小孩正飞奔着穿过街道。他小心翼翼地走路，不断地环视四周，生怕有人发现他心中隐藏着的秘密。

他刚认识了一个朋友，黑头发，黄皮肤，年轻的华人。他发现他的时候，他已经流着血，在地上爬了很远的路。杀戮连续进行了半个月，城里几乎见不到活着的华人了。此刻小孩惊讶地看着他身后的血径，觉得他一定不是个寻常人。他是个英雄。

小孩将他安置在城郊的大桥底下，给他捧过来一点水喝，对于止住他的血却毫无办法。他请求小孩让他在这里安安静静地死去。小孩不依，一定要救他，打算进城去想想办法。

医生也许是找不到的，但小孩记着母亲有个远房亲戚会一点医术，平日里喜欢捣鼓草药。他和"英雄"说了，"英雄"很感激，不知道说什么好。等小孩跑出去了，他才喊出声，唤小孩回来。他给了小孩一块漂亮的缎子，上面印着漂亮的菊花。那么亮，像豹子皮一样。那人对小孩说：

"拿它去换些草药吧，如果用不上，你就留下吧。我也没有别的什么了。"

小孩又多摸了两下"豹子皮"，点点头。他将缎子小心翼翼地折起来，塞在腰里，然后上路了。

小孩从没有跑得这样快。那些在街上巡逻的殖民者看到他都有点奇怪，可是他不过是个寻常的当地小孩，再没什么特别。

小孩一边跑还一边不放心地摸一摸腰上那块缎子是否还在。因为跑得太快，那块缎子从腰间滑落出来，有一半露在外面,随着他的奔跑飞舞起来。小孩并没有察觉,直到那些红毛粉脸的士兵将他拦住。

他们朝小孩的腰间指了一下。

小孩低头一看,这才发现腰间的缎子掉出来了,他连忙捂住。可是已经来不及了,士兵拉开他的手臂,一把扯走缎子。他将缎子拎在手中,放在阳光底下打量了一番。

"倭缎。你从哪儿来的倭缎?"

他说罢,双手一拽,就将缎子撕成了两片。上好的缎子碎得很齐,也没有落下一丝线末。小孩哇的一声哭了。

那人立刻回身用手里的刀挑了一下小孩的喉咙,鲜血溅出来,他的哭声断了。小孩倒下了。

士兵们仔细将撕成两半的缎子折叠,收好,要将它献给他们的首领。这块缎子有着非同寻常的意义,在它之后,整座马尼拉城里再也无法找到中国制造的纺织品了①。

3

淙淙被关进一间幽暗的小房间里等待首领的召见。这里的房子都是用竹子搭建,用草盖屋顶。夜晚一到来,就会格外凄冷。叫不出名字的鸟儿在屋顶跳来跳去,总令人觉得有什么不祥的事要发生。

与春迟再度分别后,淙淙不断地想起那段原本已经渐渐淡忘的时光。原来它一直在她的脑海里,没有丝毫减损,只是走向了更深的

---

① 1591年,西班牙殖民当局颁布禁止菲律宾人穿中国纺织品的法令。

地方。等到再度出现时,她感到每个瞬间都是那样宝贵,一点也舍不得丢弃,纵然它们带给她那么多痛苦。

骆驼正与一位将军赌牌喝酒,便遣人将这位绝色美人带过去。房间里充斥着一股浓郁的糯米酒的气味,酒太烈了,使整个屋子都在摇晃。

淙淙坐到他的身边。他只是斜睨一眼,便又专心打牌。她在他的背后,他看起来昏聩而臃肿,脑后的脖颈上堆了一圈圈的赘肉。他比她想象的要老,她以为首领总应当是魁梧的,可他的确不能算是。她有些失望,不知春迟看上他哪一点好。

他们专注地赌酒,仿佛淙淙是不存在的,能这样忽略她的人并不多见。

为了引起骆驼的注意,她伸手拿起他的酒杯,说:

"我想尝一口,可以吗?"

骆驼回过身,看着她,点了点头。

淙淙啜了一口,半含着酒,轻轻咬合。好的酒,是要用牙齿去嚼的,这是她从船上的西洋使者那里学来的。但这种酒实在算不得好,浓烈有余,但醇香不足。岛上有那么多的棕榈树和椰子树,难道他们不懂得酿制棕榈酒或者椰子酒吗?在她生活的船上,人们早已不用糯米酿酒。她撇了撇嘴,说:

"我酿的酒要比这个好喝得多。"

那位将军抬起头,从头到脚打量了她一遍。淙淙听到饵在水中颤动的声音,她的目标要上钩了。可是骆驼面无表情地将目光从淙淙的脸上移开,对将军说:

"我们继续吧。"

骆驼的酒量非常好,输了牌就爽快地连喝三杯酒,三杯又三杯,然而脸色却一丝不改。坐在他对面的将军酒量也不坏。喝了一两个时辰,两人才有了几分醉意。

将军迷蒙的目光落在淙淙身上。她像一颗夜明珠,夜色愈深她的光焰愈盛。他们再去看她时,她已经明艳得令人惊叹。将军不由得沉醉了,说:"只赌酒未免太寡味,属下斗胆,想与大王赌一下您背后这位美人。"

骆驼回身看了她一眼。

"这女子是从什么地方来的我还不知道,也许她是我们的敌人派来的也说不定。"

"如果我把她赢回去,一定格外当心。"将军微微一笑。

"好吧。"骆驼点点头。

淙淙感到一阵悲凉。这两个男人的嘴脸与她在船上接待的客人并无分别。她的命运注定是如此的,到哪里都如物品般被送来赠去。这样一个冷漠的男人,对女人也许根本没有什么真感情,春迟为他受了那么多苦,值得吗?

他们掷骰子,胜者计一分,谁先到五十分便赢得美女。将军不时向淙淙那里望过去,每一次看她便又多了几分力气。

最终骆驼输了,将军向着淙淙走过来。淙淙一把抓住骆驼:

"大王您真的忍心将我送给他吗?"

"我既然输了,当然要遵守承诺。"

她失望地看着骆驼。骆驼眼神与她相撞,迅速移开。就在走的这一刻,淙淙可以感觉到,骆驼不再对她毫无感觉,但在他的心里,她终究没有重过他的承诺。

　　淙淙被将军带走时,最后哀怨地看了他一眼,忽然对他有了几分依恋。那是很奇怪的感觉,也许因为曾听过春迟那一番深情的倾诉,竟好像已经认识骆驼很久了。

　　淙淙在将军的府上住了一阵子。将军的府邸是新造的,整整齐齐一排木屋,厨子、随从、园丁……许多人围着将军团团转。而这位将军也绝非寻常之人,他英武剽悍,却也不乏智慧。难得的是,他待淙淙格外地好,不仅一点也没有防备淙淙,还将她安置在最大的一座房子里,不用与他的侍妾和子女碰面。他送给淙淙许多珠宝首饰和从其他岛上带回的珍稀花草。

　　可是淙淙一心只想快些回到骆驼那里。所有的逸乐都可以忽略,她的内心藏着强大的使命,不容许将军对她有丝毫的冒犯。起初,将军对她很尊重,表示愿意给她一些时间去适应,这大概是出于他的自信——他相信不用太久,淙淙就会心甘情愿地投入他的怀抱。

　　但一次又一次被拒绝,将军渐渐失去了耐心,淙淙知道,他那张看起来很和蔼的面目随时有可能阴沉下来,变得凶狠。她可以拖延的时日已经不多。还好,她在岛上找到了曼陀罗花丛,令她又看到了希望。

　　淙淙说,她要专门为将军酿酒,将军听后很开心。这种酒将是他们爱情的结晶——是的,他认为她早已对自己萌生了爱意,是少女的矜持与羞怯使她还没能接受他。可是淙淙又说,最醇美的酒要用最虔诚的心去酿造,为了对酒表示尊敬,在酿酒的一个月中必须禁欲,甚至不许将军前来探望。这令将军非常痛苦,但他已经等了很久,也不在乎再多等一个月。

他的美人儿收集了许多椰果树的花瓣,将它们发酵,再加入新鲜的曼陀罗花,一同倒入罐子里,严严实实地封起来。将军每次从淙淙的窗前经过,闻着那令人迷醉的酒香,不用品尝他就相信,这是无与伦比的好酒。

一个月过去了。在一个阴云密布的夜晚,淙淙用曼陀罗花酒灌醉了将军。酒果真没有令将军失望,他一生也没有喝过这么多。他请侍卫同饮,所有的人都醉倒了。

淙淙成功地逃出他的宅院之前,带上了一罐醉人的好酒。

她找到骆驼的府邸时,已经被下了一夜的雨淋透了。侍卫前去向骆驼通报,她缩在屋檐下躲雨等待召见,怀里还紧紧搂着那罐曼陀罗花酒。

这是她仅有的机会。她仿佛看到春迟站在她的对面,对着她幽幽地笑,笑她所做的一切都是徒劳。她偏要春迟好好地看着,她一定能行!

骆驼看见她的时候,淙淙浑身都在发抖,成串的水珠从她身上滴下来,想要说话,却发不出声音。

骆驼命人点起几把篝火,待身子稍暖,淙淙才慢慢开口说话。她向骆驼坦白,自己是从将军府里逃出来的。骆驼听后勃然大怒,勒令她马上回到将军府去。

淙淙虚弱地微笑：

"我连夜逃出来，只是希望您可以尝一尝我酿的酒。"

她跪在他的脚下，将酒塞打开，双手举过头顶。

不知是因为窗外恰有闪电经过，还是这酒的确神奇，在酒塞打开的瞬间，骆驼看到房间里划过一道白光，载着酒香，在屋子的上空氤氲开来。欲望也一点点被勾引出来。

外面雨声响亮，房间里一色黑暗。雨水从竹舍的罅隙飘进来，淋湿了坚硬的目光。骆驼俯身，从她颤抖的双手间取下那罐酒。

他举起瓷罐，仰头喝了一大口。他果然从未喝过这样好的酒。更令他惊奇的是，她一路淋着雨赶来，浑身冻得瑟瑟发抖，而酒却还是热的。

"将军待你不薄，为何你一定要回到这里？"骆驼问。

"我来龙目岛，本就是为了你，而不是什么将军。"

"为什么？"

"你带着你的军队攻占班达岛时，我曾在那儿见过你。我躲在一棵树后面，一直看着你，那时候我就记住了你的相貌和声音。可是你一点也不知道。你当然也不会知道，那时我就想跟你走。"

骆驼沉默，缓缓在一张木椅上坐下来。这女孩略含沙质的声音有一种慑人的魔力。

"我自幼年时起便想跟随一个强大的人，我可以变得微不足道，哪怕只是他腰间的一件配饰。这是我一直的梦想——请你不要赶我走。"她跪着移到他的脚边，抬起她那张尖俏的小脸，仰望着他。

多蹩脚和甜蜜的言语，不知道和多少个男人说过了。骆驼轻蔑地看着她。她是一个婊子,有一双绿色的眼仁,碧绿。

骆驼直直地看着,不知不觉又端起酒罐,喝了两口。

"将军也是很威武的人,在战场上杀敌勇猛,对朋友也非常豪爽。"

骆驼的语气柔和了许多,他将手指插入淙淙的满头金发之中,抚摸了两下。

"我要一个真正强大的人,像你这样的。"淙淙说着,将头枕在骆驼的腿上。骆驼的腿震颤了两下,就不再动了。

4

孩子伴着噩梦在盛夏时节抵达。钟潜只找到一个当地的接生婆,她不懂华语,方式也要粗野许多。春迟流了许多血。

钟潜蹲在院子里烧香——这是他不久前专门去寺庙里求来的,但因为受了潮,怎么也点不燃。钟潜却不肯放弃,一次次,他双手拢着香缓缓凑近火焰。眼泪簌簌滑落,那一刻,他真的以为春迟要死去了。

钟潜着实惊异,自己内心竟有这样狂热的情感,他分辨得出,不是怜悯,不是敬重,比它们都要沉重和甜蜜一些。即便在淙淙不告而别,他四处去寻找的时候,也不曾有过这样的感觉。

一个失去性别的人却仿佛触碰到了两个炽烈的烙字:爱情。仿佛得到了救赎,在女人的呻吟和哀叫声中,钟潜经历了一次洗礼。但这美好的感觉稍纵即逝——她就要被带走了吗?

童年时他住在乡下,与祖母相依为命,他们面水而居,祖母养了许多鸭子,他每天赶着鸭子到水边玩上半日,日光照在水面,明晃晃,他靠在河边的大石头上,恹恹地睡过去。祖母来找他,她从不大声唤他,非要一直走到他的耳朵根底下,才叫醒他。他喜欢祖母的声音,像一块糯软的糕饼。后来父亲欠了赌债,将他卖到城里。那时他年纪尚幼,但与祖母道别的那一刻,他忽然悲哀地意识到,从此以后大概再也见不到她了。他果然没有再见过她,连她的坟也没有见到。被卖到城里后,他在一家小酒馆做小工,老板娘待他很好,他就对她非常依恋——他是个容易动情的男孩子(净身之前,他的身体里埋藏着汹涌的感情),后来老板和老板娘遭恶人暗算,双双被杀,小酒馆被砸,他也被那些恶人掳去,后来被卖到了宫里。那些人将他强行带走的时候,他正跪在门边擦拭老板娘额头上的血迹。他只是希望她能走得体面一些。刚进宫的那一阵子,他还常梦见美丽的老板娘,坐在门槛上流血,他走过去,用手按住她额头上的伤口,她嘤嘤地哭出声音来,并且紧紧抱住了他的腿。进宫之后,他依恋的是一位贵人,他曾有一阵子在她的身边当差。他喜欢看她坐在铜镜前梳妆打扮,她将胭脂涂在手背上,一点点晕开,等到那团红色慢慢暖了,熟透了,她就很快地将手背在腮颊上蹭两下。明艳的红色就飞上了她的脸庞,刚刚好。然而这位徐贵人身体虚弱,染了风寒,终于没有熬过那个冬天。她死去的时候已经瘦成一把骨头,他将胭脂晕在手背上,等它暖了,才涂在她的颧骨上。那么突兀的颧骨,红色在上面沾不住,落了下来。

　　后来他就了无牵挂,皇帝征派人员出海时,他也报了名,从此生活在海上。直到遇上淙淙,他才又看到了希望。淙淙离开后,他将依恋移到了春迟的身上。他已经明白自己有多么脆弱,总是需要有个人让他依靠着,满心惦念着,他就会觉得很快乐。

现在,连春迟都要离开他了,他又将变成无根的浮萍。他一遍又一遍祈祷上天。

5

骆驼留下了淙淙,这是他此生因为女人而犯下的唯一错误。也许是将近晚年,他的头脑已经昏聩。这是唯一的解释,否则无论如何,他都不会因为一个女人去得罪将军。将军与他的友谊三十年有余,远远超过了这个女孩的年龄。

将军没有立刻与骆驼反目,他暂且忍下了这口气。暗地里,他却更加勤密地练兵。此时骆驼正陷于缠绵的情爱中,他那件挂在墙上的盔甲已经变冷。

不久之后,将军起兵造反,自立为王。他率领军队攻下了骆驼的城池,将骆驼所有妃嫔和奴仆纳为己有,骆驼也成为任人凌辱的阶下囚,一世英名都被断送。直至那一刻,骆驼方知因为淙淙结下的嫌怨有多么深重。将军将骆驼的军营翻了过来,也没有找到那位令他痴狂的美人,没有人知道她去了哪里。

可骆驼和淙淙毕竟曾有过欢爱。

他们第一次亲热,淙淙咬破了骆驼的嘴唇。可是却分明有一种快感,宛如彗星拖下的长长尾巴轻轻扫过她的身体。此刻她占有了春迟的男人。这个男人令春迟疯狂,令春迟离开了她。她喜欢看男人沉溺的嘴脸,忽然又觉得他无比丑恶。于是,狠狠咬下去……

骆驼给了她一个耳光。她目光凛然,没有半分歉疚。是的,她非得这样做。她看见他碾碎着自己,也碾碎着春迟。他像一颗携带灾难的彗星,撕开了夜幕。

漾满情欲的血液是甜的,像蜂蜜一样。他有一种直觉,她是上天馈赠的礼物,会带给他无穷的惊喜。一刻也等不得,他直抵她的深处。

这即便不是骆驼一生中唯一的爱情,至少也是他的最后一份爱情。

每个清晨醒来,骆驼睁开眼睛,感到自己很虚弱。他看着身边睡着的她。早晨的她,仿佛刚从院子里走回来,脸上蒙着薄薄的露水,像一朵半开半闭的睡莲。他在她白亮的花瓣上寻找自己昨夜的吻痕——她是这样年轻,年轻得令他感到忧伤。他拥有过许多宝贝,从海上劫获的,派人去寻来的,却从未有一件宝贝像眼前这个女子一样令他痴狂。他拥着她睡,噩梦连连,生怕她被人盗走。然而醒来时她还在,他摸着她柔软的手心,觉得非常幸福。

他用布裹住她,仿佛要将她放回蚕蛹里。能够拥有她,他满足却又绝望。

她转个身,醒过来。一抖身,散落一地新鲜的露水。他摸摸她的小脸,恍惚起来,喃喃问道:

"你究竟是哪里来的呢?"

"嗯?"

"有时候,我觉得你是我的敌人派来的,安插在我的左右,伺机刺杀我。"

淙淙揉揉眼睛,坐起来,回身对他莞尔一笑:

"我是。"

"那我要把你锁起来。"他非常伤心地说。

次日做爱时,她挣扎得很厉害,用尖利的指甲划破了他的胸,让他血流不止。他一想起那时她恶毒的眼神就不寒而栗。他坐立难安,怒不可遏,真的找了一条锁链来,将她的双脚和双手锁住。她毫不在意,用轻蔑的目光看着他,恶狠狠地说:

"总有一天我会杀掉你,然后逃走的。"

但骆驼只是一味地纵容着她。

在龙目岛的岁月,淙淙告别了她苦苦挣扎的少女时代,长成一个成熟妩媚的女子。她终于以她的方式报复了春迟。忽然没有了爱,也不再恨,身体从沉重的使命上解脱下来,轻得好像随时能够飞起来。

昏昏欲睡的下午,骆驼不在。淙淙小心翼翼地逃出去,戴着镣铐,出门散步。

骆驼的府邸如此之大,走了很久也走不到尽头。据说,这里原本还住着他的三个兄弟,但他们在海上出了事,再也没有回来。骆驼照顾着他们的妻妾和子女,让他们和自己的妻妾子女住在一起。所以这里显得格外热闹。她看到有一些小孩在做游戏,追逐和欢叫。他们是一些栗子色皮肤的小家伙,瘦而结实,跑起来飞快。而他们的母亲抑或还有祖母悠闲地坐在房前的吊床上,愉快地聊着天。她们虽然大都很年轻,但早早做了母亲之后,身心都变得慵懒。淙淙看到她们眉头舒展,没有愁也没有怨。孩子们在她们周围奔跑、玩闹,有时候也会故意跑过去招惹她们。但母亲们很少去理会他们,放任他们自由自在地玩耍。

淙淙从他们的身边走过的时候,那些孩子就将她围住,不让她再向前走。他们不干净,也不文雅,可是看起来却生动得令人无法拒绝。淙淙素来不喜欢孩子,可是这时,看着他们却忽然觉得很快乐。他们都很喜欢她,自发地排成一排,拍着小手给她唱歌。发音古怪的民间歌谣令人想笑,小孩们摇头晃脑的姿态更是有趣至极。淙淙回身去看那些母亲,她们知道她是骆驼新纳的侍妾,冲着她友好地笑了笑。

这里是一片和睦,但淙淙却不属于这里。若是早一些,早在认识春迟之前,早在童年颠沛流离的日子开始之前来到这里,也许会有不同。她也许会从此安顿下来,投入这种简单却充满热情的生活。

现在,她已千疮百孔,内心永远无法得到安宁。她不配有这样美好的生活。她想着,将那些孩子分开,从他们中间突围出来,不顾他们的召唤,又独自上路了。

她要到森林的深处去看鸟儿。岛上各种各样的鸟儿实在太多了,常常飞进她的梦里来。这样的感觉很亲切,只在淙淙很小的时候有过一段。梦犹如森林一般茂密,傍晚时鸟声鼎沸。站在树林中央,它们便一只只栖落下来,一点也不怕人。她好像与鸟儿有一种特殊的缘分。

龙目岛上,孔雀很多。它们骄傲却又害羞,平素走得泰然雍容,有时还悠闲地慢慢展开它的屏风,回身去数一根根发光的羽毛。可是一旦看见人影,它们就踮起脚掌,携着华美的翅膀飞跑起来,跑了一段后,那荧光蓝色的尾羽慢慢斜升起来,就这样,它们飞过了很高的树。淙淙仰起脸庞,一直看着它们:背上和脖子上的羽毛是青铜色的,像鳞片一样;紫罗兰色的椭圆形冠子在烘热的风里抖动,轻缓而撩人。

她喜欢孔雀的疏冷和优雅,似乎总是被柔软的东西打动。男人对于她而言,永远是暴力和野蛮的象征,无法令她感到美。

孔雀飞过头顶时,她内心热流涌动,充满了感动。孔雀令她想起了少年时在天边看到的风筝,洁白的风筝——她觉得那是天底下最善良的生灵,甚至天真地把它们当作天使。

她总是轻信自己的直觉,于是一再犯错。

就像她从海边看到春迟时一样。淙淙眼光敏锐,一眼看到这个躺在海滩上的女人隐秘的身体深处潜藏的欲望与力量。

时间已经走到了六月。算起来,春迟也应当临盆了。那颗令她坚强、勇敢的种子终于开出了花朵。她一定沉浸在幸福中。她是否会带着孩子来找骆驼?

那将是多么荒唐的一幕,当春迟在这里看到她,看到她躺在他的床榻上,占据着他的心,她会怎么样呢?这是个几乎不可能成真的假设,淙淙了解春迟,知道她在找回那枚贝壳之前,是绝不会来找骆驼的。痴心的傻姑娘,为了一个微不足道的应许竟要用尽一生。她永远都蒙在鼓里,遥远地敬畏着这个男人,却始终与他隔膜,不知道他此刻正躺在谁的怀里。

报复是快意的,然而报复之后也必有失落。淙淙走进森林幽深的角落,很想找到一个地方,将自己藏起来,和禽鸟生活在一起,再没有任何欲望。

骆驼派人到处寻找淙淙,终于在茂密的棕榈林里发现了她,将她又带到骆驼面前。

骆驼用忧伤的眼神看着她:

"你要逃到哪里去?再去找另外一个男人,给他酿酒?"他内心温暖,说出的话却极为冷酷。

淙淙有气无力地说:

"其实我只是到这里来看看孔雀。"

"你喜欢孔雀吗?我可以派人将孔雀抓回来给你。"骆驼看着她无助的样子,一下就心软了,对她百依百顺。

那年六月,淙淙拥有了许多只孔雀。它们被养在花园里,生活在众目睽睽之下。

花园里只有矮草,没有一棵高大的树木,于是孔雀们再也无法飞越树顶,优雅地打开它们的翅羽。淙淙在池塘边看到自己的倒影,以一只孔雀的姿态站在那里,身后的羽毛开始凋零。

6

春迟活了下来。死去的是她的孩子。

钟潜的祈祷似乎应验了。

那个命运多舛的女婴,在伴着春迟做了十个月的噩梦后终于降生。她生下来的时候就格外孱弱。钟潜从接生婆手中抱过孩子,托住她低垂的小头。这女婴不哭也不闹,张着一双惶惶的眼睛,很不舒坦地在襁褓里挪动。他喜欢她的眼睛。在乡下,有这样的说法,盲人生的孩子眼睛格外明亮。所以她的眼睛里有春迟的眼睛。

春迟给孩子取了许多名字,但都觉得不够好。仿佛任何一个名字,对于这个孩子来说都太小了。春迟每天依着心情叫她不同的名字:小溪、花儿、星辰……她将所有美好的名字都给她。如果可以,春迟多么想将全世界都捧给这孩子。她身世可怜,出生时周围一片寂寥,没有人迎候在那儿。

春迟没有奶水,钟潜好不容易说服了当地一个坐月子的女人,借她的奶水喂孩子。春迟如此爱这个孩子,她几乎无法忍受片刻与孩子的分离。每次孩子被抱走喂奶的时候,她都依依不舍,在心中怨怪自己连孩子都无法喂饱。

两天后孩子便染上了天花。

孩子的脸上结满了一片片鲜红的痘疹,破了的流出脓水,结了痂,在上面又结出新的。孩子出生已经半月,未见长大,却仿佛缩小了许多。春迟看不到,只是知道孩子着了凉,钟潜已经采来中药,熬了给她喝上,据说很快就会好。

然而孩子的情况越来越糟。身上的麻痘一碰就破,脓水冒涌,浸湿了被褥。那个给孩子喂奶的妇人看到孩子生了天花,就再也不肯给她喂奶。钟潜再带着孩子去求她时,发现大门紧闭——他们一家已经搬走。

人人都如躲避瘟疫般躲避这个孩子。医生寻不到,乳母也寻不到。傍晚他带着孩子回家,春迟等在门口,怨怪钟潜带孩子去喂奶竟然去了那么久。

钟潜也顾不得与她解释,连忙煮了米汤喂孩子。可是她吃了几口就吐出来。也许是浑身的水痘都在发痒,她将小身子在被褥上蹭来蹭去,看起来非常痛苦。凌晨的时候,她开始剧烈地抽搐,身体蜷缩成一团。春迟并不知道有多么严重,她以为孩子睡一觉就会好。她总以为这孩子一定像她一样,有着旺盛的生命力,绝不会这样轻易地死去。她这样坚信,直到孩子在她的怀里一点点变硬,一点点变冷。当她的双手再次拂过孩子的肌肤,它们如脆薄的纸一般,发出嗖嗖的声音。春迟这才害怕起来,摇了摇孩子,手指掠过她的鼻息。她像一截木桩般横亘在春迟的怀里,一动不动。

"是你害死了她吗?"

春迟颤声问。

"她生了天花,没有救了。"

钟潜扶住春迟,哽咽着说。

天花。那些从贝壳中吸纳的记忆里充满了各式各样的灾难和疾病,天花是很常见的。此刻,她摩挲着孩子红肿的脸颊,一段段有关天花的记忆便从隐秘的深处浮了出来。她一步步陷入病痛的旋涡，承受着天花的折磨。

春迟紧紧地抱着孩子，捧起她那张烂掉的小脸，亲吻她的额角，她的脸颊。

脓汁从那些水痘里挤出来，溅在春迟的脸上、唇边。春迟愣住了：这咸腥的液体，是孩子的眼泪吗？她陪着她一起哭，然而她的气息却分明已经不在了。

她终于没有熬到新的一个早晨到来。

她至死还没有一个名字。

不是因为没有人爱她，是她的妈妈爱她太多了，将所有的爱、所有大自然的美物都赠予了她。她撩开人间的帷幕，就看到一个惨淡的盲女，双手鞠捧着所拥有的一切，孤单单地站在那儿等她。她降生在这个女人贫瘠的怀抱里。女人那因为辜负而扭曲的爱，宛如千年古树上蔓生的藤枝，无数条，将她缠得严严实实。是苦难离间了她们的感情，令她无法接纳她的母亲。她们背向而行，只需过个几日光景，便在人海中走散了。不知等了多久才聚集起来的一点因缘，就这样被打散了。

她最亲爱的小女儿，用那么多的爱招引她，都没能使她停下脚步。这个狠心的家伙，多么像她的父亲！

孩子死去后的三日里，春迟抱着她一刻也不肯松手；直至终于疲惫地睡去，那死婴还紧紧地箍在她的怀里。

钟潜害怕死去的婴孩会将天花传给春迟，趁她睡熟，悄悄从她的怀里抱走了孩子。他将孩子埋在离船屋不远的山坡上。因为孩子没有名字,他不知道该怎么立碑。在回来的路上,他想,它将成为一座无名的荒坟,心中不禁悲凉。他走到船屋门口,脚步慢下来。他想到前面的路,心中生出隐隐的恐惧。

如钟潜料到的那样,春迟对他充满了怨恨。她似乎忘记了天花的事,只记得是钟潜抱走了她的女儿,再回来的时候,她已经死了。之前春迟对他产生的微薄依赖也从此结束了。她不再需要他,她不再需要任何人。

孩子死后,春迟没有再与钟潜说过一句话。他随着她的孩子一起化作了空气和尘埃。但钟潜始终没有离开,春迟不让他靠近,他就生活在离她不远不近的地方。

他一直这样做着,年复一年,他的努力使他成为一个了不起的人。钟潜的身上有一种不凡的气质,没有人知道,是坚执令他如此出众。

7

将军与骆驼决战的时候,淙淙悄悄离开了骆驼的营地。对于即将发生的事,她似乎已经有了预感。

她飞快地穿过茂密的丛林,向着森林深处跑去。她知道那里有一棵巨大的榕树——纤长的枝条垂下来,无限伸展,直至又扎入泥土里,变成一段根须。几十米的空间里,榕树垂下的树干一道道矗立在那里,围成一圈,宛若一间圆形的房子。她曾在这里看到绮艳的孔雀,孔雀被骆驼派来的人捉走后,这里就空置下来。

她再度造访这唯一可以得到安宁的地方。

淙淙在森林深处静静等待着,内心掠过一丝得意:在不远的地方,两个了不起的男人正在进行一场决斗。没有人知道,这场战争是因她而起的。在隐匿的内心深处,她甚至怀有几分对杀戮的渴望。因为她,这个岛屿将血流成河,每一个死去的人都是献于她的祭品,以此来证明她无上的高贵。

她的人生终于抵达了高潮,臻于完美。

即便此刻死去,也再无遗憾了。

此后,很快地,淙淙感到了一场迅即的衰弱发生在她的身上。那是一件无法遏制的事。因为她太知道自己的美了,她已将自己的美发挥到极致。洋洋洒洒,用那么多人的血去歌颂。太美的风景,太香的花朵,太璀璨的珍珠,都是危险的,它们必将惊动周遭,令人不安,最终,上天只得将它们从人间收回去。

她在附近的水塘洗澡时,发现自己正一点点变丑。她抚摸自己的身体,发现它非常陌生,仿佛是属于另外一个人的。

战争很漫长,人人都在受着煎熬。榕树洞穴里的淙淙也许是最幸运的,她远离厮杀,非常安全。然而另一种痛苦折磨着她,她的心中有一个怀疑,这个怀疑实在太可怕了,令她不敢想下去。然而一个又一个征兆步步紧逼,她无法不去面对。她的脸上生出和春迟相似的红疹,小腹肿胀,因为没有食欲,采来的野果一直放着,直到全部腐烂。

一个月后,周期性的流血没有来找她。她的怀疑终于得到证实。

命运再一次戏弄了她,她竟然也要成为一个母亲了。

战争在不久后结束。龙目岛上血流成河。骆驼的府邸已经被夷为平地。淙淙在附近找到几个孩子的尸体,她认识他们,他们是骆驼的子女。看着那些细瘦的手脚交叠在血泊里,她异常难受,小腹收缩,开始呕吐。

她终于意识到自己的罪孽有多么深重。

听生活在周围的百姓说,骆驼和他的几个妻妾作为俘虏,被将军擒拿。百姓们神情漠然,生死无常,谁又会关心他们的首领是谁?

只有她在关心。她终于玩火上身,今生今世都与他连在了一起,无法割断。

没有人知道淙淙后来去了哪里。那个充满传奇色彩的姑娘,就像天边的一抹残阳,悄悄地消失了。有人说,在关押骆驼的囚牢里看到过她,那是在骆驼被处以极刑的前夕。

她为他做了一顿饭。这是她第一次为男人做饭。她想为他酿酒,但已经等不及了,只得用身上的绸缎衣服向农户换了一坛酒。她又泡了些花瓣在里面,稍稍缓和了酒的辛辣。

都准备好了。她将自己裹得严严实实的,提着酒和小菜前往关着骆驼的囚牢。没有人认出她。她绕着那座严严实实的房子走了一圈又一圈,没有办法。刑期就是明天,她只能做最后的尝试。她敲开牢门,与看守搭讪。很快,他们谈成了一笔交易:她应允下来,看守就将酒菜带给里面关押的犯人。

那个昔日英武非凡的首领,此刻病恹恹地躺在铁栏旁边,他抚摸着脑后黏腻的褶痕,生命一如这松垮的皮肤充满了腐朽的气息。天上有许多孩子和女人等着他,像夜空中的星星一样巴巴地看着(可惜他无法看到)——他盼望着快些上路。

骆驼昏昏沉沉地睡着,听见外面的草垛发出窸窸窣窣的声音,慢慢醒了过来。男人急促的呼吸,交杂着女人细微的呻吟,像层层迭起的海浪溅在他的身上。他猝不及防,睁开眼睛,愣了一会儿,奋力地挪动身子,将脸贴在铁栏杆上,仔细辨听。

外面,女人仿佛竭力抑制自己发出声音,断断续续的叫声中充满了忧虑。而里面的困兽正在浑身发抖,他的双腿开始发软,仿佛再也支撑不住身体的重量,终于慢慢地跪倒在地上。女人微细的声音,犹如密匝匝的雨点,打在他的脸上。渴。他张大嘴,希望能够接到一点水。他顶起身体,抓住女人一簇一簇的声音,将自己推了进去。这声音柔软而温暖,将他轻轻地含住。他扶着栏杆摇摆起来,滚落下来的汗珠滑进他的嘴里,并没有缓解他的口渴。

他久久不能平息,直到外面恢复安静,草不再响,女人不再呻吟。看守踉踉跄跄地走进来,一只手还忙着系上衣的纽扣。

守卫轻蔑地多看了他两眼,然后打开牢门,将酒菜放到他脚边。牢门又合上了。

骆驼非常疲乏,他捧起酒坛,仰头喝下一大口。牙齿咬在一朵曼陀花苞上,熟悉的气味将他黏稠的血液冲开了。他平躺在地上,摊开四肢,闭上眼睛,口中细细咀嚼着花瓣。

大颗的眼泪从他的眼睛里滚落下来。

纸鸢记

孩子们在问她:你要什么,西
比尔？她回答说,我要死。

——T. S. 艾略特《荒原》

上阕

1

十四岁那年的某个夏日黄昏,在西北方向的天空中,西比尔看到了海市蜃楼。她在栗棕肤色的暹罗国士兵的怀里,停止了挣扎,只是专注地看着那座剔透的琉璃宫。她缓缓闭上眼睛,在心中默声祝祷。健壮的士兵咬断她的连衣裙肩带。湿淋淋的舌头沿着她颤抖的胸脯一路滑下去。他打碎了那扇门,沉睡的血就涌了出来。

他在她的身体里乱窜时,她却忽然感到安宁,好像挪亚带着那些成双的动物们在波浪渐渐平息的大海中航行。天地重新开启,一切都如崭新。野蚂蚁爬上她静定的身体,啃啮着那微微颤抖的、被男人弄皱的皮肤。男人捡起她的裙子擦拭沾染在身上的血。可是她却好像已经被救离此地。疼痛也没有,羞辱也没有。那个傍晚的太阳很不寻常的,充满温脉的柔情,仿佛有一只仙人的手遥遥地伸过来,揩干了女孩脸上的泪水。

那座天空中的宫殿,正如父亲曾描绘的那样,是透明的,晕着淡粉红色的光。仿佛还有几对自由的翅膀,上下拍打着,云游于天际。她终于相信了父亲的话。天堂是存在的,那么救赎也会有的。

她喜极而泣。

2

若仁慈的天父看到他流落异乡的小女儿赤脚奔跑于潮湿的森林、陡峭的山谷,他会否感到心疼呢?迷路,和父亲走散,身上带着血迹和疼痛。眼看天就要黑了,而这条山路仿佛永无尽头,不见一点人烟。她跑了几个钟头,只在丛林里看到过一只从废弃的大炮上拆下来的炮筒,几只松鼠在里面安家,有大有小,咔擦咔擦地分吃着坚硬的松果——这是西比尔很久以来,见到过的绝无仅有的温馨场景。

西比尔不断地和自己说话,起先还是默默地在心里说,后来她哭了,堵塞在喉咙口的声音就再也阻挡不住。她开始大声和自己说话,密匝匝的红树林将一缕缕回音赠还于她。少女的绝望在这片树林里荡漾,如不能走出去的幽魂一般来回往复。

她知道自己不应该绝望,爸爸说,天父将与我们同在,他将牵着我们的手带我们走出危险和痛苦的泥沼。所以,我们所要做的就是去相信,去领悟天父的旨意,满怀希望地走下去。她知道,这是懂事的大女孩应该做到的,是长大必须经受的考验。然而天父会知道吗,她的双脚一直在流血,脚心的伤口在扩大,她疾跑时能感到泥土混入血液,尖利的木枝穿透她娇嫩的皮肤。可是她不能停,爸爸说夜晚的森林会有野兽出没。她要在天黑之前走出森林。天父会知道吗,她已经两天没有吃过东西,为了有力量继续走下去,她吃了一朵艳丽的蘑菇。是的,也许它是有毒的,但那时她已饿得寸步难行。与其困在一地等死,倒不如赌一下。她吞下了这朵有着樱桃般诱人色泽的蘑菇。折磨超过了她忍耐的极限——她那颗在父亲训导下归于信仰的心,终于还是起了怀疑。

3

此刻,西比尔特别想念父亲。这个将半生都用来侍奉神的男子,为了让世人得救,将神的话语传遍世界的各个角落,几乎从未停下过行走的脚步。

西比尔的母亲是华人女子,遇上她的父亲之前,曾在中国江南的一个杂耍班子里表演绝技。

有一天,一个棕胡子的大个子洋人看到了她的表演,她在他们的头顶飞来飞去,令他大为震惊。演出结束,他向着她走过去,微笑着说:你是一只鸟儿吗?

他离开的时候,带走了这只小镇上最美丽的小鸟。

西比尔生在中国。她父母的结合,是伟大而高尚的,因为它是建立在共同侍奉神的基础上。爸爸常对她说,妈妈是最勇敢和开化的东方女子,是最先听到神的话语的人。所以他要带她在身边,让她走得更远。

于是,她真的走得很远。他们四方传教,先后去了越南、尼泊尔、缅甸……最后是印度。她终于停下了奔忙的脚步——就是去年,一场大火缠住了她的脚,她永远地睡在了那堆火焰和废墟里。但爸爸说,这并不是坏事,现在妈妈走得更远了,她服侍在天父的旁边。

那时他们正在孟买传教,当地灾荒连年,十三岁的西比尔寄宿在阿姆斯特丹的邻居家,她在学中文,以及制作简单的菜肴。

"要做独立的小孩,这样将来才能和爸爸一起去工作,做他的好助手。"西比尔常常这样督导自己,睡前不忘去日历牌上画下一个记号——又是一天,她一天天算着爸爸妈妈回来的时间。

4

孟买的大火烧起的时候,西比尔正站在桌前注视着她的生日蛋糕,邻居家的女主人将蜡烛插在蛋糕上,她数着,一支、两支……没错,十三支。她几乎不敢相信,自己已经长成一个少女了。

当西比尔正在数她的生日蜡烛,孟买街头的女人,正打算去药铺买些草药,她独自走在孟买的街道上。那场火,就像黄昏里躲不开的云霞,飘进了她的眼睛。是一座印度高塔在着火,高高矗立,火光四射。她想也没想便跑上去救人。

火焰就是希望,邻居说着,将一根点着的蜡烛,交到西比尔的手中,要她自己去点燃蛋糕上的十三根蜡烛。十三根火苗映出十三张花苞般鲜嫩的小脸。十三个西比尔在雪白的蛋糕前憧憬着金灿灿的未来。

在浓烟滚滚的塔楼中,一个少年僧侣被浓烟迷住了眼睛,看不清路。这时有一只温暖瘦小的女人的手,握住了他。有一缕东方淡雅的香气,穿过严严实实的焦煳味,抵达他这里。她小心翼翼地带领着他。浓烟已经蒙住了眼睛,他的脚听见横梁砸落下来,在他的脚边吱吱燃烧的声音。他们在狭窄陡峭的楼梯中绕走,她用中国语和他说话,他听不懂,也看不见她,但是通过那只温暖的手,他知道她是让他不要害怕。

西比尔,许个愿吧。周围的人都说。于是西比尔快乐地闭上了眼睛,让兴奋的内心沉静下来,开始许愿。

女人又跑进了高塔里。火势已经蔓延到了楼梯上,她沿着墙根艰难地移步前走,循着哭泣和呼喊声,终于找到了几个孩子。她一手牵着一个孩子的手,又让其他孩子抓住她的衣襟,他们这样跌跌撞撞冲下楼去。

所有的人面含微笑,看着西比尔许愿。那是一个悠长而静谧的愿望,有关爸爸、妈妈,有关他们伟大的事业,有关他们温暖的团聚。

他们终于冲出宝塔。可是女人隐约听见,高处仍有嘤嘤的哭声。一刹那的错觉涌现,她甚至觉得,被困在塔里的就是她的西比尔。于是她重返高塔。一路循上去,却没有找到一个孩子。而火焰已经堵住下楼的路。她被困在塔中央。

许完愿,西比尔长长吸了口气,觉得身体里空空凉凉的,将所有愿望都倾倒出来的感觉真好。

也许只有跳下去了。她跑到窗口,是那么高的塔,下面人头攒动,但都是那么渺小,谁也救不了她,这时,她在人群中看到了她的丈夫,是的,他来了,有天使为他带路,他知道她在这里。女人又看到了她英俊的爱人。鹰钩鼻子,棕褐色的胡髭,信仰使他看起来那么强壮。她笑了。

西比尔鼓起腮帮,一口气吹灭那些蜡烛。

女人从高塔的窗口纵身一跳。她的脚上还绊着熊熊燃烧的火苗。人们看见,她在空中停顿了片刻,似乎是不知道该飞向哪里,是向着地面上她的爱人,还是高空中她的天父。

十三根蜡烛都熄灭了。掌声响起来,为她庆贺。西比尔握住系着缎带的刀柄,在一朵艳丽的玫瑰花上切下去。

女人像艳丽的鸟儿一般飞向爱人的怀抱。她深情地望着他,再没有什么可以障蔽她的视线。世界从未如此安静,从没有一个时间像此刻一般,她可以这样尽情地看着他。目光舒缓而贪婪,从他棕色的鬈发开始,他宽阔的额头,他深凹的眼眶,他高挺的鼻梁,他分明的唇线,他微翘的下巴……她用目光抚摸他,那种崭新的喜悦,就像发生在他们初遇的一天。

时光仿佛在一瞬间回到了十五年前。他站在熙熙攘攘的小镇街头,穿过层层围观的人群,走向她。这个高大的异域男子有着白皙的皮肤,浅蓝色的眼瞳,长衣白袍,胸前佩戴十字,一本软皮厚书拿在手中。他看起来像刚出生的婴孩一样干净。她诧异的目光与他相触,是的,她对他充满好奇,然而他对于她而言,却并不陌生。在中国江南的梅雨天气里,他是一缕令人欢喜的阳光,照在她的额头上,暖洋洋。顷刻之间,她已不是那个飞檐走壁、卖艺糊口的小丫头,他使她安静下来,有了第一丝女人的典雅凝重。

他走到她的面前,微笑着说:你是一只鸟吗?(在生命的末了,她回答了他的问题,以鸟的姿态拥抱了他。)

他那句生硬的中国话,是一种魔法:她忽然发现,自己长大了,并且很快就要离开故乡,随他远行。多么突如其来的喜悦和伤感。她不动声色,却期盼已久。

他给她讲《圣经》的故事。讲圣母玛利亚生子,讲耶稣的遇害与复活,讲挪亚方舟……她圆睁着眼睛,接过他抛来的一段段不可思议的故事。他对她说:你要相信,唯有相信,才可得救。她点点头。与其说她相信了神,不如说她相信了他。她觉得他就是他口中一遍遍说到的天使,带领着人找到神的天使。……天使讲完故事,痴痴地看着她。他慢慢地靠近她,亲吻她的鼻尖、她的睫毛、她的嘴唇。是谁说洋人粗野呢?她的天使轻柔好比春天的小雨。他紧紧抱住她,她跌入波光粼粼的潭水里。她明白了他所说的重生,他的爱是一种涤洗,使她变得洁净。

带我走吧,带我走吧。带我走吧。她环住他的脖子,请求他说。她知道她那阴霾的青春终于走到了尽头,她再也不用茫然地站在街头,跳上跳下,浑浑噩噩地度过每一天。他将带着她去过一种截然不同的生活,自由自在,轰轰烈烈。

一周后,他挽着她的手,消失在小镇的尽头。转眼便是十五年,一切都很匆忙,他们一直都在路上,再也没有停下来。这条路远比她预想的艰辛,疲惫也曾有过,失望也曾有过,却始终没有后悔。

她飞向他,他是她的信仰。他知道吗,她未曾后悔,纵使这样结束生命,她也不会后悔。她在心中祈求他,用力抓住他的小鸟。唯有被他紧紧抓着,她才不会迷惘,不会失去方向。

带我走吧。她喃喃地说。结束了飞行,摔在冰冷的地上。

我们的西比尔,她初尝世间的丰盛,对未来充满期待。世界在她的眼前展开,甜蜜好似这精美的糕点。西比尔将一块缀着半朵玫瑰雕花的蛋糕掂在手上,小心翼翼地抿了一口奶油。

她坠地时,泪水从他的眼眶里迸涌出来。他跑过去,看见女人犹如孔雀一般雍容升起,她的身后,缓缓地开出一扇鲜红的屏。塔在烈火中摇摇欲坠。人们呼喊着四向奔散。只有牧师仍在原地,抱着他的妻子痛哭失声。他将她脸上的乱发拨开,亲吻她尚余温热的脸颊。她仍那么年轻,仿佛还是个姑娘,他忽然觉得自己从未走进过她。十几年的同榻而眠也许只是一个梦。她如此美好,好像耀眼的珍珠,孤单单落在世间太危险,死神定然会来将她偷走。

后来,西比尔一直坚持,她目睹了一切。穿过跳跃的烛光,她看见了妈妈的飞翔。她看见了孔雀开屏那一刹那的兀艳。

5
牧师失信于他的小女儿,冬天到了,可是他还没有回家。

那年冬天,多少个夜晚,西比尔穿着崭新的白色鱼尾裙式小礼服趴在厅房的餐桌上睡觉,她守候的那扇门,始终没有被敲响。直到圣诞节后的某一天,有人"笃笃笃"敲响了门。西比尔慌忙低头去看她的礼服:礼服已经皱巴巴了,白色荷叶边儿上有不知从哪儿蹭来的油渍,而她的头发,也因为好几日不洗而打绺了。她慌忙祷告,企图动用上帝的力量来帮助自己,让她快快变身为干净悦人的小公主,否则她妈妈看到她这副邋遢的样子非要生气不可。事实也的确说明,她的许诺得到了应许,那一天,她的妈妈没有回来,再也不会有人挑剔她不够整洁。

她的爸爸慢慢走进来,动作迟缓得好像幽禁在古堡里的上世纪鬼魂。西比尔立刻感到,父亲身上悲伤肃穆的情绪将她严严实实地围住了。她将大门关上,门外大雪纷飞,父亲重重踩下的脚印,已经被新雪扫得毫无踪迹。那时西比尔尚不知发生了什么,但她看着门外低沉的霉青色天空,难过地想着,大概这漫长的冬天再也不会结束了。

那恐怕是爸爸最难挨的一段时日。他将自己关在屋子里,不和西比尔说话,只和天父说话。西比尔每次走过他的房间,都感到有一种湿漉漉的伤感情绪,氤氲不散。西比尔大致猜到发生了什么。几天后,她敲开他的门,仰脸看着他,等着他来告诉她。他缓缓蹲下,揽她在怀里,泣不成声地说:

"你怪我吧,我没能把你妈妈带回来。"

这个一直认为自己得神眷顾、一路有神庇佑的幸运男子,哭得像个茫然无措的大男孩。

西比尔感到一阵隆隆的耳鸣。她心里的确在怪他。他总是那么大意和乐观,一心只为了那份伟大的事业。她早就怀疑他是照顾不好妈妈的。每一次,他总是那么轻易地将妈妈从她的身边带走,以神的名义。现在他把她弄丢了,再也带不回来。

可是她无法对他动怒。他从未显得这么可怜,像一个做错了事的小孩,靠在西比尔的身上,剧烈颤抖。她伸出手抚摸他的脸颊,从他深陷的眼窝里涌出来的泪水灼伤了她的手指。爸爸虽是个感情强烈的牧师,每次讲经的时候也会慷慨激昂,眼眶也会红,却从未掉下过眼泪。

上帝终于把这个一直对他深信不疑的大男孩弄哭了。

西比尔抿着嘴,不让悲伤显现在脸上。她将额头抵在爸爸生满胡须茬的下巴上,轻轻地拍着他的背,温柔地着说:

"我只是希望你以后出远门带上我,不要再把我丢下。"

6

那两个月,阿姆斯特丹阴雨连连。冬天就这样过去了,牧师再走出房间的时候,屋外已是一片春光明媚。

他又开始神采奕奕地站在礼堂的讲台前,带领着信徒们一起祷告,用洪亮的声音唱赞美诗。在爸爸的眼睛里,西比尔看不到一点悲伤的影子。她怀疑爸爸已经将死去的妻子忘掉了,一如他说过的,他此生唯一的工作便是侍奉神,这将带给他源源不断的快乐。遗忘是多么可怕的东西,西比尔想,妈妈离开的痛,于她而言,还是那么深楚。也许只能说,她处理伤痛的方式,是与别人不同的。有一些伤痛,犹如镶进画框般,日日对照,永不消减。

有时候西比尔会觉得,妈妈真的变成了一只鸟,常伴她左右。下雨的夜晚她总要打开窗户,次日清晨醒来时,她在枕边发现几根白色的羽毛。她知道她是来过的,用最柔软的胸襟上的翎毛抚摸过她的脸。

三月的某天,带着他的小女儿,牧师又启程了。临行前他卖掉了从前的房子,从那一天开始,西比尔再也没有了家。她怀疑上帝误解了她的意思,生日许愿时,她的确有说过希望去遥远的国家旅行,像个大人那样自由自在。可她从未说过不需要家,以后都过一种流浪的生活。

这一次,他们在大海里颠簸几十天,从西方来到东方。他们绕过非洲的好望角,穿过马六甲海峡,抵达暹罗①的海岛。爸爸说,他们是沿着哥伦布当年的航线一路来到这里的。这是西比尔第一次看到如此宽广的大海。这也是她第一次和爸爸单独出行。她似乎从未靠他这样近,在妈妈还活着的时候。她悄悄地看着他:爸爸要比妈妈老得快许多,他已是半老的人,在船上这么坐着,不一会儿便打起瞌睡来。

西比尔怕他着凉,为他披上一件斗篷。她知道他异常孤单,需要一个女人陪伴左右,照顾他,鼓励他。但她转念又想,旅途之中,妈妈

---

① 暹罗:泰国的旧称。

不是一直陪在他们身边吗？她就是那只小鸟，始终盘旋在他们头顶的那片蓝天里，爸爸也应该能感觉到。他又怎么会孤单呢？

"爸爸，"在他醒过来时，她忍不住问，"你能看见妈妈吗，她还在我们周围。"

"是吗，你看到她了吗？"

"嗯，她是一只鸟的模样。给我留下过几根白色的羽毛。"

"哦，没准那不是你妈妈，那是在你睡着的时候来探望你的守护天使。"

"天使？"西比尔迷惑地问，爸爸总是对她说起守护天使，似乎从她蹒跚学步的时候，就开始说，不要怕摔倒，守护天使会站在身后保护你的。

"是啊，你是神的孩子，神知道你在想念妈妈，就派守护天使来陪你了。"

"你总说起天使，可是我从未看到过它们。——爸爸，你看到过天使吗？"

"当然。我常看到它们。"

"它们什么样？"

"它们也是人的模样，但有一对白色的翅膀。很美。你以后也会看到的，当圣灵将你充满，你获得新生的时候。"

西比尔不再说话了。爸爸眼中的世界，永远是和神连在一起的。然而她却宁可那些在下雨天的夜晚从窗户里飞进来，睡在她身边的，是妈妈。

自从荷兰人用四条船装满胡椒运回本国后,万丹①就成了他们馥郁芬芳的香料乐园。

万丹的码头。荷兰人的轮船上,已经堆满了胡椒麻袋。葡萄牙人的大炮声响起的时候②,少年刚将背上那只装着胡椒的麻袋卸到船上。出了许多汗,他抬起袖子擦着,忽然大炮轰鸣,一团火焰在他的面前炸开。船裂成了两半。装满胡椒的麻袋被炸裂,胡椒滚滚地倒入水中。少年被炮灰和胡椒粉末蒙住了眼睛,咳嗽不止,他本能地蹲下,将自己掩藏在胡椒堆里。这时,他感到自己所在的那半船摇摇摆摆动了起来。站起来一看,原来有人驾着船头的这半只船,朝远离岸的方向驶去。而他还在上面,船的两截已经越距越远,无法再跳回去。水上漂着的麻袋还在着火,他不敢贸然扎进水里。

码头越来越远,炮火声越来越远。他将身子掩藏在胡椒堆里,只露一个头看着满天星斗。他心中忽然轻松了许多,甚至有些欢快。终于离开了充斥着奴役和杀戮的万丹岛。他顺着船驶去的方向望过去,对彼岸满怀期盼。

7

经过数十天的航行,他们终于抵达一个赤道上的岛国。

海岛上终年如夏,西比尔脱下厚厚的棉袄和长袜,穿短裙,赤脚走在白色沙滩上。她喜欢那些栗子色的当地女孩儿,她们的头发又黑又直,和东方的绢丝一样迷人。她多么羡慕这样的头发,她的金发

---

① 万丹:西爪哇地区的万丹王国在当时是一个重要的贸易中心。
② 葡萄牙、西班牙船队为了与荷兰人争夺对万丹等地的香料的控制,展开过多次海战。

虽美,却天生鬈曲,怎么也不能像瀑布和山涧里的泉水般顺滑地垂在肩膀上。她必须承认,虽然她不喜欢颠沛流离的生活,可她的确喜欢热带的植物和沙滩。在她的国度,西比尔从未这样尽兴地晒过太阳。

但战争却不会因为这片土地上绝好的太阳光而不爆发。那一年,战火蔓延整个暹罗国,到处是一片混乱。牧师对西比尔说:

"这样的时候,会有更多的人需要帮助,我们就更应该留下来。"于是他们错过了最后一班遣送外国使者回国的船。

牧师和西比尔奔走于大街小巷,帮助许多无家可归的难民。直到五月,战争不断蔓延,几个邻国也先后卷进了战争。暹罗国的抵御逐渐式微,眼看邻国的军队就要攻城。

那一天是邻国军队向暹罗城进攻的日子。难民四散逃亡,但城门已经关闭,没有人可以跑出去。牧师和西比尔,便是在奔逃的难民中走散的。他们曾相约,若是走散,就在城门口碰面。西比尔记得城门在西面,于是她一直向西奔跑。此后她便迷了路,迷失在一片雾霭浓密、没有尽头的森林里。

8

西比尔遇到那个在山坡上藏身的士兵时,她已经筋疲力尽。他们彼此对视了一会儿,迅速地辨认出对方的身份。她知道他一定是贪生怕死的逃兵,在战争面前畏缩了,躲藏在这里。暹罗士兵仿佛从这个外国女孩的眼神中找到了一丝轻蔑,他向着她走过来——他要使她屈服,使她因那不敬的眼神而得到惩罚。当然,眼前这个混血少女,犹如皎白的月亮般耀眼,他早已为之心旌荡漾。

他扑向她,他要浇灭她。

也许就是在西比尔心中生出死念的那一刹那,她看到了海市蜃楼。在西北方向的天空中,被粉红色的光晕包围着,犹如剔透的琉璃宫。那大概就是神明的府邸,妈妈也应该住在那里。她寂灭的心忽而又燃起了希望。她看到了,就如她去到了一样。是的,她忽然得以跳脱出来,俯视自己的身体。她觉得那流血和受辱都不算什么,一切都是为了获得新生。好像一场新陈代谢中寻常的脱落。

她看着士兵远走的身影,慢慢给自己穿上那件染满血渍的裙子。血的气味还在周围,她揉了揉鼻子,从草丛中爬起来。

她的西北方。西比尔伸长脖子平仰着脸庞,用目光捧住那座神圣的空中殿宇,像一只等待着盛存雨水的圣水杯,——是的,她甚至还能听见自己身体里汩汩的流水声。

她被重新注满力量,又可以奔跑。

9

那个傍晚,西比尔竟真的感到了奇迹的降临。天黑之前,她跑出了森林,远远地看到高高的城墙,弥漫着硝烟的城门口。过了城门,就是码头,她和爸爸就是要在那里坐船离开。而她很快在城墙下那些忙于照顾受伤士兵的医务人员中,找到了她的爸爸。牧师背对着她,正在给一个胸部中箭的士兵包扎伤口。她看到他消瘦的背影,一阵心酸。她大声呼喊他,可是城墙下躺满了伤兵,邻国士兵射来的箭仍不断从城墙的那一边飞过来。她看得胆战心惊,担心他若是听到女儿的呼喊,就会不顾一切向她跑过来,那将使他陷入更大的危险中。

　　同一时刻,西比尔看到天边有几只白色的大鸟一字排开,正在城门上空飞翔。它们纯白的翅膀是那样结实而有力。

　　她再定睛一看,便看到那并不是什么大鸟,脆生生的翅膀下荫蔽的是壮年的男子。她几乎不能相信自己的眼睛:那些英俊的男子正携着两片洁白的翅羽徐徐飞跃城墙。西比尔的目光落在那只头鸟的身上。也许只因他飞在前面,她才觉得他那么高大。她看到他冷杉色的衣袂飘飘,他的背是那么直,脆硬的翅膀在他身上那么契合。他太高了,她看不清他的面容。但她几乎可以肯定他生着浓粗的眉毛,有一对明亮乌黑的瞳仁。

　　她相信,那是天使。是的,她看到了天使。她在西方都没有看到的天使,终于在这儿,让她看到了。这是爸爸一直说的天使。人的样子,但有着一双白色翅膀,很美。信仰使他们如此强壮。

　　那个傍晚果真不寻常,也许因为天使的降临,黄昏的日光迟迟没有退散,天地之间的一切都好像融在一颗琥珀里,用和缓直至消停的速度慢慢运行着。

　　倘若真有所谓一刹那间的爱情,西比尔相信,它一定就发生在此刻。陌生的男子,对他一无所知,可就在初见他的一瞬,已将过去若干年里对天使的崇爱移至他的身上。他一定是来救她和爸爸的,他一定会向他们伸出手臂,他们就会随着他飞起来,将这场兵荒马乱远远地抛在身后。

10

她向着城墙下飞快地跑过去。她要在他落地的时候,站到他的面前。然而她还未跑到城墙下,他就已经落在了地上。她看清了她的天使,他那背在身上的薄竹片扎成的翅膀,被最后一点晖光映成半透明的。

她还没来得及看清他的五官,却见他蓦地从腰间掏出一把长刀,向着城墙下的人砍过去。当他的刀从背后深深刺进那人的身体时,她悚然大惊,险些叫出声来,慌忙伸手捂住嘴。

那个背影慢慢倒下,然后她就看清了爸爸仰脸朝天的面孔,圆睁的眼睛。他堕地的一瞬,她还看到单薄的《圣经》小册子从他的外衣口袋里滑落,惨白的简陋封面在血泊里很快被染红,再也分辨不清。很快,她的爸爸也将无法分辨,因为"天使们"的杀戮从未停止。城墙下血流成河,尸体叠摞在一起。暹罗国士兵、平民百姓、外国使者……他们血肉相融,直至彼此再无分别。

西比尔停下了奔跑的脚步。她站在那里,一动不动地看着。看她的天使熟练地操刀杀人,看她爸爸贴着泥土的头发被凉风吹起来,像一小捧金色的草。但很快那簇金黄色就找不到了,它大概已被热带汹涌的墨绿色植被所吸纳,湮没。涨潮了,海风吹过来,那几只被着陆后的"天使"抛弃的纸翅膀被吹得翻来覆去,打着滚儿,在贴近地面的低空飞舞。

她跪倒在地上，闭上眼睛，面前暹罗城沦陷的一片哗叫都已听不见。她烧灼的耳畔，只有那些纸鸟呼啦啦呼啦啦振翅起飞的声音，自由自在。

中阕

1

潋滟岛的教堂有许多年的历史了。这是一座石笋林立的哥特式建筑，每一个纤细的"石笋"又被覆盖上那么多优美的线条和绚丽的吊顶，华丽繁琐到了无以复加的地步。只可惜它已经太旧了，在电闪雷鸣的恶劣天气里，那些石笋仿佛随时有可能被折断，从半空中砸下来，犹如嗜血的宝剑。

教堂也许应该感谢这一场海啸，海啸过后，人们又恢复了来教堂的习惯，这使教堂变得不再冷清。牧师说：

"你们要学会遗忘，死者已经安息。"

在某个周末做礼拜的时间，一个明艳动人的少女犹如蝴蝶般飞进了教堂。她坐在最后一排，是唯一一个脸上找不到丝毫痛苦的人。她总穿一件绿色连衣裙，露在外面的手臂和脖颈被晒成棕色，看起来很健康。

领圣餐时，每个信徒都会分到一块象征着耶稣破碎身体的饼干，而那女孩每次总是要拿三四块，一块块夹在手指之间，不等牧师开始说祝祷词，就已将它们吃光。看得出，她很饿。不过每次唱诗的时候,她都会很卖力,嗓音像冬天的雪那样清冽明亮,前排的人有时会忍不住回头来看她。面对人们纷纷投过来的目光,她似乎很开心。

牧师很喜欢她,于是靠近她,询问她是不是教徒,她摇了摇头。

"可是你唱诗的声音比谁都大呢。"

女孩莞尔一笑,跑出了教堂。

牧师怅然地望着女孩远去的背影——她每次都像一阵风一样,无法抓住。

2

牧师常常看到那个女孩,她并不是每周都来,每次都是不期而至,令他猝不及防,来不及掩饰见到她那一刻的喜悦。

她的脚步很轻,仿佛没有穿鞋子,小风一般从教堂的后门飘了进来。她总是坐在教堂的最后一排,肤色雪白,像躲在她那旧草色裙子中的一朵马蹄莲。他嗅到了她身上沾着的露水的气息。他在讲经的时候,多次忍不住抬起头看看她。她很顽皮,悄悄从一个座位移到另外一个座位,仿佛有意让他寻找。他用目光再次捕捉到她时,心中生起一股柔情。在这个被灾难撕裂的春天,她犹如唤回生机的精灵,走进他的视线。

而每次当他走近她的时候,她总是像狡黠的小昆虫,忽然振翅飞开了。花粉从她毛茸茸的小脚上掉落下来,在空气中扩散。

他打了一个迷惘的喷嚏。

在一次礼拜结束后,他终于鼓足勇气喊住了她。她看着他,他以为自己做好了与她讲话的准备,可是看着她纯洁的眼神,他还是立时

语塞。然而这一次,他怎么也不想放她走掉,于是他十分费力地让自己开口:

"我想——你也许可以加入我们的唱诗班,到台上放声歌唱,如果你愿意的话。"

女孩的眼睛看向别处,似乎有点儿心不在焉。

"你就住在附近吗?"牧师慌忙又开口说,极力想留她久一点。

"我住在船上。"她终于开口说。这是他第一次听到她说话,声音要比唱诗时柔美许多。

他点点头,事实上他已经听不清她的回答。她的声音像雨后森林里升起的烟霭,弥散开来,引他进入一片万籁俱寂的仙境。

"总之,我想你不妨试着参与进来,那时你就会发现,这里是一个温暖的大家庭。"牧师说。

女孩用略带疑惑的眼神看着他,笑嘻嘻的。她似乎并不信任他,却也不讨厌他。

当少女带着她的花粉气味消失在教堂门口时,牧师内心十分忐忑,他不知道自己是否给她留下好的印象。他努力回味她那无法参透的眼神,似乎从中体会出几分轻蔑。

他因此而沮丧。

牧师很快察觉到了自己的变化;他会在礼拜的时候穿自己最喜欢的衣裳,将胡须仔仔细细剃干净,马头靴上也绝不会留半点尘埃。为了做好这些,他周日总要很早起床。做这些工作时,他的心情很愉快,有时还哼唱几句——他奇怪那多年来从未想起的曲子,怎么忽然又回来了。

三年前,他的妻子在一场疟疾中死去,那时他觉得,此后的生活不会再有什么波澜了。他再也没有离开过这里。他给远在英国的儿子写信说,虽然这是一块伤心地,但他担心,若是离开此地便再也找不到她的坟墓了。每次写完信,他再读一遍,都会觉得有些太沉重了,他怀疑儿子已经无法理解他这颗苍老的心了。

随着变老,他无可救药地开始健忘。但他还能够牢固地记着她,常去她的墓前探望,有时他还会将仅有的一点眼泪洒在那里。这几滴珍贵的眼泪至少可以证明,他没有完全冻僵,内里尚有涌动的东西。

而女孩的出现,令他的情感变得剧烈。他听到自己内心一条条苏醒过来的溪流潺潺汇聚。他开始不敢去妻子的墓前拜祭,他怕妻子摸到他那颗变活泼了的心。但他必须承认,怀揣一个秘密、内心充满盼望的感觉的确不坏。

3

几日后,牧师从海边经过,看到远处有艘大船正泊过来,他识得这是中国的"宝船舰队"①,船体被漆成艳金色,雕梁坠彩,繁复无比。

他才蓦地想起她那日说的话:"我住在船上。"

他忽然愣住了,仿佛被钉在那里不能动弹。

大船在岸边停下。船舱里走出几个穿黛青色锦缎袍子的男子,

---

① 宝船舰队:郑和航海年间,中国派去南洋考察的船,后一直沿用。

他们应当是中国来的使臣。接着,七八个花枝招展的女子从船舱里追出来,个个裙带缱绻,腰肢细如炊烟。男人们被她们前前后后簇拥在中间,与她们依依惜别。然后,男人们下船去了。女人们在船上又逗留了一会儿,有个年长的女人站在中间,对她们吩咐了几句,然后女人们排成一队,走上岸来。

  牧师看着,他知道她们多是从中国广东等流动妓院招募来的歌妓,专门侍奉船员和外国使者,一直"住在船上"。在海啸之前,她们的生意曾一度到达鼎盛,那时歌妓们住在不知比现在奢华多少倍的大船上,船上的使臣络绎不绝,他们见过世面又出手阔绰,妓女们喜欢围在他们身边听他们说那些离奇的航海故事,每一天都过得有滋有味,成为永远难忘的美好记忆。

  女人们前前后后从他的身边经过,犹如一张眩目的蜘蛛网,向他罩过来。他被某种熟悉的香味擒住,感到一阵屈辱。他侧过身,低下头,生怕看到那少女在她们之中。一阵阵刺耳的笑声从那群女人中传来,他蹙眉忍耐着,一直到这支香艳的队伍走远。

  牧师迈着沉重的步伐走回教堂,心乱如麻。他不停想着那女孩,他原先几乎以为她是上帝派下来协助他的天使,然而她竟然是一个歌妓,生活在飘摇无根的船上,就像一片浮萍那样,整日周旋于男人之间,歌舞升平,忘却尊严,不知疲倦。他厌恶地闭上眼睛,徒劳地试图把她的形象从眼前赶走。

  她欺骗了他的感情,他这样认为。可他很快又理智地想,她其实什么也没有告诉过她,除却那句"我住在船上"。她并未撒谎,也不曾想要谋求什么。只怪她的样子太纯美无辜,蒙蔽了他那双敏锐的眼睛。

4

她又来了,仍坐在最后一排,面含微笑,饱满犹如一颗熟透多汁的桃子。牧师看着,可是他开始厌恶她的微笑,因为它是廉价的,是不与内心相连的。他又看见她卖力地唱诗,在分吃圣餐时十指间夹满了饼干,内心在隐隐作痛。

应有一只手,温暖慈祥地伸向她,有足够耐心,充满谅解和宽容,将她从泥沼中拉出来。

他于是又走向她:

"等礼拜结束后,你有时间吗?我必须和你谈一谈。"

她点点头,看着他,淡蓝色的眼珠像子弹般穿透他的身体——砰,一瞬间他似乎又被俘虏,处在了劣势——他早该清楚她的杀伤力。

他们坐在一棵高大的桫椤树下,树荫是一绺一绺的,被旱季接踵而至的阵阵热风摇曳成一把喑哑的竖琴。她的香味又弥散开来,这一次他分辨出来,那是曼陀罗花的香气,忽远忽近,令人晕眩。他知道歌妓们多用这种香味迷惑男人,令男人神魂颠倒,甘愿俯首做她的奴隶。

"我还不知道你的名字。"他温和地看着她。

"淙淙。"她掏出一颗槟榔,塞进嘴里,嚼起来。

"我不认识中国字,但这个发音很好听。"

"是流水的声音,要比海浪轻柔一些。"她的嘴唇已经变得鲜红。

"是的,像流水。"他又轻轻念了一遍,"淙淙。"

他想了想又问:"看起来你不是本地人,你是从哪儿来的?"

"我妈妈是中国人,爸爸是荷兰人。"她回答很简短,令人无法分辨她来自哪里。

"哦,是吗?我也是荷兰人。"他总算找到一个可以拉近他们距离的契机。

"是吗?"她漫不经心地咀嚼着槟榔,眼睛也不抬一下。

"那么你父母现在在荷兰?"

"不,他们都死了。这挺可惜的,不然,你和我爸爸也许会聊得很投机。"

"哦?"

"嗯,他也是个牧师。"

"啊,原来是这样!"他轻叹道,心中有种说不出的喜悦。他想,难怪从第一次见到她就觉得这女孩很亲切,仿佛走进教堂就是来找他的一样。原来她的死去的父亲也是牧师,神指引着她找到这里来了。他仿佛从神的手中接过了这只迷途的小羊,他因这温情脉脉的一幕而感动不已。

"你是做什么的?"他犹豫了一下,终于问。

"我在船上唱歌。"她说。槟榔核在她的唇齿间绕来绕去。

他的心沉了一下。这真是他最不想听到的回答,不过令他欣慰的是,她没有说谎。

"你还那么小……"他不无惋惜地喃喃道。

"在船上,我一点都不算小的。小碧和绿翘她们要比我小得多,大概只有十四五岁。老鸨说,她还收养过九岁的女孩。"少女说。她与牧师讲的是英文,又掺杂着当地土著民的口音,不伦不类。

"你一定吃了许多苦。"

"不,老鸨最喜欢的就是我了,我是她亲手教出来的。"

"她都教你什么了?"

"可多了。唱歌、跳舞、喝酒、玩牌、下棋……"

牧师点点头,不想听她再说下去。他努力让自己平息,用最慈爱的声音说:

"你不应再这样下去。你慢慢长大了,需要有尊严的生活,你不可能一辈子都住在船上,不是吗?"

他的关心不免有些唐突。女孩微微一笑,吐出槟榔核:

"我倒不觉得船上生活有什么不好。我们可以认识许多有趣的人,他们拿我们当宝贝,送我们各种见都没见过的稀罕礼物……每一天我们都在旅行,多么快活。"

"可是你没有自己的方向。一个人,必须知道自己的使命,有所盼望,并为之倾注心血……来,告诉我,姑娘,此刻你心中最盼望的一件事是什么?"

"我盼望那个大胡子的中国使臣快些来看我,他每次来,总是不忘送我几个红彤彤的大石榴。那石榴已经熟透,迸裂了,露出籽儿来。而且,他只送给我,别的姑娘都没有。晚上他会悄悄到我房间里来,将石榴塞在我怀里……"

牧师不语,这女孩像是荒野里的草芥,在罅隙里生存,早已习惯了恶劣的环境。她最大的心愿不过是几只石榴、一场欢愉,再没有别的什么了。牧师很是心疼,女孩说这话时脸上迷醉的表情让他有些恼火。

"好了,不要再说了。瞧瞧你这堕落的日子,几只石榴就能让你满足吗?你在虚度时光,你在浪费和践踏……"

"难道非得像你一样生活才叫有意义吗?我不知道怎么样算是不浪费、不践踏;我只知道,与其如你一样,将一生奉献给一个从未见过、从未摸过的神,倒不如将它奉献给那些可以看可以摸的男人!"她那红艳艳的小嘴唇翘得很高,与他对视的目光中流露出几分挑衅。

"你父亲若是还活在世上,他看到你这样一定会很失望的。"

"可我早已对整个世界都失望了。"女孩忽然变得温柔而脆弱,口吻中带着对世界的弃绝,缓缓站起来,头也不回地走了。

5

淙淙刚走,就下雨了。牧师一个人继续坐在桫椤树下。雨水浇透了坏情绪,他心中一片泥泞。与她谈话的目的,难道不是想告诉她,她可以留下来,从今以后由他来照顾她的吗?可是他什么也没有来得及说。

被女孩咀嚼过的槟榔核像只暗红色的茧,在雨水中滚来滚去。他抬起一只脚,凑过去,靠在那颗躁动不安的槟榔核边——她为什么要将自己包得这样严实?

在那之后,淙淙很久都没有再出现。海啸渐渐远了,伤痛慢慢变浅,来教堂的人越来越少。牧师曾开解他们说,对于那些痛苦的记忆,唯一的办法只有遗忘。看起来,他们康复得不坏,已经成功地完成了遗忘,所以,他们也忘记了来教堂。

在讲经的时候,牧师的语速非常缓慢,并且开始走神。但没有人觉察,坚持来做礼拜的大都是一些行动迟缓的老妇人,这种慢到几乎停滞的仪式让她们内心真正得到了平安。

教堂最后一排的那个位置上洒满丰盛的阳光,牧师站在讲台上,看向那个灿烂的角落时总是很容易产生幻觉。他知道她很轻很轻,像羽毛、尘埃或者唇语,悄无声息地到来,坐在那儿,和煦的阳光搭在她的身上,她就睡着了。牧师讲着讲着,恍惚觉得女孩就在那里睡着。上午时分的阳光很好,教堂中人又很少,他似乎听见了她轻微的鼾声。

他面对的只是一座萧索的教堂,以及荒凉的暮年。

  沿着螺旋状的楼梯一直向下走去,这沉堕的王国却并不是地狱。一直走,直到风声塞满耳朵,灰尘蒙上眼睛,荆棘缠住双脚,记忆的主人才幽幽地现身。

  红裳因为生得太美,没有被荷兰人杀死。他们杀死了她的父母、姐姐和弟弟,烧了他们的房子。

她站在河边目睹全家人的死。荷兰人用绳子将父亲、母亲、姐姐和弟弟的头发绑在一起。绳子一圈圈在他们头顶缠上,中间隐约露着姐姐的一截红头绳,和她一样的红头绳。还有好多人,他们也被这样分成一组一组。荷兰人架着他们,像发射炮弹一般把他们丢进水里。她看见全家人的头顶在水上蹿了一下,迅速地沉下去,此间仿佛还伴着弟弟的一声尖叫。她直直地望着那片水,想等那根红头绳再冒出来。但是没有。她哭起来,悄悄摘下自己头上的红头绳,扔进了水里。

一个荷兰人将她推进旁边的草丛里对她施暴。他将她藏到森林深处,绑在一棵桫椤树上。他日日都来,给她一点食物,然后在她的身上折腾一番。

她后来被杀死,是因为那个荷兰人要回国了。他在码头边的树林里最后一次施暴,然后用绳子勒死了她——那时屠杀已经结束,他再也不想动刀子。她被吊在桫椤树上,下体滴滴答答流出的血,引来几只豹子。它们围在树下,舔净地上的血,又意犹未尽地向树上望去。

下阕

1

他再度见到她,时间已经过去了将近一年。

四月,潋滟岛迎来了它的旱季,这是让人昏昏欲睡的时节。牧师已经不再为了礼拜而精心收拾一番。他甚至有意怠慢自己,参差的胡茬,皱巴巴的衬衫,灰蒙蒙的眼镜片——这便是淙淙再看到他时他的样子。

牧师来不及为了他的邂逅而感到惭愧,他很快发现,女孩的精神状况很不好,她照旧坐在最后一排的位置上,将双脚拿上来,抱膝,整个人蜷缩在椅子上。她紧闭着眼睛,但很容易看出,她没有睡着,而是被某种激烈的情感控制着,心绪难宁。他讲经的时候一直看着她,她没有睁开过眼睛,将身体装在一件格外宽大的黑色斗篷裙里,一动不动。他还发现,她没有穿鞋子,一双赤脚上沾满了泥沙,也许还有伤口——他猜测着。

祈祷完毕后,仪式结束了。他悄悄走向她。她没有动。他看到有几滴眼泪慢慢从她的眼角溢出来。他果然看到,她的双脚布满伤口,横七竖八的血痕在栗色的皮肤上显得格外狰狞——他怀疑女孩也知道这一点,有意将这种惨状推向极致。是的,他看得出,她是迷恋于自我折磨、自我虐待的人。

牧师将目光从那双惨不忍睹的伤脚上移开,将一只手轻轻放在女孩的肩膀上。女孩缓缓睁开眼睛。

"你一定很累,所以没有像从前那样大声唱赞美诗。"牧师在前一排的座位上坐下来,回过身来,与她面对面说话。

"是的,我很累。"淙淙虚弱地说。

"那么就停留下来,在这里休养一段吧,我可以照顾你。"牧师终于说。这是他一直想说的话,充满心底最深处的柔情。

"这些日子以来,我试着按照你说的,上岸过一种有意义的生活。我跋山涉水,去了很远的地方,并且完成了那件我一定要做的事。可是事与事之间暗藏关联,我无法抽丝剥茧,无法使其他的事不受牵连。哦,你不会知道,我闯祸了,闯了很大的祸。现在,我得到报应了,永远也无法得救。"女孩完全沉湎于自己的情绪中,絮絮地自言自语。

牧师有些难过,他猜测:这一年来,她大概有过一段刻骨铭心的感情。她一定伤害了对方,使对方痛不欲生;可是她因为深深爱着,自己也受了伤。

牧师端详她,那个使她如此心动的人究竟会是什么样的呢?他有些嫉妒,可是看着她这番憔悴的模样,心中生出的怜惜足以淹没一切。他又轻轻对她说:

"不会的,不管你犯了什么错,只要有心悔改,上帝都会原谅的。"

"不可能。你不明白的,我闯了很大的祸,不可能得到原谅了。"她拼命地摇头,小声地抽泣起来。

他将她揽在怀里,安抚道:

"相信我,无论你做了什么,都可以得到原谅。你在这里,能得到最安宁的生活,能重新见到光亮,感到温暖。你会很自然地忘记那些不愉快的往事,不会再被它们纠缠。"

"可我不想忘记它们……它们是那么美好。"淙淙喃喃说。

牧师叹了一口气,看来这女孩已经深陷于这些感情,情愿受它折磨,也不愿将它淡忘。女孩忽然转过头,目光炯炯地望着牧师:

"你是说,只要我认错,上帝就可以原谅我,我就可以得到救赎——是这样吗?那么我想皈依基督,也许他可以使我的内心变得平静。"

"当然。上帝会原谅你的。只要你愿意,随时可以回到他的身边来。"

女孩点点头。

"我很高兴你能再回到神的身边。"

女孩费力地笑了一下。

"走吧,我带你去见负责教会事务的简小姐。她会安排你的起居。这里的生活很简单,希望你还过得惯。"牧师说,他感到女孩只是因为暂时失去了方向才会来这里寻找依靠。他要留住她,不能再让她走失。

"谢谢。"女孩说。

2

牧师几乎不能相信,女孩从此就生活在离他很近的地方。清晨,他可以在花园里看到睡眼惺忪的她穿着宽大的睡袍,梦游一般面无表情地从他身边经过。她仍是赤着脚,尽管他为她准备了崭新的鞋子,但是她似乎坚持要受这种刑罚,任由那双脚踏过最尖利的石子,蹈进最浑浊的水洼。

大多数傍晚,他们共进晚饭,她会说起在船上的生活,虽然那并不是多么光彩的事,但因为她的坦诚和天真,讲出来竟没有半点龌龊。他在一旁观察到,简小姐以及其他两个在教会做事的中年女人都听得津津有味。她总是有一种摄人魂魄的魔力,能将人控制在她的一颦一笑中。

但女孩并不快乐。她像是经历了太多的挫折,在这里停顿下来时已经不剩几分气力。她对教堂的事务并不太尽心,唱歌也许本就是她喜欢做的事,所以才能够坚持参加唱诗班的活动。除此之外,她似乎对什么都失去了兴趣,宁可将自己关在房间里阅读《圣经》,或者发呆。他给女孩送去许多有关基督教的书,希望女孩可以从中得到坚实的精神力量。

他有信心一点点感动她,牵引着她走出阴翳。每每出远门,他都会给她带回礼物,从盛产丝帛的暹罗,从藤条编织流行的爪哇,他为她带回各种手工的漂亮鞋子和裙衫。她每次接过这些礼物的时候,都会略带羞涩地笑着说:

"我是不习惯有人待我这样好了。"

这些鞋子和衣服她都收下,却从未穿过。她的身上永远穿着那件格外宽大的黑色连衣裙。它已经被洗得不成形状,像一只口袋般套住她,看不出腰身。

她所表现出的沉静状态,反倒使他有些不安。他总觉得,她有些心不在焉。他猜测她是不是在等什么人,那人也许会忽然出现,将她带走。他想象着她跨上那人的船时的情景,她又变得像从前那样放肆,浑身散发出熟透果实的芬芳。那是永远不会在他面前展露的一面,永远都不与他关联的快乐。他在无边的臆想中变得愤怒。他几乎确定,她是在等待什么人,这里只是一个疗伤的驿站,待她完全康复,待她的情人再度出现,她就会义无反顾地离开。

他觉得自己就要被这些漫无边际的臆想弄疯了。

3

但他看到了一丝光亮。事情似乎出现了新的契机。

七月的时候,牧师忽然收到在欧洲旅行的儿子发来的信,在信上他说非常想念父亲,想来热带小岛探望他。

牧师放下信,走到花园里散步。那把随意撒在草丛里的种子已经生出很高的枝叶,也开了花。时光像是又完成了一次分娩,就是这样的快。他记得,大约就是在初见淙淙之后不久,教会的德勒撒嬷嬷不知从哪儿带回一把花种,神神秘秘地撒在了教堂后花园的这块空地上。据说她年轻的时候也曾是个浑身充满浪漫气质的姑娘,但那已是很久远的事,牧师看见她时已是垂垂老矣,属于她的韶华月月,不可想象。

"这是一个没有秩序的国度,连季节也是混乱的。没有花期,又都是花期。在这里,生命是一件那么随意的事,孩子的生养、丢弃、死亡都很寻常。可是这里的一草一木都显现出令人惊异的生命力,充满勃勃生机。"牧师记得,他曾在给儿子的信中这样描述这里。这里是所有植物纵欲的乐土。那些花很快就开了,蓝紫色的小花呈高脚碟状,散着一点淡香,是非常安静的小花,并不怎么引人注意。但两三日后,他再经过这片草丛,就惊讶地发现,那些原本蓝紫色的小花竟然变成了浅浅的雪青色。有一些还未完全变色,深深浅浅的小花簇在一起,使这里忽然热闹了许多,也华丽了许多。

又过了几日,他发现那些雪青色的小花完全褪去了颜色,变得洁白如雪。现在花丛已经有层层叠叠三种颜色,从蓝紫到雪白,宛然经历了一个生命蜕变的过程。他看着三色小花交叠怒放,一阵欣喜,连忙唤了德勒撒嬷嬷来,询问她这是什么花。德勒撒嬷嬷早已猜出他对这花的喜爱,她得意地一笑:

197

"这花叫作'昨天,今天,明天'。它们好像带领着我重温了我的少女时代……一眨眼就过来啦!"

此刻,牧师俯视着这片烂漫的三色花丛,念着它们的名字"昨天,今天,明天"……昨天,今天,明天。世代流传。是的,这便是生命轮转的轨迹,这便是神的旨意。

4

翌日清晨,淙淙推开门,一只牛皮信封徐徐飘落。她捡起来,辨识出上面是牧师的字。

"就是前天,在无人知晓的平淡中,我度过了五十七岁的生日。想一想,我比你大三十六岁,就觉得好累……"

淙淙缓缓在桌前坐下来,她端起玻璃杯,啜了一口水,在杯中窄小的水面,她看到牧师那张幽怨无奈的脸孔。她竟从未想过他的年龄——他已经五十七岁了。

"下个月,我想你就可以洗礼了。那对我来说,是一件很值得欣慰的事,我一直盼望着它的到来,我想象着当那一天到来,我该是多么快乐,能够亲眼看着你获得新生,重新握住圣母的手……此外,还有一件事,我想对你说说。再过一阵子,也许就是下个月,我的儿子会来岛上看我。我记得曾对你说起过他,也许你已经忘记了吧,他是个挺不错的小伙子,高大,英俊,有非常健康的体魄;而且他没有我那么忧愁,是个很乐观的年轻人。我想等到他来了,你可以见见,若是你碰巧也不觉得他讨厌,或者你们以后可以在一起……我是说,一起生活,我相信你们会得到幸福的。

"至于你此前在船上生活的事,我会代你向他隐瞒。这于他虽是不公平的,但那也并不是你自己的选择,实属生活的无奈。我想倘若日后他知道了,也终会理解的。所以,你大可不必为那些不愉快的旧事而担忧。你冰雪聪明,我想他一见到你便会爱上你的……我想到了你们的婚礼,你们这对漂亮的小人儿站在圣母面前盟誓,交换戒指,亲吻……我敢肯定,那将是我此生最幸福的时刻……

"不过他是独子,幼时我和他母亲对他都是极为宠溺的。长大后他多少有些自我,不会关心别人。不知他是否能懂得你,能否照顾好你。我想我是懂得你的,也能照顾好你,只可惜我剩下的时间已然不多了……"

女孩放下信,禁不住发出轻声叹息。她闻到有一股淡淡的香气从面前的信纸上弥散开来。那是一种可以品析出层次的香气,她闭上眼睛,童年的气息不知从哪个角落慢慢升腾起来,将她包围;接着,她看到了现在的自己,然后是以后的自己……她犹如踏着空中的回旋楼梯,层层上升。

她伏在带香味的信纸上睡着了,宛若黄粱一梦,她将她的一生都看尽了。醒来时,她手中握着那张单薄的信纸,悲伤地哭出声来。这是她唯一的凭借,它至少证明这世界上还有人愿意一生照顾她。

同一时间,牧师也从梦中醒来。在梦里,他那犹如蒲葵树般高大挺拔的儿子翩翩向他走来。不过几年不见,牧师几乎不识得他了。他是这样高贵,眉梢还带着逼人的英气,走路时衣褶摩挲,发出唰唰的声音,整齐肃穆,好似一个王子。牧师百感交集,一时竟叫不出他的名字。只在心底,他轻轻地唤着他——艾伦。

牧师颤抖地将淙淙的手交到艾伦的手中。光焰在这对璧人的头顶绽放,欢笑与赞美声不绝于耳。此刻,他站在哪里?他站在他们的婚礼上,这个他曾预言是他一生最幸福的时刻。他也的确在微笑,和众人一样。可是这场仪式为何这样漫长?他们起誓,交换戒指,亲吻,每一个细节仿佛都上演了无数遍,他们忘情地长吻着,像两棵交生交缠的树。牧师孤单地坐在硬邦邦的木头座椅上,没有人注意到他的坐立不安,他被彻底遗忘了。

他觉得自己就要变成一根烧焦的木头,身体里最后一点水分就要流失走了,而他们还在吻。哦,他们是一对情投意合的毒蛇,正在用猩红色的芯子盟誓。他终于忍不住叫出声来:为什么没有人给他一杯水!

他的声音很快被他们狂热的亲吻吸干,不留一点痕迹。他大声地呼喊,挣扎求救,直到从梦中惊醒,才逃离这场可怕的婚礼。

5

转眼便到了淙淙受洗的日子。

对于牧师来说,这是一段非常难挨的时光。自从做过那个有关婚礼的梦之后,他变得有些害怕艾伦到来。他期盼艾伦忽然改变主意,掉转航线,去了别的地方。

他痛恨自己的脆弱,一个焦渴的梦,竟然就使他如此畏惧。艾伦就是他的明天,世代流传,他视若珍宝的情感,将在艾伦身上得到延续。爱之交替犹如花香弥合,自然融会,没有痕迹——可是为何他还会有这么深的忌妒?

事情就是这样荒诞:他内心深处有一种恐惧,那便是有人要将她从他的身边永远带走。为了留住她,他不惜将儿子押上,让他娶她。

然而他们将弃他而去,可怜的牧师被留在小岛上,孤单单地度过余生——难道这不是他想要的吗?当妻子死去,他决定留在小岛上时,难道不是已经做好了这样的准备?

尽管他知道这也许是最好的安排,可是他还是不甘心地伸出手,试图紧紧抓住什么。

他为她施浸水礼。那是一次体面而庄重的仪式。淙淙写了许多张请帖,邀请了一些船上和难民营的姐妹来观礼。她们当中有些人从未进过教堂,可是坐在那里,她们完全被这种肃穆的气氛包围,仿佛自己也成了盛大歌剧表演中的一员,于是情不自禁地感动起来,将最由衷的祝福送给亲爱的小姐妹。

还有一份特殊的请柬,淙淙专门请人捎给住在海边船屋里的人。她的神色凝重,一看便知,这个人对她来说不同寻常。

来人是个盲女,凹陷的眼窝里没有一丝湿润的东西。何止眼睛,她整个人都没有一丝水分,干瘪得好像一株斩断了根须的树木。她被人搀扶着,向女孩慢慢走过来。随行的人是个英俊的青年,比起盲女来,他显得整洁而健康。他也是认识女孩的,先于盲女,他已经开口对女孩说话:

"原来你来了这里。我们一直都在寻找你。"

他的语气亲昵,他们三人一定认识已久,都是好友。莫非眼前这个男子就是女孩一直挂记的?牧师猜测着,然而似乎又不是,因为女孩一点也没有将目光落在他的身上。

看得出,淙淙非常在意这个盲女,她可能是她的好姐妹。盲女虽然落魄,却带着几分矜傲,不似那些在船上卖唱的歌女。

"请先观礼,其他的稍候再说吧。"那个男子还要说什么,女孩冷冷地制止了他。他们于是坐下观礼。

女孩穿白色洗礼服,犹如天鹅般美。她仿佛忽然长大了许多,在仪式之前,显得孤绝而高贵。

牧师躲开她的光辉,闭上了眼睛,静等仪式开始。如今,他不再有多一分的杂念,只希望全神贯注地为她主持这场典礼,陪她一起经历这场重生。他最后能给她的便是这场典礼。此后不久,艾伦便会抵达,他是如沐春风的王子,将带给她甜蜜又新奇的生活。

洗礼台是突出的半月形的露台,约有三层楼高。淙淙站在洗礼池中,牧师念诵洗礼经文,只有咫尺相隔的女孩能听出他的声音在颤抖。目光的汇聚,也许曾擦出几簇温暖的火芒,也只有他们自己知晓。待他念完,牧师和助礼人一起,扶着女孩,让她向后倒三次,全身浸在水中。

待再站起来时,女孩闭着眼睛,湿漉漉的头发紧贴着绯红的脸庞,她看起来那样小,犹如初生的婴孩。

这朵他捡来的小野花,终于蓄满圣水,开出炫目的花朵。

他对她说:

"现在的你,是一个全新的你了。"

女孩缓缓睁开眼睛。水滴从睫毛和眼角流淌下来。她俯看了一眼教堂里观礼的人,又看着牧师,狡黠一笑。

然后她纵身一跃,从洗礼台跳了下去。

当她如一只鸟儿般飞起来的时候,牧师本能地伸出双手去抓。他似乎碰到了她的脚——冰凉的、布满伤口的脚从他的视线里一晃就不见了——他双手只扑住一捧圣水。水花蒙在脸上,是腥的。他俯身看下去时,女孩已经落地。白裙变得殷红,衬在她的身后,犹如孔雀开出了一扇屏。

众人一片哗然,所有的人一起涌向那只坠地的孔雀。没有人告诉盲女发生了什么事,她只是听到顿然的坠地声,像闷雷滚过云头——等到血的腥气散开的时候,她才明白过来。

牧师愣了很久,才从受洗台上再望下去,而此时攒动的人头已经将女孩遮蔽得严严实实。

他将身体沉进洗礼池中,蜷缩起来,让圣水覆盖双耳,阻挡一切声音。然后他慢慢哭出来。

种玉记

> 我仍可以看你:一个回声,
> 可用感觉的词语
> 触摸,在告别的山脊。
>
> ——保罗·策兰《我仍可以看你》

上阕

1

一盏盏油灯点起来,将这间拱形高顶的房间照得通亮。医生掀开她宽大的衣服,摸着隆起的肚子,检查她的身体。

已怀孕七个月有余。医生说。众人大惊。但这女子毕竟是船上的歌女,先前就有类似的事发生,歌女不慎怀孕就会悄悄离开,躲起来生下孩子。怪不得这许多个月都没有见到过她。与她同在船上的姐妹想。

从那么高的地方摔下来,她却没有立刻死去。这会儿她尚有神志,羞耻地按住衣服,小声哀叫着。

"她已经没有救了,而这个孩子也活不成了……"医生坦率地说。

这个垂死的女人张开手指,轻轻拍着肚子,得意地笑了。

"请把春迟叫过来。"濒死的女人说,她侧过身来,脸和手臂都被身下的血染红了。

"淙淙,我在这里。"春迟走上前去,摸到床边,坐了下来。她抚摸着淙淙的头发,仿佛看到了它们灿金的颜色。她大声说:

"你特意请我来,就是要让我看着你死去,是这样吗?为什么你这么凶残?"

"你感到痛了吗?如果是这样,我的目的就达到了。我只是希望我还有能力让你痛。"淙淙说。

"很痛。"春迟哽咽着说。

"还有可以令你更痛的,我要想想是否要说。"淙淙得意地一笑。

"不,没有什么会比你的死去更令我痛的了。"春迟摇着头,摸着淙淙的脸,为她揩去血迹。

"你说的这个话,可真迷人。"淙淙说。流血太多,她几乎就要晕过去了。

"是真的。"春迟说。

"不。我不信,一定还有更痛的。"淙淙摇头。拭去血迹的脸庞留下淡红色的印记,像一块没有晕开的胭脂。在船上的时候,她很想要一盒胭脂,但因为要攒钱为春迟建造船屋,即便货郎算了便宜,她仍没有舍得买。现在她终于有了。不算太迟。上天把欠她的都还给她了。

鲜红的胭脂,纯正的血色。死神可以带走她,却无法带走她的美。最后一刻,她仍可惊人魂魄。

"听我说,春迟。我要告诉你最后一个秘密。我腹中的孩子,是骆驼——你的情人的。对不起,我只是想报复你,使你痛,因为我而感到痛。"

春迟的手从她的脸颊上移开,悬在空中。那只手像迷茫的小鸟,盘旋了一阵,终于在淙淙的肚子上落下。盲女的手指灵敏异常,甚至可以感觉到在柔软的皮肉下面那个小小生命有力的心跳。大颗的眼泪终于从她的眼窝里滚落下来。淙淙说得不错,果然还有可以令她更痛的。春迟感到一阵屈辱,淙淙这样残忍地掌控她于股掌。

"他没有你说得那么好,但的确也算条汉子。"淙淙非常轻佻地说。

春迟咬着嘴唇,说不出话来。那一刹那她恶毒地想,为什么淙淙还不断气?在生命的尽头,她显现出惊人的力量,仿佛永无穷竭。她早该断气了,在说出这个秘密之前她就应该死去。

"我请你来,是想得到你的原谅。将死的人总是要忏悔一番,在这样的时候,没有什么罪不可以原谅——是不是,亲爱的牧师?"淙淙转向站在床边的牧师,说。

"我永远都不会原谅你。"春迟恨恨地说。

淙淙又露出微笑。

春迟独自在悲恸和怨恨中待了一会儿,仍是忍不住问:"骆驼还好吗?"

"是。"淙淙点点头。也许是在一念之间动了恻隐之心,淙淙不想再让春迟承受另一个巨大的打击。也许这是一种更严酷的报复:春迟仍将继续寻找记忆,盼望着在找到的一日回到骆驼的身边——她必将耗尽一生去做一件徒劳的事。

得到淙淙的肯定回答,春迟心中还是非常欣慰,仿佛心中的积怨也散去了许多。

仇恨就像一只跑在后面的野兽,淙淙是狡黠的小鹿,她轻盈地一跳,便越过生死的河流,抵达了对岸。这注定是一份隔岸相望的仇怨。在以后漫长的岁月里,将有足够的时间留给她们对峙。而此刻,只是应当好好地将她送走。

2

春迟那只手,还搭在淙淙的肚皮上;她轻轻敲了几下,听到里面发出鲜活的回应。她的整个身体都跟着颤抖起来。

"医生,她是不是当真没有救了?"

得到肯定的答案之后,春迟忽然转头对着围在床边的人们说:"她腹中的孩子还好好地活着,我们应该留住它的生命。"

牧师泪流满面,问:

"怎么留?"

站在春迟旁边的钟潜俯下身子,小声问春迟:"你确定吗,它是完好的?"

"是,我确定。也许我们可以剖开淙淙的肚子,取出孩子……"

春迟拭去眼泪,终于说。

房间里一片寂然,只有淌血的声音。

"剖开身体？她立时就会死去。"医生低声说。

"——你这是在报复她吗？"牧师痛苦地摇着头问。

"不,我想帮她保住这个孩子,日后她在天有灵,也会感激我的。"春迟非常平静地说。

钟潜轻轻抓住淙淙的手,摇了摇她的身体,问：

"淙淙,你同意我们这样做吗？你希望我们这样做吗？"

淙淙面含微笑,闭着眼睛,不作回答。她的呼吸很重,肚子一起一伏非常明显——在离去之前终是有不舍,人人都看得出她对人间的眷顾。她舒缓的表情表明,她也想要留下这个孩子。

"医生,请动手吧。不然就来不及了。"春迟坚决地说。

医生错愕地看着众人,希望从他们中间得到一些意见。但是没有人回应。

"医生,动手吧！我们没有别的选择,只有试一试。"钟潜说。

所有的人似乎都默许了,但仍没有人回应。虽然淙淙就要死了,但要剖开她的肚子,提前结束她的生命,仍是令人觉得残忍。

"我从没有做过这样的事。我也许……我也许做不好。"医生说。

"我们都可以帮你,再不开始,恐怕来不及了。"钟潜说。

医生颤巍巍地将刀子贴近淙淙的皮肤。玉一样剔透的肌肤,光滑而充满弹性,甚至看不出有一道妊娠纹。在隆起的小山坡上,圆圆的肚脐犹如一只沸腾的火山口,低声召唤掩藏在深处的小火焰。

医生又犹豫了片刻,对淙淙说:

"会很疼……请忍着。"

淙淙仍旧含笑闭着眼睛,一动不动,仿佛睡着了。众人都屏住呼吸,但不忍再看,将头别了过去。只有春迟仍坐在床边,双手按在淙淙的肚子上,感知着胎儿的呼吸。

再见。当医生将刀子按入她温软的身体时,每个人都在心里说。

弥留中的女人哀叫了一声,鲜血愤怒地涌出来,溅在春迟的脸上。麻木的眼仁也溅上了滚烫的血,火辣辣的。医生虽已做好准备,但忽然看到鲜血溅出这样高,还是吓了一跳,握着刀柄的手剧烈颤抖,怎么也无法继续下去。

所有的人都手足无措,只看到女人的肚子,像一口盛满鲜血的瓮,摇摇晃晃地擎在那里,令人无比敬畏。

"不要停下来。孩子就在里面了。"春迟说。她那只沾满鲜血的手,已经探到血瓮的深处。

医生连连摇头,手已经缩了回去,而刀子留在女人的皮肤上。春迟知道他已经不能再继续下去,不再勉强。她一只手摸索着,找到了那把刀,握住;另一只手一寸一寸地移动,寻找胎儿的心跳。

她按住刀背,用力压下去。眼泪不断地从眼睛里涌出来。

淙淙发出细小的呻吟,不似先前那样痛苦。

春迟分开血肉,触摸到孩子柔软的脊背。它像一只快活的小鱼,在温暖的羊水里游弋,丝毫不知外面发生了什么。

就在那个孩子被抱出淙淙的身体时,淙淙忽然用力抓住春迟的

手腕。如此剧烈的动作令众人吓了一跳,只有春迟并没有吃惊,仿佛早有预料。只听淙淙一字一句格外清晰地对她说:

"既然你留下它,就要好好照顾它。"

沿着螺旋状的楼梯一直向下走去,这沉堕的王国却并不是地狱。一直走,直到风声塞满耳朵,灰尘蒙上眼睛,荆棘缠住双脚,记忆的主人才幽幽地现身。

海啸到来的前夕,他有强烈的预感。他在梦里听到潮汐起伏的声音,惶惶地醒过来。他推开家门,循着小路走上山坡。

他看到红鹳离开了低洼湖区的鸟巢,蝙蝠从岩洞里飞出来。成群的野兔和猴子也都向山上跑去。这么多年来,他从未看到过这样的景象。他记得祖父曾说起过幼年遇到的海啸,似乎与眼前的场景相似。他知道海啸要来了。

他要告诉人们,海啸来了。于是他奔下山去。跑到山脚他又茫然起来。他并不知道自己要告诉谁。他是个孤儿,也没什么朋友,只是帮当地的土著人打一些短工,辗转各处,连固定的住所也没有。然而他始终觉得不能自己逃命。他跑到土著人的部落里,告诉他们,海啸要来了,劝他们逃走。可是没有人相信他的话,他不过是个无家可归的华裔流浪汉,或者是想趁乱偷东西也说不定。他们驱逐他,将他赶出部落。他不死心地站在村口对着他们大喊,让他们去海边看看,海浪比平时都要急促和汹涌。但没有任何人响应他。他失落地向回走,惊异地发现有两只狗从部落里悄悄溜出来,跟在他的身后。

他路过西班牙人驻扎的营地。他犹像是否应当告诉这些西洋鬼子海啸来了。他的家人是被他们杀死的。他们来到这里之后,就没有停止过对华人的屠杀。他围着营地转了几圈,最后还是跑过去和站岗的士兵说,海啸来了。士兵用轻蔑的目光看着他,他们认为这个华裔种族劫余下来的可怜人大概是疯了,也或者太孤单,才跑到营地来作乱。一个西班牙人拿起火枪,朝着他的右腿打去。他拖着伤腿慢慢离开,身后留下一条血径。

他顺着动物留下的纷乱脚印向山上走,走不动了开始爬。身后的两只狗一边舔舐血迹,一边跟着他往上走。他越来越慢,狗终于弃下他飞奔而去。

大水犹如猛兽般扑上来的时候,他紧紧地抱住一棵桫椤树。等到水势渐小,他知道自己终于脱险,听着山下隐约传来的哭喊声,疲倦地闭上了眼睛。

3

他被从剖开的母体中拿出,分离。盲女百感交集,一时间竟不知道要如何安置他。牧师连忙接过他,用有力的双臂将他举起来。

他睁开眼睛,看到炽亮的火光,身体变得越来越温暖。然而在他身后,母亲的身体正在一点点变冷。一来一去,冷暖的交递,爱限的传承,只在顷刻之间。

在婴孩被取出的瞬间,春迟面前腾起一团耀眼的光。强盛的光线刺破了她那双已经封闭和结痂的眼睛,抵达她的深处,使她再度感到了亮。

这孩子很神奇。春迟感到,因为他的降临,使她蒙受了光,身体中注入了一种力量。

在他出生之前,她一直不知道该用怎样的情感来面对这个孩子。恨也是理应的,任何情绪都不为过。可是等待的过程是这样漫长、静谧,宛如一场涤洗。何况是她亲手探入她的身体,将孩子取出的。手上的血不知道是谁的,像是自己的一样,融入身体。割断脐带的时候,她也跟着抽搐了一下。很奇怪,也许因为整个过程她都在其中,使她有一种错觉,仿佛这孩子是由自己分娩出来的。

婴孩的诞生,热烈而勇敢地啼哭;将死的人光照回返,回荡着轻渺的叹息。牧师双臂紧紧抱住红彤彤的孩子,喉咙里发出哽咽声。这一刻,世界是如此热闹。从未有一个时间像此刻这样,生命如此珍贵。

春迟跪在床边,握住淙淙的手。她已经离去,温热尚余。身体不僵,反而有莫名的花香溢出。就像回到了那个混沌的午后,在馥郁芬芳的曼陀罗花丛中,她们紧紧地抱在一起。又或者,是在船屋的那次,她为她洗澡,轻轻替她绑起辫子。不要言语,有言语就有猜忌,她们是不需要说话的,只是这样静静地彼此倚靠着。

先死的人是有福的。纵然有罪,也会消散,只领受怀念,他们多么有福。春迟虽然不肯原谅,却也无法淡忘。淙淙的确实现了她的愿望,成为一片一辈子笼罩在春迟上空的云霞。

至于那个孩子,在众人的手里传接,得到祝福。而春迟始终没有走过去抱他,因为无法承受这强盛的光。

她几乎要窒息,不得不松开淙淙的手,走到窗前,推开窗户,她就听见成群萤火虫惊慌飞起来的声音。她决定唤他做"宵行",如此果决,不与任何人商量。

"宵行"是七月里泱泱成群的萤火虫,是夏天晴朗的夜晚腾空升起的一团焰火。宵行来的那日像一个节气。春迟觉得黑暗里的泗渡已经到了尽头,她像一只动物,水淋淋地爬上岸来。

4

牧师非常不愿意让春迟带走宵行。他不认为一个盲女可以将婴儿照顾好。何况,她和淙淙毕竟是有些嫌怨的。万一心存芥蒂,定然会令孩子受苦。

可是令他无奈的是,这孩子只与春迟亲近。在他大哭的时候,只要春迟抱过他来,他便立刻不哭了。睡觉的时候也要春迟哄,才肯安心睡过去,醒来若是看不到春迟,又要纵声大哭。这孩子既不贪吃,也不贪睡,仿佛只有一心愿,便是被春迟抱着、哄着。

春迟待他,也未见得多好,有时遇到这小孩吐了或者尿了,她就失去了耐心,大声呵斥他。他从不会被吓哭,只是愣愣地看着她,非常安静。因为眼睛看不见,春迟喂他吃饭也并不顺利,有时他一晃脑袋,米汤就灌进他的鼻孔里,呛得他连连咳嗽。但即便如此,他也不哭不闹,小嘴张开,乖乖地等着。

看到这样的场景,牧师只能连连叹气。也许这就是孽缘,毫无办法。这个孩子也许生来便是还债的,经由春迟的手生下来,仿佛身上打上了春迟的印记,永远也无法摆脱她。牧师忧愁地想,这婴儿也许一辈子都会受役于春迟,听从她,跟随她。

牧师想到这些就不寒而栗。但他永远也搞不清这个婴孩为何对春迟如此眷顾。他不能体会,只有旁观。他无法拒绝春迟带走孩子。

春迟和钟潜将我从教堂里带走,那时我来到人世还不够一百日。我辞别了和蔼的牧师、喋喋不休的简修女以及有着拱形房顶的教堂。哦,我几乎忘记了,我就是在这座教堂的拱圆形房顶下面出生的。我出生后,牧师用圣水为我洗身,但我不可能是上帝的信徒,因为圣水来得太晚了,也不够热。第一个温暖我的,是春迟,于是我做了她的信徒。

春迟带我到大海边。第一次看到大海,我就被迷住了。更令我欢喜的是海边泊着的那些大船。它们比所有动物都要轻柔,含情脉脉地望着我。可是我们没有上船,春迟只是给我看看,就走了。在后来的许多年里,我再也没有见过船和大海。二十岁那年我第一次出远门,坐船穿越海洋。仿佛看到了多年前春迟抱着我站在海边的一幕。

我依偎在春迟的怀里,看着那些漂亮的画舫船。船上起了炊烟,很香,我的肚子有些饿。但在春迟的怀里,我总是很安心,一点也不害怕。海风迎面吹过来,我咧开嘴笑了。幼时的我比现在要开朗许多。我想,那些在潋滟岛的码头劳作的渔民们一定见过我灿烂的笑容。

5

在宵行出生的那一刻,盲女春迟看到了光,内心充满感动,甚至不再恨了。她觉得,这个孩子正是向着她走来的,注定属于她。

是否带走这个男孩,春迟也曾有过犹豫。面对这个男孩的时候,仇怨就在面前展开,历历在目,无法躲闪。当他一日日长大,模样会否越来越像骆驼?还是与淙淙相仿?

可是无法抗拒的,是这孩子对她的热情。他拒绝了牧师温暖的怀抱,义无反顾地向着她张开双臂,他看起来那么需要她——难道他不知道她是个落魄的盲女吗?每每他将小脸在她的手臂上蹭的时候,她内心的坚硬立刻就瓦解了。

自从女儿得天花死去后,春迟便将自己紧紧锁了起来。宵行这团摇曳的火焰,靠近她,将她暗淡的视野点亮,她无法不动容。她内心又充满了疑惑,总觉得宵行不过是上天对她的一次试探。引诱她将感情交付,等她一步步深陷其中时,迎接她的便是又一次跌落。所以她不断提醒自己,不可对宵行有丝毫的感情。她对待宵行,轻慢如同草芥,时刻准备承受他随时夭折的结局。可是这孩子,犹如一颗包藏着隐秘使命的种子,牢牢地将根扎在春迟这里。而他那旺盛的生命力更令人吃惊。

从牧师那里离开不久,宵行便染了风寒。春迟没有带他去看医生(因为先前有过婴孩夭折的经历,她认定婴孩的生命十分脆弱,生死自有定数,医生也是救不了的),任凭病情恶化。钟潜一直在暗处跟着他们,知道宵行生病,他便提议将宵行送回牧师那里去。毕竟牧师可以为他请最好的医生,又有嬷嬷照顾,不用这样在外面风餐露宿。可是春迟坚决不同意。她抱着那个奄奄一息的孩子,态度那样专横,仿佛他不是一个生命,只是她的玩偶。

钟潜终于被她激怒了:"你恨淙淙,也不可以报复在孩子的身上!你答应过她的,要照顾好她的孩子。"

"你也答应过我,要照顾好我的孩子。"

"是……我尽力了。"

"可是人的力量是多么微小,怎么能够与天比呢?"

春迟抱着孩子,轻轻攥了一下他冰冷的小手。

钟潜无话可说,可是心中焦急万分,生怕春迟会因为对淙淙的恨而断送了孩子的性命。

宵行的病越来越严重,不肯吃东西,恹恹地垂着脑袋,身体开始发抖。这些征兆都那么熟悉,春迟知道,他活不久了。她忽然想给他一段快乐而轻松的记忆,这样他就不会死得太痛苦。

这是她唯一可以送给他的东西。对这个与她有着孽缘的孩子,她还什么都没有给过。

春迟从收集的贝壳里,拣出一颗格外小巧的珊瑚色金唇谷米螺。这颗幼小的螺里藏着一段温馨的童年记忆:夏天的夜晚,在稻田和山谷之间,蛙声响彻,天空总是很亮,仿佛每晚都是月圆之夜。孩子们在河塘边玩耍。后来下起一阵急雨,他们就折了荷叶,甩去露水,倒扣在头顶上,躲进密匝匝的芦苇丛里。但没有人真的害怕雨。后来,他们脱去鞋子,又开始在雨中追逐嬉闹。

他是其中的一个。月光下,他奔跑着,回身看到许多张莲花般皎洁的小脸,夹着小雨的凉风蹭在皮肤上,一阵倦意来袭,他真想就这样跑着睡过去。生命在这一刻被高高托起,仿佛是一件最值得珍藏的宝贝。

在密闭的房间里,隔绝了所有的光。春迟为孩子剪去指甲,用温水将他的手指洗干净,此刻它们格外僵冷。她将它们攥在手心里,暖了好一会儿,才放在贝壳上。她带着他,轻轻划过贝壳。他起先不懂,手指张开,指甲碰在贝壳上,发出嗤嗤的声音。但春迟有足够的耐心,她一遍又一遍带领他,翻越贝壳。她温暖而柔软的手指覆在他的上面,当她的手指与贝壳擦出火光的时候,宵行的手指便也沾上了那些比露水更细腻的音符。忽然被这样轻渺迷人的东西击了一下,他愣住了。这一下仿佛将他困住了,也将他的病锁住了。美妙的记忆是一只线团,牵引着他,带他走入五光十色的城池。

钟潜不明白春迟究竟要做什么。在宵行病危的时候,她还要拉着他钻进贝壳里。难道是要将宵行变成另一个她,变成一个对世界没有诉求的人吗?他试图阻止,春迟发疯一样地对着他吼叫,命令他退出去。

那段记忆带着宵行走了三日。春迟牵着他的手走出来时,已经是一个新的早晨。春迟拨开堵在窗前的草堆,将窗户打开。原来外面下过一场大雨,雨水还没有退尽,留在树枝上,滴滴答答落下来。宵行一动不动地躺在襁褓里,春迟抚摸着婴孩半合的眼皮,猜想他应当是很满足的。可是在他挺拔的小鼻子(这与骆驼相像)底下已经找不到几缕呼吸。

春迟不忍看着宵行在自己面前死去。她放开他,转身离去。

她沿着海岸线走了很远,回想着淙淙临死之前将孩子托付给她的情形。一切都是那么壮烈,却又顺理成章。她总是觉得,自己是看到过宵行的模样的,他出生的时候火光灼目,他的面目以及他与她之间的因缘,都被看得清清楚楚。所以,隐秘在她内心深处的想法便是:这孩子不应当离她而去。

她绕一条较远的路,一直走到黄昏才回到家。她踏进门槛的时候,钟潜忽然冲过来,抓住她的手说:"他好了。他竟然好了,这真是个奇迹!"

春迟点点头,神情平淡,看不出一丝喜悦。她甚至没有进门去看宵行一眼,就转身走出门去。不知道为什么,当宵行真的活下来,印证了内心隐秘的猜想时,春迟忽然又觉得沉重起来。

好久没有梦见骆驼了。不知道他现在可好。他会感觉到吗?他的小儿子刚度过了一场劫难,转危为安——他的子女那么多,他大概是不会有感应的吧。那么,对她呢,他会有感应吗?他知道她从未放弃过吗?她赤脚走在自己用碎贝壳铺成的道路上,始终相信染血的荆棘有一天可以变成红毯,一直通到他的面前。然而他有那么多妻妾,又怎么会常常惦念起她呢?然而,对淙淙,他会有感应吗?他会知道她已经死去了吗?若有一天知道了,他会不会很难过呢?

这些问题犹如潮汐般反反复复,一旦想起,就一浪一浪地涌上来,阻止它们的唯一办法就是,不再为任何事牵动感情。

下阕

1

春迟带着宵行，在岛上的生活十分艰难。但她怎么也不肯接受钟潜的帮助。潋滟岛又是这样小，到处充斥着有关骆驼和淙淙的回忆。这些都迫使春迟离开这里，重新寻找一个可以居住并将这孩子抚养长大的地方。

最终她决定将孩子带回中国。有关过去在中国的回忆她已经失去，但从贝壳中得来的记忆里充满了葬身大海的中国人的记忆。于是，中国成了一个遥远的梦。她很想回去看看。兴许在那里，养活这个孩子还容易一些。

她想到了淙淙。淙淙的母亲是中国人，但淙淙从未到过中国。她和淙淙曾经相约一起回中国。坐着巨型海船，沿着摇曳的海岸线一路向上，在冬天的时候抵达北风凛冽的海港。那里也许正下着鹅毛大雪，大家都停止劳作，封门闭户，准备年货，迎候新年和财神。在热带，她们不可能看到如此温馨的情景。那时她们都不明白，为什么中国人要离开他们的家园，千里迢迢到荒蛮的南洋来。当然春迟也不解自己为什么要从中国到南洋来。

那时她们都还是姑娘，像果实一般站在树梢上眺望。海洋不过是块明媚的蓝色花田，没有什么是真正遥不可及的。她们觉得生命那么漫长，由无数黑暗的长夜组成，犹如一条幽仄的回廊，没有尽头。

可是姑娘们错了。每个人的生命都是一轮太阳,每个白昼的光比起前日都要黯淡一些。淙淙的太阳烧得太烈,所以光热很早就耗尽了。

如今,不过是几年的光景,两个姑娘已经都做了母亲。经历了爱情和分离,结局果真惨烈:两只那么炽烈的火球靠近,非死即伤。伤者埋葬了死者,也埋葬了她们月圆花好的年华。

终于坐上回中国去的海船。这艘船,正是淙淙当年栖身卖唱的方舟。不是巧合,春迟早已决定要坐这艘船回中国去,为此她在潋滟岛的码头边住了一个多月。船上的歌妓们曾与淙淙共事,有几个和她的交情很不错。淙淙受洗的时候,她们也都去观礼;后来目睹了她的死,她们都很难过。就是那次,春迟与她们认识了。春迟决定回中国后,就住到潋滟岛的码头上等她们来。她需要两个回中国的舱位,要知道,这可是最奢侈的画舫船,并不是什么人都可以坐的。歌妓们都很重情义,她们让春迟和孩子混在她们当中,起居都和她们在一起。就这样,春迟登上了这艘印度洋海面上最昂贵的船。

她们指给春迟看当年淙淙睡过的床铺。对于让淙淙的儿子再睡一下这张床,大家当然都没什么异议。旅途中的六十多个夜晚,春迟和宵行就睡在那张曾属于淙淙的床上。自降生以来,这是宵行靠他的母亲最近的时候。那么近,虽然后来又被许多人睡过,但是淙淙的气息那么浓郁,无法覆盖。宵行做了许多稀奇古怪的梦,他梦见轻飘飘的美妇,将他连根拔起,从春迟的身边带走。他醒过来,将头深深埋在春迟的怀里哭泣。

这哭泣也许是因为害怕与春迟分离,也许是因为自己对姻亲的弃绝。然而这似乎是必然的。他与母亲,太早便分离,断了根缘,再也无法亲近。

但宵行只有两个月大,牙牙的言语,春迟自是无法领会。她只道他是因为在梦里遇见了母亲才会哭得这样伤心。她忽然觉得,这段时间以来,自己实在太怠慢宵行了。所以再睡在这张床上,与淙淙面对的时候才会感到一阵阵不安。

2

坐在回中国的船上,时间仿佛被脚下的海水困住了。两年多来发生的事,点点滴滴,被浪花攒聚到一起,成为大海中央一块坚硬的暗礁。看不见,但冷不丁撞上,水花四溅。夜船上的盛宴从未消停,沐浴在焰火和歌舞中的人们,他们如此快活,忘乎所以,神情坦荡一如婴孩。难道他们都是没有记忆的吗?又或者,记忆太轻薄了,就像他们身上穿着的热带麻衫一样,不会令他们感到一点负荷?没有人会注意到,角落里的盲女正点燃一炷檀香,慢慢卸下负在身上的一片片记忆……

算起来,真正与淙淙一起度过的时光只有几个月。可是春迟为何总错觉,过去的两年都是与她携手走过的?

淙淙的确将自己深深地嵌进春迟的生命里了。那么,春迟不免想到,她是否也将自己深深嵌入骆驼的生命里了呢?春迟一直努力不让自己去想骆驼与淙淙之间的事。她向好的方面想,那只是淙淙的一场报复,大概只有短短几日,他们之间根本没有任何感情。但这样的假设并不能令她多几分安心。生动如淙淙,很难不令人心动。

一炷香灭了,灰烬散落在春迟的手上。她又拈起另一根。

她努力想象淙淙与骆驼在一起的情形。她那么熟悉他们,却仍是不能想象二人相处的场面。他们会谈起她吗,在什么的情形下他们谈起了她呢?付之一笑,还是眉头紧锁……她仿佛看到他们坐在跳跃的烛火前幽幽地说着她。谈罢,就慢慢靠近,卸去衣衫,开始交欢。这是无法遮掩的一幕,无数次跳出来,用以撩拨她荒废已久的欲望。她倚靠在船桅上,战栗不止。

她什么都没有了,他们为什么还是不罢休,非要挖空她干枯的身体,将最后一点欲望也攫出来。她转过身去,从身后的甲板上摸到睡着的男婴,将他一把抱在怀里。他醒过来,舒缓地打了一个呵欠。这罪孽的种竟然乐不可支,将小手搭在春迟的脸上,一下下拍打,口中还发出咿咿呀呀的声音。无论什么时候,他都不会缺乏与她玩耍的热情。春迟猛然将手中烧得火红的半炷香戳在宵行袒露的胸脯上。用力过猛,香被折断,香灰徐徐飘散。嚣张的小家伙终于停下来,他呆呆地怔在那里,好一会儿,才哇的一声大哭起来。

沿着螺旋状的楼梯一直向下走去,这沉堕的王国却并不是地狱。一直走,直到风声塞满耳朵,灰尘蒙上眼睛,荆棘缠住双脚,记忆的主人才幽幽地现身。

在帮西班牙人干活之前,他从未见过这种虫子。白色的线头一般,寄生在仙人掌上。他们将虫子晒干,碾碎它们的身体,里面竟是一团耀眼的红色。他们管这种红色叫"波斯红"。

这虫子是西班牙人的宝贝。据说是他们从一块新发现的陆地找到的,辗转带到南洋来。他们用它制造颜料——鲜艳的洋红色颜料——再卖到世界各地。

他家原来是有一块橡胶地的,但是后来被西班牙人收走了。他的父亲和哥哥现在在当地的矿场工作,据说能挖出金子,但他们每天的任务只是搬运一些带棱角的石头。他不喜欢那些灰蒙蒙的石头,情愿和虫子待在一起。

他的工作地点是宽敞的栅屋,虽然简陋,房顶却用棕榈叶塞得密匝匝的,不漏一点雨水。仙人掌在稍有一点水分的阴凉环境里,五个月可以养育一批成虫。他将那些虫子从仙人掌上取下来,放到强烈的日光下曝晒,等干透后再研磨成粉末。他将虫粉放入装着树叶和柠檬的开水中滚。放入虫粉的多少,决定了制出洋红颜料的深浅。也许是天生对颜色敏感,他制出的红色颜料颜色独特,又艳丽夺目。

他只是听说,他制的红色颜料被用在西班牙教堂屋顶的壁画上,被用在法国贵族小姐的纱裙上,被用在英国绅士的帽缨上。西班牙人只是暂时拿这个小岛做贸易中转站,后来他们又把生意做到了更远的地方。他们将他也带走了,因为他制的红色太美。

生命中的许多时间,他都在往来于各地的大船上栽培仙人掌,养白色小虫。最难忘的经历是去中国的那一次。他觉得那里人很亲切,也许是因为他们有着共同祖先的缘故。可惜的是,他一句中国话也不会说。他和他们一起工作,教给他们如何做红色颜料,那是他一生中最快乐的时光。离开多年后,学会的中国话他慢慢都忘记了,只记得几个字,是一个中国女子教给他的。她将他制的红色颜料轻轻涂在两颊上,又俯身看看仙人掌上那些孜孜不倦的小虫,为它们取名——胭脂虫。

3

平心而论,船上的生活十分安逸,春迟不用为了生计担心。那些歌妓因为顾念淙淙,对他们格外照顾。先前住在难民营的时候,春迟十分矜傲,对于那些船上的歌妓始终看不惯。如今每日相处,反倒觉察到她们的诸多可爱之处。长久在浩渺的海洋上行来往去卖唱为生,生活的无常令她们珍惜又挥霍那些欢愉的时刻。她们性情率真,活得洒脱,从不将喜怒压抑和掩藏,整个人总是舒展的,像船头桅杆上鼓满海风的旗帜。

但春迟仍旧看不惯她们与男人相处的方式,打情骂俏抑或强颜欢笑,低卑而轻贱,甚至不辨对象,对所有男人都一样。她的情感经历决定了她注定不喜欢那些对爱情潦草的人,那些不知道自己要的是什么的人。她总是想,淙淙后来去找骆驼,并与他干出那样的勾当,这大概与她在海上当歌女的生活经历有关。

钟潜悄悄地也上了这艘船,在暗处看护着春迟。歌女们看到老朋友又回到了船上,都很开心。夜晚的时候便拉他一起喝酒。仍旧是姑娘们自己酿的酒,入夜已深,坐在三两盏灯笼下面,连饮数杯,很快就有了几分醉意。

钟潜又斟满杯酒。月亮和几颗星星落在杯子里,像在酒中摇曳的曼陀罗花瓣。可这分明是不可能的,如今在船上,再也没有人会酿造曼陀罗花酒了。他想起当日与那个酿造曼陀罗花酒的人对饮的情形,他早该看出的,她那么美,分明是个假人儿,注定稍纵即逝,无法挽留。

钟潜喝醉后,浑身酥软地躺在甲板上,只在这一刻他才觉得人生有快意。而歌女们喝到七分醉就嘤嘤地哭起来,她们其实没有什么委屈,也不怎么惦念家人,这委屈单单是因为空虚而生的。钟潜很是怜悯她们,她们和自己一样,过着随波逐流的生活。不同的是,她们寄生在船上,而他寄生在春迟的身上。他忽然一阵绝望,甚至有些想留在船上,不跟春迟回中国去了。但这样的话,她们孤儿寡母以后该如何生活呢?

海船行至中国,泊在码头,钟潜别过船上的姐妹,悄悄尾随春迟,又上路了。

他们就这样回到中国,无亲无故。

他们暂时住在野郊山坡上,那里有一间荒废的草屋。但中国北方的天气可不像热带那样友好。凛冽的寒风总是将简陋的木头门吹开。后来夜晚时钟潜便在门边睡,用后背抵住摇摆的门以及门边的风口。

钟潜在镇上的客栈找到一份小工的工作。天没有亮就要出门,夜深才回来。白日里春迟就躲在草屋里潜心研究带回来的贝壳。偶尔在傍晚,她会独自下山去,到镇上的集市走一圈。集市的热闹让她有些恐惧,但这种人间烟火的气息对她来说始终是有诱惑的。它如此亲切,充满了童年的温熙。她不想离开这里,尽管她也无法融入这里。

日子因为平静而变得快起来。不知不觉,他们又像一家人了。

4

一日,春迟在傍晚时下山,将宵行一个人留在小屋里。离开的时候听到身后北风呼啸着将木门吹开的声音,春迟不觉一阵心酸。她心里知道自己一直都在怠慢这个孩子,但这似乎是没有办法的事。

她走在集市的时候一直想,或许他们应该搬到镇上来住。她可以不亲近人间气息,但宵行总是需要的。对于宵行,她总是非常矛盾:有时希望他活泼健康,有时又只是希望他留在自己身边便好。

回来的时候下起了大雪。这是她遇上的第一场雪——当然,失去记忆之前她曾见过,所以才会既陌生又熟悉。雪非常大,很快就封住了路。她的眼睛又看不见,雪天走山路就更艰难了。

快到家的时候,她听到不远处传来几声狼嚎,她仔细分辨,叫声正是来自茅草小屋的方向。她的心一下被揪了起来。她知道狼孩是怎么一回事。在那些零零碎碎宛如噩梦般的贝壳记忆里,狼孩曾是其中最惨烈的故事之一。宵行一定凶多吉少,也许已经被狼叼走了……

门果然开着。她走进去,在床上铺满的干草中寻找宵行。没有。她找不到他。心凉了下来,他一定是被狼叼走了。她慢慢地在草堆里坐下,手中握着的野果忽然变得很轻。她的心一下变得很空,什么事情都不重要了,就连寻找记忆的事也在顷刻间变得很淡。

不知过了多久,她听到脚步声。她等那人推门走进来,就轻轻地说：

"钟潜，宵行不见了。"

钟潜正一边咳嗽一边拂落身上的雪，一听到这话咳嗽仿佛也被噎住了：

"他哪里去了？"

"床上的草是乱的……我想狼来过了。"春迟无力地说，她的头脑一片混乱。她不想在钟潜面前落泪，所以慢慢转过身去。

"狼？"钟潜声音颤抖起来。他走到床边，看了看那些被扒乱的干草。

"我出去找。"他提上门口的那把斧头，备好了火把，跨出门去。

春迟走到门边，坐下来等。她不时伸出手去，看看雪是否还在下。她被内心的恐慌折磨着，变得疲惫不堪。但她不敢睡过去。她知道一旦睡着就会看见淙淙——她在梦里等着她，她不会放过她。

想起淙淙临死之前的那一幕——她紧紧抓住春迟的手腕，说"既然你留下它，就要好好照顾它"——春迟不禁苦涩地笑起来。

钟潜抱着宵行回来的时候已近中午。春迟远远听到孩子的哭声，她倏地站起来，跑着迎过去。钟潜把孩子交到她手里。婴孩一头扎进她的怀里，枕着她的手臂，很快就安静下来。见到春迟，宵行便觉得很安心，不一会儿，他就又睡着了。春迟听到婴孩在睡梦中咂嘴巴的声音，她觉得再也没有比这声音更美妙的了。又过了一会儿，他尿了，但仍睡得酣，湿漉漉的被褥显然是硌着他了，黏糊糊地贴在身上，令他不能翻身。她双手沾满他的尿液，暖烘烘的气息顺着她的手臂向上传,这个冬天也就这么过完了。

5

春迟没有察觉到钟潜从她身边一瘸一拐地走到屋里去。

过了很久,她才抱着宵行走进来,轻轻叫他:"钟潜。"

她听到撕扯布条的声音,就问:

"你在做什么?"

"我的腿被狼咬伤了。"钟潜平静地说,但话音微颤。他一定很疼。

她将宵行放在床上,走过来。蹲下身去。她试图触摸他的伤口,却又怕将他弄疼,她的手在空中悬了一会儿,又放下了。

"伤得很严重吗?"

钟潜不说话,只是咬着牙将布条一圈圈缠裹在腿上。

那天晚上,他们忽然变得很亲近。一起吃晚饭的时候,钟潜讲起与狼搏斗的情形,令人心惊肉跳。春迟一边抱着宵行,给他喂粥,一边专注地听钟潜讲。她还不时关心地问几句:"你打死了头狼,后来呢?"又对他表示称赞,"放火烧狼窝的办法可真不错。"

钟潜得到了鼓励,越讲兴致越高,就这样滔滔不绝地一直讲到深夜。他一年里讲的话可能也没有这一日多,那条流血的腿竟然也不痛了。

那天夜里,春迟从梦中惊醒。她又梦见骆驼决绝地弃她而去。她陷在大海里,看着他的船一点点消失在远方。她痛苦地醒过来,将宵行揽在怀里。她听到门口传来轻轻翻身的声音,还有因为疼痛而发出的呻吟。钟潜咳嗽了几声,慢慢坐起身来。随后,她又听到他在缠裹布条。这些细微的声音在寂静的午夜里听起来格外温馨。她想象他腿上的伤口、他忍着疼痛包扎的表情,心就一点点热起来。

"钟潜。"她在黑暗里唤他。

"嗯?"他听到她叫自己,先是一惊,但很快发出回应。

"你过来睡吧,那里很冷。"她为自己的话感到惊讶,但又似乎非得这样做不可。她的话使他们之间的空气迅速凝固起来,骤然变得很严肃。她坐起身来,等着他。

他愣在那里,很久都回不过神来。她的邀请,他原以为穷尽这一生都换不来的。

他想走过去,但腿上一阵剧痛,他摔倒在地上。他怕让她等,就朝她爬过去。她听到他蹭着地上的干草一点点靠近自己。她伸出双臂将他扶起来。他坐在了床上,呼吸很重。

"腿还在流血吗?"她把手放在他的腿上,立刻感到一片温湿——她吓了一跳,她不知道他流血流得这样严重。

"这条腿可能废了……"钟潜哑着嗓子说。

春迟的手缓缓地在他的伤口上移动。她将身子移向他。他的呼吸变得急促。他觉得自己被逼到一个陡峭的悬崖边上。他很想马上站起来,从她的身边走开。可是她的气息围绕着他,就像一片有毒的花丛,香味令他沉醉。

春迟将上身慢慢向前倾,终于靠在他的身上。他开始剧烈地发抖。她伸出手,揽住他的腰。北风忽然撞开了门,哗啦啦地吹响了地上的草。他们的头发和衣服都被吹起来。他颤声说：

"我去把门关上……"

她一把拉住了他。她无法解释这一切。她可能只是觉得疲倦了，在先前的梦里，她又被骆驼抛弃了一次，这梦境总是纠缠她，也许只有到她找到记忆的那一天才会结束。太过强烈的爱恨终于使她觉得累了。尤其是在宵行被狼叼走的时候，她伪装的坚强一下就被击碎了，眼前的男子帮她找回了孩子，这也是他最勇敢无畏的时刻。她很想抱住他，她觉得这将会是最恰当的时刻。

他听见她在身后轻轻地解衣服。他痛苦地闭上眼睛，轻轻地摇头。她身体的味道就像三月里最早开放的一株花朵，它的到来忽然唤醒了一个春天。他感到万物都在复苏，除了他自己。她的手在他的胸膛上划过，这春天的风，试图将所有沉睡的树都唤醒。他为自己感到羞耻，因为他是一片荒废的山林，再也无法萌芽。他必将辜负这个春天。

盲女用她最柔软的手指掠过男人的胸膛和臂膀，那样专注，就像抚摸自己最心爱的贝壳那样。她几乎忘记了男人的气息，现在她正在一点点拾捡起来。她以为骆驼会忽然出现在眼前，阻拦她，可是没有。她发现她做到了，彻底将他抛开。

她脱去衣服，将他的长衫也脱去。她贴着他的身体。她在尽量掩饰自己的手足无措。她的手慢慢在他的身上移动，像是展开一张陌生的地图。她好奇地游走着，不放过每个角落。忽然身前这个男人慢慢弯下身子，痛哭起来。他哭得那么伤心，她慌乱地停下来，问：

"你怎么了？"

钟潜也不应她,只是哭,像是受了委屈的孩子。她不知道出了什么事,也不敢再问。宵行被他的哭声惊醒了,也跟着哭起来。春迟把他抱在怀里,轻轻地拍着他的背。然后她就听到钟潜抽泣着说:

"我是个阉人……"

他说完倏地站起来,带着那条受伤的腿一瘸一拐地奔出去。

她怔在那里,紧紧地抱住宵行,仿佛是希望从这具小小的身体上得到一丝温暖。骆驼慢慢出现在她的眼前,他用充满戏谑的目光看着她,仿佛她是从他手下逃走的犯人,现在又被他抓了回来。

他们很久没有这样面对着面了,哪怕是在梦里。她又看到他深邃的眼睛、发黑的嘴唇。他还是那么冷漠而亲切。她哭起来,她向他保证,她再也不会试图逃脱了,他是她无法逃脱的宿命。

6

那天之后,春迟和钟潜之间再也没有走近过。春迟决定到船上去卖唱。她希望自己能够让宵行过得好一点。况且她需要继续寻找贝壳,在海上总是会方便一些。这样,也令她觉得仿佛离骆驼近一些。他也许正在这片海上的某只船里。

春迟就将宵行安顿在这座小镇上。她找来乳母照看他,她再也没有让他吃过什么苦。

钟潜一度觉得无法面对春迟,离开了她的身边。他也在小镇上安顿下来,住在离她不远的地方。他的腿跛了,没法再做重体力活。但他的手很巧,后来成了不错的首饰工匠。帮女人打些银戒指,或者雕刻玉器,都是他的拿手活儿。他在打首饰的时候认识了一个寡妇。

她喜欢他的手艺,觉得他为人也很老实,不久之后便带着她一岁大的小女儿住了过来。

对于她们的到来,钟潜谈不上欢迎,却也没有拒绝。她们母女就像家里的摆设。因为她们的存在,家里显得体面了许多。钟潜过了几年正常人的生活。镇上没有人知道他是个太监。那段时间他很少与春迟往来,只是隔段时间便送去一些钱,看一看宵行,再拿回一些贝壳帮春迟打磨。

几年之后,寡妇得了病;又折腾了许久,她才死去。她出殡的那天,钟潜忽然觉得轻松了许多。他非常思念春迟。在一段岔路之后,他觉得自己终于又回到了这条艰辛又愉快的道路上。

他开始每个月去探望春迟,带着他的继女一起去,让她在门口等他。至于后来继女悄悄喜欢宵行的事,他虽看出,却并未道破。他们的路还那么长,他不知道他的继女是否能一直追随宵行,像他一样忠诚。

这样的生活他一直过到死。临终的时候,他感到非常欣慰,因为除却曾经有过的短暂的、微小的背叛之外,他一直是一个忠诚的人。

香猫记

> 孩子归于慈母,以期儿孙发
> 达……而河谷则归于灌溉者,
> 以便开花结果。
>
> ——布莱希特《高加索灰阑记》

上阕

1

婳婳在咖啡庄园找到我的时候,我离开家近两年了。那时,我已经在海拔二千四百英尺的高原上拥有一小块咖啡地。这种奇妙的褐色小果竟然可以卖出高昂的价格,真是不可思议。种子和土是技师从爪哇国输送来的,我常年负责看管这些咖啡树,将粗加工过的果实卖给荷兰人,换来的钱,托船上的歌女捎给春迟。我当然也可以干别的活儿,但这份工作的好处是很清静,几乎不怎么需要与当地人打交道。除了在锄草和收集果实的那几个特定的日子,我需要通过鸣锣,召集一些劳工来帮忙之外,一年里的其余时间我都是自己待着。

木屋是我自己用竹子和木头造的,还算结实。为了不让光透进来,我在木梁的间隙里塞满了竹叶,只是下雨的时候,水滴击打在房顶,一阵阵细密的声音有些令人觉得烦心。最常出没在这里的动物是野猫和蛇,但它们很少与人亲近,我几乎只能在夜晚出门的时候偶尔看到它们疾驰而过的影子。

这里离码头也不远,我每周出海打捞一些贝壳,有空就将它们打磨好,隔段时间捎给春迟一次。我粗略能读懂贝壳,始终没有找到春迟的记忆,可是为了不让她失望,我仍是要将它们运回去给春迟。

我将打磨好的贝壳一枚枚叠放,装进细长的竹筒里,之间的缝隙则用软布塞好,以免路上撞碎或者磨损。有时我攥着软布,心中一阵犹豫。总是很想在上面绣一些字,但绣字这种事大抵只适合情窦初开的小儿女,如今的我仿佛已经历尽沧桑,纵使心中的情感依旧汹涌,也只会让它缓缓流淌出来。

我将一支支装满贝壳的竹筒放进麻袋里,最后再用粗绳将袋口系牢。我背着它下山,缓缓地走向码头。我心中充满自责,知道这些贝壳中没有一枚是春迟要找的。

可是,我从未停止,仍在寻找。一遍遍做着这件无谓的事,周而复始。

我每隔几日都会下山一次,买些食物,顺便打听一下咖啡豆的收购新行情。遇到婳婳的时候,我刚从山脚下的集市往回走。

走在一段平坦的路,旁边有个不大的水潭,下午的时候,许多小龟都慢慢爬上岸来透气,红鹳立在河边的浅草里,不时俯下身喝一口水。有人坐在茂密的雨树下,远远地支起竿子钓鱼。两个六七岁的女孩站在他的旁边,没有穿衣服,裸露的皮肤被晒成了酱紫色,像树上那些过早成熟的果实。看着悠闲的当地人,我才知道自己与这里多么格格不入。我不知不觉加快了脚步。

迎面走来一个华族女子,她走得很慢,眼睛紧紧地盯着我的脸。我上下看了自己一遍:头戴一顶宽檐草帽,身上穿的是当地普遍的粗麻衣服,高高挽起的裤管下面,露出一截被毒蚊子咬得满是红包的小腿;手中的提篮里还装着几只鲜艳的南瓜和番薯——一个在种植园里随处可见的劳工形象,没有任何特别。然而她的目光如此执着,令我感到一丝不安。

她走近。她的眼睛非常大,传递着一种亲切的气息。我感慨着自己太久没有女人了,这个大眼睛的女人令我空乏的身体生出一层薄薄的欲望。

我们交错走过。这时,我听到她在身后轻轻叫我:

"宵行。"

她念得很温柔,我的名字像从她双唇之间飞出的一只小鸟。我从未告诉这里的人我的名字,那些笨拙的当地人也绝不会念出"宵行"这两个悠扬的字。

我停下脚步,没有立刻回头。脑海中有关婳婳的记忆一点点复苏,就像被施了咒语沉睡已久的睡莲,此刻正一瓣瓣慢慢打开。在她的身上,有某种无法言喻的气息与我的少年时代相连。

她跑过来,从身后抱住我。她轻轻地抚摸我凸露的肋骨,感叹道:"你瘦了那么多。"

"你跑出来找我,春迟怎么办呢?"我有些生气地问她。

"我已经雇了个用人照顾她,你托人带回去的钱和贝壳还够用很长一段时间。我都安排好了才出来。"

我想起春迟孤单单地等在家里,日复一日地抚摸贝壳,心就很痛,忍不住仍要责备:"我只是要你好好照顾她,你都做不到。"

她在身后小声地哭起来。时间仿佛忽然翻转,将我带回了故乡。她的拥抱那么无助,好像这不是重逢,反而变成道别。我把她拉到身前,仔细地端详她,不禁有些失望。她没有原来美,而是非常憔悴和邋遢:绾在脑后的发髻掉了下来,零散的几绺垂落到肩上;她的鼻子被晒得脱了皮,露出一块块红色血肉,犹如发霉的蘑菇。我轻轻碰了碰她黝黑、粗糙、生满黄斑的皮肤,明知道她因为找我而吃尽了苦头,心中却还是有些不舒服。我叹了口气,一把将她揽在怀里。她渐渐不再哭,身体却仍在轻轻颤抖。

我想起临行前的夜晚,在点着檀香的房间里她为我洗脚,她滚烫的眼泪掉下来,暖和了我的脚。

我的身体是有记忆的,此刻我抱着她,血液就苏醒了。我忽然很想再次向她求欢。我把头上的草帽摘下来给她戴上,牵起她的手,带她回我住的木屋。她走在我的旁边,不时侧过脸来,欢喜地看着我。

我带着她走最近的一条路,但从咖啡园回到住处仍需要走上半个多时辰。这里有许多金鸡纳树以及桫椤,到处长满了紫罗兰和草莓。炽烈的太阳底下,我们挽着手走着,像两个孩子一样无邪。她有些口渴,停住了脚步,蹲下身子,摘下一只小草莓问我能不能吃。见我点头,她就迫不及待地放进嘴里。那果实极小,几乎没有多少汁水,但她仍然吃得很开心,对大自然的一切都充满了感恩。

不过多久,汗水就浸湿了我们的衣服,而欲望也随着水分蒸发了。我渐渐平复,又像每天中午将至的时候那样感到有些疲乏,只想好好睡上一觉。

在热带,欲望很容易就能得到遏制。在如此潮湿和炎热的天气里,人们的皮肤上都有一层黏湿的水汽,将他们隔绝起来,使他们不愿意彼此亲近、拥抱和接吻。每个人活在自己的屏障里,承受孤单,习惯冷漠。倘若有一点欲望滋生,它们很快也会被身体表面的水汽吸去。

我在这里只有过两个女人——是的,日子久了,还是有两次欲望穿透水汽层逃逸出来的事。她们都是比我年长的当地女人。其中一个是寡妇,她是来这里收咖啡豆的,因为还赶着到下一户去,不能逗留太长时间。在当地人中,她算长得很好看的,这个寡妇长于做手工活,手指又细又长。我对她有些动了真情,请她留下来做我的帮手。她问了价钱,犹豫一下,就答应下来。我们缠绵了两日,到了第三天,我已经开始后悔。和女人在一起,影响了我的灵命,扰乱了我虔诚寻找贝壳的心。夜晚,我几近疯狂地从女人身上掠夺,那副样子令我自己都大为震惊。快乐磅礴,然而此后的心情却是落寞的。我像一只被淋湿的鸟儿,怏怏地站在屋檐下发呆,将所有的事都荒废了。

而那夜的梦是关于春迟的。我梦见她唤着我的名字,慢慢走进花园。她的声音无助,脚步踉跄,像是一个与家人走散的小孩。我离她并不远,但是中间隔着小池塘和葡萄架,必须绕行才能走过去。我唤她,要她在原地等我。她听到我的声音,嫣然一笑,不理会我说了什么,就径直朝着我的方向走过来。我想让她停下来,却已经来不及。她撞在了葡萄架上,我连忙绕路向着春迟跑过去,却见她的头发缠在葡萄藤上,她自己却不知道,仍是径直向前走,越是走不动,终于将头发扯断,跌倒在地上。她被花丛淹没了,很久都没有站起来。我终于跑到她的跟前,拨开纷乱的花丛,想要扶起她,却看到她头顶大块裸露的头皮,涌出的血喷在我的脸上。这时,她在低处幽幽地说:你怎么这么晚才来?

半夜,寡妇将我摇醒,我背向她,双手蒙住脸,生怕她看到脸上的血迹。天明后,我遣走了寡妇。作为补偿,我多给了她一袋咖啡豆。

2

和婳婳走到木屋旁的时候,我已经变得非常平静,甚至近乎冷酷。我想对她说,我在这里的工作很忙,可能没办法分心照顾她,况且春迟也需要人陪伴,所以我希望她回去……但我还没有来得及说什么,她已经开口了:"我们就住在这里吗?"

"是。"

她推开门探进头看了看,回头对我说:"房子虽然小,但是布置布置还是很舒服的。"

她是如此乐观,我一时语塞。此时她已拉起我的手,笑着说:"跟我来。"

"干什么去?"我很固执地停留在原地。

"跟着我走吧,等会儿你就知道了。"她神秘地说,又拽了我一下。

"不去。我还有许多事要做。"我甩开她的手。

她愣在那里,很久才说:

"我是要带你去看我们的孩子……"

"什么?"我大吃一惊。

"我来这个岛上已经好几天了,一直住在码头上的一户人家里。今天我打算上山来找找看,听他们说山路陡峭,非常难走,临来之前,就将孩子托付给了女主人。"

我起先还以为她在说疯话。可是仔细再看她,她的唇角和眼梢带着笑意,透出母性的光泽。我终于看懂了她的变化,一切都是因为她做母亲。她为我孕育了一个孩子,从我离家的前一日开始。

我陪她去,我们继续在太阳底下走路。她出了很多汗,却不喊累。她大概是赶过了太多路,脚力已经练得很好。

"是个男孩。"她见我不说话,就主动对我说。她微笑的样子使我感到有些歉疚,这本应该是我来问的话。

"有名字了没有?"我问。

"还没有。等你来取。我平日里唤他宝儿。"

我点点头,不知应当再说些什么。

我们继续走路,我尽量走得快一些,以表现出自己对孩子的盼望。记忆中,我们也曾这样赶路,那次是钟师傅弥留的时候。我跟在她的身后,她跑起来像一头小鹿,我觉得和她很亲近,是系在一起的,相携着奔向一道命运之门。现在,我们被系在了一起,我、她、还有那个暂时叫作宝儿的孩子。想到这个,我就感到一阵窒息。他们重重

239

地压在我的肩膀上,使我透不过气来。一直以来,我都希望自己能够生活得很纯粹,而现在,他们母子粗暴地闯入我的生活,将我变成一个庸常的男人,为养家糊口所羁累。

我侧脸看着婳婳,她很高兴,脚步轻快。我忽然觉得她很恶毒,存心想成为我的牵绊。

我们一直走到黄昏,终于在码头边的一间木屋前停了下来。她敲敲木门,钻了进去。

我等着,幻想着自己飞快地跑到水边,纵身跳上一艘船,消失在海平面。

踌躇间,她已抱着孩子走出来。

在暗淡的暮色下,我第一次看到了我儿子。

他有一张圆鼓鼓的小脸,两颊绯红,嘴唇像婳婳一样翘。他很美,并且是一副有福气的模样。一刹那,我被他的美好打动了,很想珍惜和疼爱他。但当我从婳婳怀里接过他的时候,又开始觉得沉重。

孩子,是最神秘的种子,谁也无法预测他会向什么方向生长,谁也不知道他将成为什么人的信徒。我看着手中的孩子,感到一阵迷惘——不知道他肩负着什么隐秘的使命。

3

婳婳抱着孩子跟着我回家,先前宽敞的木屋立刻显得局促。

屋子里只有一张床、一张桌案。婳婳打眼就看见摆在桌上的贝壳,不禁蹙了一下眉。床很硬,只铺了一张粗糙的席子。婳婳想把孩子放下来,摸了又摸,但害怕会硌痛孩子,只好仍旧抱着孩子。

我叹了一口气:"连一个他可以躺的地方都没有。"

"不要紧,我们明天可以找些木头给他做一张小床。"嫹嫹毫不灰心。

这时,熟睡的孩子睁开了眼睛。他环顾四周,觉得非常陌生,就大声哭了起来。

"他饿了,"嫹嫹说,"他刚断奶不久,最好能给他喝一点米汤。"

我苦笑起来,自出家门之后,我就没有吃过米。我告诉她没有米汤,从未有过。

她沉吟片刻,又对我说:"没关系,先给我一点水吧——附近有没有椰子?"

"山下有,但要走很远的路。"

我说罢,推门走出去。我又下山了。走出很远,隐约听见嫹嫹喊我,但我没有回头。

直至深夜,我才疲惫不堪地回到木屋,带着几个椰子,一只硕大的菠萝蜜。嫹嫹在床上睡着了,她将孩子结结实实地绑在胸前,这样,他就不会掉下床来。但嫹嫹的胸口被重重压着,有些透不过气,呼吸也变得滞重。在过去的许多时间里,她大概都是这样载着他入睡的。我慢慢走近,看着她的脸。她蹙着眉头,紧咬嘴唇,睡着的神情一点也不轻松,倘若在做梦,也一定是个非常辛苦的梦。可是只在这一刻,我才觉得又与她亲近起来。睡着的她,又变得瘦小而无助,就像我初识她时一样。那时的她是一片不经意间落在我肩膀上的小雪花,很轻也很安静,几乎可以被忽略。

现在的婳婳身上有一股沉坠的力量,令人恐惧。这股力量正是孩子给她带来——我的目光落在宝儿身上,他将一侧脸紧紧贴在婳婳的胸口,神情餍足。淡粉色的肌肤在睡眠中显得格外细致,每一根细小的汗毛都随着他的呼吸轻轻摆动。他的长睫毛上还沾着一两颗剔透的泪珠,可能临睡前还哭过。

他的纯真灼伤了我的眼,我不想再看。我熄灭油灯,在桌案前坐下来,拿起贝壳,手指一遍遍掠过,却始终心绪难宁,无法进入其中。我变得烦躁不安,用力摩挲贝壳,直到十指涌出鲜血。我站起来,将手指放进嘴里吮吸,并开始走来走去。

孩子可能是被我吵醒的,他大哭起来。婳婳也醒了,点着了灯,坐在床边看着我。我的眼睛里涨满了红丝,十指染着鲜血,她从未见过这样的我,一定被吓坏了。但她必须习惯,这是我的常态。心情上的一点波动都会令我烦躁不安,无法专注于贝壳。所以我必须尽量躲开人群,远离喧嚣。

"不要让他再哭了!"哭声无疑使我更加烦躁,我终于对婳婳喊出来。

婳婳轻轻地拍着婴孩,连连呼唤他,宝儿,宝儿。但孩子涨红了脸,哭得越发用力。他的哭声陌生、刺耳,像一张大网将我笼罩起来。我冲出门去。

过了好一会儿,孩子的哭声才渐渐变小。婳婳走出来的时候,我正坐在门外的半截木桩上,手里握着的那枚贝壳已经被血染红了。

"他太饿了。"她走到我身后,小声地解释。

说这话是在怨我回来太晚吗?我蹙起眉头,冷冷地说:"留下来，就必须习惯这样的生活。"

她默默地点点头。

沉默片刻，她从我的脚边跪下，捧起我的手，用衣袖擦拭指头上的血。在咖啡庄园住了这么久，从没有人来探望过我，我几乎忘记了被人关心是什么滋味。

我闭上眼睛，她的气息像蝴蝶一样，栖落在我的肩头。我应当感到温暖和知足。

"这里晚上的空气很清新。"婳婳猜测我的情绪已经平复，才试探着对我说。

"不要到处乱跑，这里有很凶狠的野猫和蛇。"我说。

她点了点头。

我忽然叹了一口气，对她说："孩子很好。只是他来得太突然了，我一时间还无法适应。"

"你会喜欢他的，他其实不怎么爱哭，等对这里熟悉起来就好了。"

"希望是这样。"

"嗯，一定会的。这个孩子是不寻常的，他给了我很多力量。我在最绝望的时候仍是偷偷幻想，有一天能找到你，我们一家人团聚在一起。"她温柔的声音在深夜听起来竟有些惊心动魄。

和现在这个充满力量、心怀憧憬的她相比，我也许更喜欢之前那个含蓄而迷惘的婳婳。那时候她像一颗遥远的星辰，她的美好在于她是不确定的。

我爱春迟，这也许因为我从未与她靠近过，只是有一种幻觉，令我觉得自己正在慢慢走近她。

　　沿着螺旋状的楼梯一直向下走去,这沉堕的王国却并不是地狱。一直走,直到风声塞满耳朵,灰尘蒙上眼睛,荆棘缠住双脚,记忆的主人才幽幽地现身。

　　村里的男人风风火火地赶向码头。他们见了他,就向他招手,问他要不要一起去船上做海盗。他点点头,就随他们一起走。他们有一只拼装改造起来的破船,有几把偷抢来的长刀。换身衣服,他们就成了横行马六甲海峡的海盗。
　　他们在海上巡游了多日,也没有发现任何可以抢劫的船只。葡萄牙人、荷兰人的船他们是不敢劫的,那些洋人有火枪和大炮,就是大刀也比他们的锋利许多。一个月以后他们终于等到了一只来自中国的船。除了水手,船上还有几个细声细气的太监,以及穿白袍子的传教士。他们挥刀杀人的时候,传教士不停地在胸前画十字。只有他不忍落刀,这也许因为他的祖先与中国有着隐秘而深远的关联。就这样他们截获了一只气派的中国船,几盒玉石玛瑙,几箱丝绸瓷器,还有一些他们根本不知道该如何使用的名贵草药。

　　翌日。他在海边清洗这只中国船。他用布一点点擦拭甲板上的血迹,拾起地上的碎瓷片,小心翼翼地黏合成了三只青花瓷碗。

4

次日,婳婳准备好好将这木屋布置一番。我没有帮忙,借口要照看咖啡地,就走出家门。我在咖啡林里闲逛了几圈,后来下起雨来,我便钻进一个山洞躲雨。雨越下越大,像说起往事的老宫女,眼泪落个没完。婳婳大概正在山上的毛榉树林里寻找给宝儿造小床的废木头,此刻一定在挨雨淋。从毛榉林向山上走有一条小路,路边有个可以避雨的亭子,可是婳婳又怎么会知道呢;她肯定会匆匆忙忙往家跑,那条路又长又陡,下雨的时候泥浆从上游冲下来,使它变成一道浑黄的瀑布。

我从山洞里探出头,俯身向山下望去,仿佛看到她那瘦小的身影正在穿越树林。但她似乎生来便是受苦的命,无论是她自己还是我,都渐渐习惯起来。只在刹那间,我感到一丝心痛,旋即便恢复了平静。

雨停的时候已经接近傍晚,这一日惶惶又要过去。我回到家的时候,婳婳正在给宝儿搭木床,她头发湿嗒嗒的,身上裹了一块毯子,却仍在瑟瑟发抖。宝儿倒是活泼,他就站在婳婳旁边,双手帮她举着一根备用的木头。见我进门,婳婳就仰起头冲我微笑,她额头上有一大块瘀青。

"在路上滑倒了。"她很轻松地说。

我点点头。

"天气不好,耽搁了些时间,所以我还没有来得及做饭……"婳婳抱歉地说。她的脸色苍白,神情很疲惫,见我从床边坐下来,就连忙走过来为我脱鞋。

我摇摇头,表示不介意。我知道自己应当对她温存一些,却始终无法那样去做。温存意味着接受和妥协。不知不觉间,我将变成一个平和的丈夫。

我不能对她有丝毫动容。

这样想着,我就倏地站起来,走出了屋子。

婳婳和宝儿来了之后,生活似乎变得更加安静了。每日我天刚亮便出门,在咖啡林里待整整一天,等到太阳下山才很不情愿地向回走。

我在咖啡林里砌了一张石台,把打磨贝壳的作坊搬到了这里。这里的树林很密,早上也不是太热,正适合工作。可是一到中午,劲猛的太阳光穿透树叶,唰唰地射下来,我的眼前是一块块闪烁的光斑,根本无法凝神在贝壳上。我不得不停止工作。但也有时做得太入神,忘了时间,直到眼前一片白晃晃,像是被人蒙住了眼。

有一次婳婳中午来送饭,看到我在石台旁边晕倒了。她用冷水点我的额头,才将我慢慢唤醒。她悲伤地看着我,终于说:"为了她,你可以这样委屈自己。可是她一点也不在意你。"

我刚刚恢复知觉,迷蒙之间听她这样说,顿时很恼火:"我如何委屈,都不用你来评说。如果你因为跟着我而感到后悔,那么随时可以走!"

她垂下头,轻轻将带来的饭放在石桌上,说:

"我从来没有后悔。"说罢,她转身就走。

我喊住她,说:"以后不用再给我送饭了。"

她慢慢转过身来看着我,眼圈一点点红了起来。

这是我们之间最后一次提及春迟。她像一个隐秘的花园,从此以后被封上了大门。也许唯有如此才能使我感到心安,我已经到了无法忍受任何人踏入它的地步,它必须完全属于我。

再也没有人和我提起过春迟,她被永远地关在了我的心里。像所有久未有人造访的老宅子一样,这座花园开始闹鬼。六月的时候,有关春迟的梦接踵而至。太清醒的梦,一再重复的梦,终于使我相信,那是一种越来越清晰的指引。

梦是唯一可以逆走时间的工具。在梦里,我看到了二十多年前的春迟。她靠在一艘大船的船栏边,缓缓地梳着头发。那倾泻如瀑的长发刚刚梳顺,又让海风吹了起来。她却一点也不沮丧,仍是很专注地梳着。时间就这样凝固,将她包裹其中,渐渐结成一枚静定的琥珀。忽然,梳子从她的手中滑落,碰了一下船栏,就跌进了大海。春迟俯身去捡,可是即使伸直了手臂也无法触碰到水。她一只手抓住船栏,双脚一前一后踩在船沿上,慢慢探下身去。当另一只手触到海浪的时候,她的脸上掠过一丝满意的微笑。接着,我就看到她将抵在船沿上的双脚慢慢抬起。笔直瘦削的身体犹如折扇般在空中打开;而片刻之后,它坠入大海的声音是如此响亮,轰然间震碎了我的梦。

我醒来的第一个念头是,也许春迟出了什么事。可是在梦里她神情淡定,甚至有几分满足,使我无法确定梦的旨意究竟是什么。接连几日都是同一个梦,但它越来越清晰。我知道我在一天天接近某个真相。

几天后,我在码头托人运送贝壳的时候,就听到了那个有关打捞中国沉船的消息。我想也没想就奔过去看。

二十多年前在海啸中沉没的船,来自中国。残破的雕花木窗、折断的船桅以及碎裂成一片片的甲板……我拨开一层层围观的人群,终于站到了大船面前。那些棕黑色木头拼凑起来的残骸,弥散着逝去灵魂的余悲,犹如一具神兽的尸体。我一动不动地望着它,身体开始颤抖。

如此熟悉,初见只在梦里。

我怎么会忘记呢,昨夜的梦里,春迟正是站在这艘船上,缓缓梳着她的头发。这个梦不断地重复,我清晰地记得船的模样。

原来梦就是要带我来这里。

在大船的旁边,人们正在拍卖打捞上来的沉船珠宝、玉器,以及完好的陶瓷。无论是当地土著,还是居住在此地的荷兰人,都惊讶于这些精巧的玩意儿。我对它们一点兴趣也没有,但还是决定走过去看看。

我看到了那些贝壳。

据说,沉船打捞上来的时候,它们就在甲板上,一共有七颗。

贝壳本是到处可见的,但因为它们生得又大又美,样子很特别,即便常出海的渔民也从没有见过,所以人们也把它们拿来拍卖。

我虽然没有见过,但曾在某本书上看到过这种贝壳的样子,知道它们是非常罕见的龙宫翁戎螺,漂亮的锥帽形,壳表呈乳白色,有粉红色斜条纹,裂缝带上是新月形的花案。

这些生长在沉船甲板上的贝壳,一定是吸收了丰盛的往生者记忆,才会如此娇艳。我的目光从螺的底端开始,越过每一道淡红色的花纹,犹如在光滑的宝塔外面攀爬。每一阶的下面都藏着曼妙的故事,沿着这旋转的螺纹一路走上去,人们就会醉溺在丰饶的故事中。我相信,此刻自己的眼睛一定是通红的。

　　梦不断地撩起帷幕,就是为了让我看到沉船和贝壳。

　　春迟要找的记忆,就藏在这七颗龙宫翁戎螺当中。它们弥散着一种熟悉的气息,那是属于春迟的。倘若我闭上眼睛,一定会以为是回到了家。

　　我一面兴奋,一面却又觉得苦涩。要找的东西已经在眼前了,可是它们却不属于我。我眼睁睁地看着它们被一个金黄头发的洋女人买走。她很年轻,但出手阔绰,除了贝壳之外,还买了一对玉镯、两件瓷器。买来的东西都由她身后的女侍拿着,离开的时候,人群为她让出一条路,人们在她的身后指指点点,小声议论,有人说,她是荷兰的贵族。我尾随她们走出了人群,一路紧跟,她们住在离码头不远的荷兰人的专属领地。我目送她们走进一座气派的石头房子。

　　我回到家,坐在门前的木桩上想了一夜,次日才换上自己最体面的一件衣服,前往荷兰女子的住所拜访。

　　我站在客厅等这屋子的主人,好一会儿,她才神情慵懒地从里面走出来。这位荷兰女子只有二十多岁,金发碧眼,肌肤如雪。她穿着一件印度纱丽,艳丽的桃红色布片裹在她白皙的肌肤上显得格外耀眼。她的美艳令人觉得遥远,我不敢多看,连忙低下了头。

荷兰女子一边用早餐,一边和我说话。乳白色雕玫瑰花的长方桌上放着用粗麦烘焙出来的新鲜面包,以及一只有粉色碎花的白瓷咖啡杯。袅袅的香气正从杯中悠然升起。我闭上眼睛,仔细嗅了一下,知道这是咖啡中的极品,我的那块咖啡地根本产不出这样香醇的咖啡豆。

我用蹩脚的马来语和她的翻译讲话,询问她是否可以将贝壳卖给我。

翻译转述道:"贝丝小姐说,这些贝壳她打算带回荷兰,让那里的匠人制成灯饰。所以不想卖。"

我的脸抽搐了一下。虽然这是早就料想到的答案,但是真的听到,心中还是很难过。如今,我唯一能做的只有乞求了。

我对她说了这样的故事:我的父亲是个贝壳收藏家,在他死后,母亲继承了他的遗愿,收集所有珍稀的贝壳。她最近身染重病,卧床不起。我看到这些艳丽的龙宫翁戎螺,很想将它们献给我病床上的母亲,也许她看到它们,病就会好起来……这个故事亦真亦假,我说的时候眼睛竟然湿润了。

那女子一直看着我,她相信了我的话。她和翻译又交谈了一会儿,翻译才对我说:"您的孝心很令贝丝小姐感动。这些贝壳是她出三十个金币买的,现在她同意原价卖给您。"

我紧咬双唇,低头不语。过了很久,才说:"您知道,三十个金币对于我们这些种植工人来说可不是个小数目。不知道您是否还可以将价格降低一些?"

贝丝小姐连连摇头。她美丽的头发被射进来的阳光照得一片金晃晃,将我的眼睛都刺痛了。她缓缓放下咖啡杯,靠在椅子背上,她可能认为,我根本没有买走贝壳的诚意,只是一个想来占便宜的无赖。翻译说:

"价格是不可能降低的。既然这样,那么还是请您回去吧。"

我痛苦地站在那里,一动不动,沉吟片刻,又恳求她:

"贝丝小姐,我绝没有要和您开玩笑的意思,而是诚心想买。不知您可否给我一些时间,让我凑足钱,再向您买走它们……"

贝丝小姐想了想,又对翻译说了几句。

"贝丝小姐下个月末会回荷兰去。希望你记住这个时间。"翻译说。

我连忙感激地点头。翻译示意我可以走了。我朝外面走去,走到门口才忽然意识到,我还可以争取一个机会,于是我说:"我可否一枚一枚买走它们——我是说,当我攒足买一只贝壳的钱,就来与您交换一次,可以吗?"

贝丝小姐轻轻点了点头。

5

我失魂落魄地走回家。宝儿在床上爬,他活泼而灵巧。有时候婳婳丢给他一根线绳,他自己都能翻来转去玩得很开心。他已经会说话,我一进门,他就响亮地叫我:

"爹爹,爹爹。"

婳婳做好了饭等着我。我坐下来。婳婳把筷子递到我的手中。鱼和南瓜汤是不变的晚餐,每日都吃这些黏黏糊糊的东西,现在看到它们就觉得反胃。宝儿也吵着说不要吃。婳婳将南瓜汤喂到他的嘴里，他只咽下一小口，其余的就都吐了出来。我气恼地看着他，他也看着我，一脸无辜相。

眼下我只是想着如何筹到那么一大笔钱。就算将我这块已经打理得有些模样的咖啡地卖掉，也买不到一颗龙宫翁戎螺，更不要说靠卖咖啡豆去赚钱了，恐怕穷尽这一生也是不够的。

我把手中的碗筷一丢，起身又走出了那间憋闷的屋子。

婳婳喂完孩子，就出来找我。她知道我心情不好，不敢说话，只是默默地站在我身后。我提着铲子走到咖啡树下，松土，然后倒下肥料。我一棵树接一棵树地铲土，施肥，濒于疯狂地干着……我在最后一棵树前丢掉铲子，坐在了地上。婳婳很害怕，跑过来，跪在地上抱住我。

她的怀里有婴孩的乳香，一种含混的母性气息招引着我，令我几乎要落泪。

"发生了什么事？"她抚摸着我的头发，轻轻问。

"我找到了贝壳。我确信那就是春迟一直在找的贝壳。"

"那应该高兴才是呀！"婳婳故作轻松地说。

"可是要有很多的钱，很多的钱……才能把它们买回来！"

我从她的怀里挣脱出来，拿起铲子往回走。我听到她站起来，跟上我的脚步，对我说：

"我希望能帮上你什么。"

除了照料好自己的那块咖啡地，我开始为其他咖啡地做临时的帮工。但凡听到鸣锣的声音,我就跑过去,和那些当地人混在一起,没日没夜地干上好几天。每一次精疲力竭地回来,手中捏着几块钱币,重重地倒在床上,都好像死了一样,婳婳知道我的疲惫,从来不敢惊扰。只有一岁多的宝儿,爬到我的跟前,用指甲嗤嗤地划我的脸颊。然而那被晒成酱紫色的皮肤太疲倦,已经失去了知觉。等我一觉醒来,他正坐在旁边,乐不可支地拍打我的脸颊,那啪啪的声音令他无比兴奋,口中犹如咒语般地唤着:

"爹爹,爹爹……"

我正做着一个可怕的梦,猛然惊醒,惶惶地坐起来,圆睁双眼看着他。那时我的脸一定狰狞如野兽。他怔怔地看着我,片刻,忽然张大嘴巴,哭了起来。

他一边哭,一边偷偷地抬起眼睛看着我,仿佛希冀着能得到一丝抚慰。我冷冷地看着他:他极少出门,每天只是坐在床上玩,南瓜和椰子汁将他喂得白白胖胖,丝毫都不知道生活的艰辛。此刻他在我面前越哭越响,看起来会一直哭下去。我架起他的双臂,将他举到空中——他的嘴还张着,收敛了哭声。

我们就这样僵持了良久。我慢慢放下他。他连连退后几步,一不小心,从床上摔在了地上。我下床看他时,他的额头已经青了,可是他大概被吓坏了,趴在地上,一声不吭。

婳婳从集市买东西回来,看到宝儿坐在地上,额头上有大块瘀青,而我只是坐在床边。婳婳抱起宝儿,用哀怨的目光看了我一眼。但她不敢对我有半句怨言。

从那以后,宝儿再也不敢大声哭了,有时候感到委屈,哭声涌到嗓子口,又都被压下去了。但他天性纯善,从不记仇,对我仍是一如既往的热忱。每次我回家,他都欢快地跑过来,仰脸看着我。倘若赶上我心情好,俯身摸摸他的头,他就会高兴得手舞足蹈,一直跟在我的身后走来走去;而在我发脾气的时候,他也会很知趣地躲到一边。

6

后来,我们便一点也顾不上这孩子了。我和婳婳都在码头帮人搬运货物,三个铜币一天。我们分属不同的雇主,工作的时候见不到面。直到傍晚的时候,我们才在码头会合。两人都累得筋疲力尽,有时候婳婳会问部落里的妇女买一点熏鱼和鸭肉。但我嫌它们太贵,后来她便不买了,依旧做南瓜汤和其他一些蔬菜。

起初,婳婳不忍心让宝儿一个人待在家里,她去码头工作的时候,还将宝儿背在身后,但是这样根本没办法工作,码头的监工喝令她将孩子放回去,不然就再也不要到这里来干活了。从此,婳婳不得不将宝儿放在家里,给他留些食物。他很快就将那些食物吃完,傍晚我们回去的时候,他已经饿得没有力气,趴在床上睡着了。婳婳看着很是心疼,却也没有办法。

有一次我们回去晚了,就看到宝儿正抱着一只贝壳嘬——他大概是饿坏了。

干到月末,那个马来族的工头迟迟不肯付我和婳婳的工钱。我又等了几日,终于忍无可忍。一天傍晚,我在回家的路上截住他,与他打起来。婳婳用桫椤枝套在那人的脖子上勒他。他被勒倒在地上,我们抢了他的钱袋就跑。

我们一口气跑到家。婳婳摇着钱袋又哭又笑,对我说:
"宵行,我们有钱啦!"

其实这么少的钱,什么也不能改变,在我看来根本不值得开心,可是她的快乐如此诚挚,还是感染了我。

我对她点了点头。她忽然很担心地问,那人会不会给她勒死了?我说你这么小的力气,怎么会呢。她就又变得高兴,把宝儿拉到身前,对他摇了几下钱袋:"宝儿,咱们有钱啦。"

宝儿乐呵呵地伸出手,拍了拍妈妈手中的钱袋。铜钱撞击的声音清脆悦耳,宝儿笑得更开心了。

但我最终也没有舍得拿出一块钱币让婳婳给孩子买点吃的。

那天夜里,我和婳婳并排躺在床上。她怯怯地靠过来,伸出粗糙的手掌抚摸我的前胸:"宵行,等赚够了钱,买到那些贝壳,我们就可以回去了,是吗?"

"嗯。"我应了她一声。

"到那时候,宝儿就再也不用挨饿了。"

婳婳高兴地说。她的声音很亮,像赤道上过于尖利的月亮①。那种欢快的语调稍纵即逝,我忽然很希望她再多说一些话。但她可能太累了,不一会儿,就在我身边发出轻微的鼾声。

不管怎么说,那都是个让人感到温馨的夜晚,它意味着一段工作结束——很显然,我们再也不能到码头去做搬运工了。

后来,我找到一份采集蜂蜡的工作。这种蜂蜡很珍贵,和檀香一

---

① 据作者观察,赤道上看到的月牙,弧度要大于其他地区。

样是小岛的特产。它来自一种凶猛的野蜜蜂。蜂巢是半圆形的,建在高树的枝丫上。我学着那些土著男人,将衣服系在腰上,用布把头、脖子和上身裹起来,只剩脸和双腿裸露在外面。我不会爬树,只能负责点火。将用细长草藤和棕榈叶做成的火把绑在一棵很粗的藤蔓上,一头缠在树上,一头向上抛,那火把冒出平稳的浓烟。它的技巧在于,每一次都要比前一次抛得更高些。我的同伴一会儿的工夫已经敏捷地爬到了树上。他一手抓住空中的火把,慢慢靠近蜂巢。受惊的蜂群嗡嗡地围着他飞舞,而他只是镇定地拂去它们,另一只手举起庖刀,迅速切割树上的蜂巢。很快,他就将蜂巢一个个扔下来,一共三个。起初,我很惊讶他是如何沉着地抵御大片野蜂叮蜇的。然而这对于一个捕蜂者而言,是最基本的要求。后来我学会了,于是我可以多赚三个钱币。

晚上回到家,姆姆已经做好饭等我,白天她在一户荷兰人家里做女佣。她问女主人要了一些清凉的薄荷膏,盛在竹筒里,带回来给我涂抹身上的痛处。然而红肿布满了全身,这具身体看起来就像废掉了一样。她面对它,不知从哪里敷起,就哭了起来。一次,她哽咽着对我说:"我忽然想起小时候认识的你……"

"嗯?"我呼吸滞重,疲倦地就要睡过去。

"那时你是个少爷呀,可神气了,穿着青灰的直身,腰里还佩着一块又大又圆的玉佩。你从没有吃过苦,连给花草浇水都不会呢。"

我闭着眼睛,意味索然地笑了一声。

7

我暗暗算着,照这样的速度,到下个月末只能勉强从贝丝小姐那里换来一枚龙宫翁戎螺。但我总是抱着侥幸心理,期望自己能忽然找到发财的途径,盼望哪怕最后只能从贝丝小姐那里换来一枚龙宫翁戎螺,而春迟的记忆恰好就在里面。

宝儿却在这时出了事。

那天我们都回来得很晚,宝儿实在饿坏了,将一枚织锦芋螺的螺顶含在嘴里吸吮。等我们回到家的时候,他的脸已经变得铁青,嘴唇没有一点血色,缩在角落里不停地抽搐。婳婳奔过去,连连哭喊:孩子,孩子,你怎么了?他在婳婳的怀里挣扎,婳婳抱都抱不住他。婳婳解开他的衣服,看到他浑身都往外渗青色。

"他很冷……"婳婳说。她脱下自己的衣服,一层层裹在孩子身上。可是孩子仍在发抖,震颤的身体越来越虚弱。我走近了,捏起他的一只小手,他用黯淡的眼睛看看我,目光涣散,像行将熄灭的烛火。

一些贝壳是有毒的,我早就知道。但我怎么也没有想到,摆在桌上的那些贝壳中有一枚就是有毒的织锦芋螺。自从看到那七枚龙宫翁戎螺之后,我就再也没有心思打磨桌上的贝壳,婳婳也不敢擅自把它们收走。这些贝壳只经过晾晒就被拿到桌上,我还没有碰过它们,自然无法知道里面深藏的毒性。

婳婳抱着宝儿手足无措地站在那里,忽然,她如梦醒般回过神来,扑通一下跪在我的脚边,仰起头望着我,眼泪顺着她的下巴掉下去——我知道她在求我带宝儿去看医生。我迟疑了一下,拿出床下那只酒罐,从里面取出几块钱币。

就是去离我们最近的医生那里,也要走到山下。我们带着宝儿立刻出发了。婳婳背着孩子,一路走一路哭。她一会儿告诉我孩子变得更冷了,一会儿又说孩子醒了,下巴在她的肩上摩擦。她的神志已经不清,颠三倒四地说了许多话,只是喃喃自语,并不是说给我听的。

等我们在山下找到当地部落中懂得医术的老人时,婳婳已经变得异常冷静。我让她把孩子抱下来给老人看,她却仍旧站在那儿,没有动。我又唤她一遍,她冷冷地看了我一眼,还是不动。我走过去,从她身上抱过孩子。触到孩子的那一刻,我吓了一跳,手不禁连忙缩了回来。那种冷已经像石头那样结实,没有缝隙,不会流动。我颤抖着将他抱给老人。老人一摸便连连摇头。婳婳当即一阵晕眩,摔倒在地上。老人叹了口气,说:

"是死了……"

婳婳拼命地捂住耳朵,掉下两行眼泪。我茫然地抱着孩子,他正变得越来越沉,我感觉到一股下坠的力量,仿佛有什么东西拽着我的身体,径直向地心拉去。是宝儿的鬼魂吗?他在怨我吗?我心中一惊,又看了看怀里的孩子,他的脸还是那样无邪,精巧的眉眼之间还流露着几分对人间的欢喜和好奇。倘若他能再睁开眼睛,一定仍会对我报以微笑。

我缓缓伸出手,扶起婳婳:

"我们回家去吧。"

嫚嫚是被我背回去的,一路上,她将宝儿紧紧地抱在怀里。嫚嫚伏在我的背上,死去的孩子在我和她之间,贴着我的后背,挨着她的前胸,如一道屏风般将我们隔绝。我们无法互递哀伤,无法彼此安慰,我们在各自的沉默里,相背而行。她再从我背上下来的时候,我感到她已经离我很远,很远。

纤细的月亮在很低的夜空里,像一道久不愈合的伤口。野猫在附近的竹林里蹿来蹿去,发出凄凉的叫声。四周的树木忽然变得格外茂盛,遮挡了走去小屋的路。仿佛我们不是下山去了一个晚上,而是一个月,一年,或者更久。环顾周围,只觉得一切都很陌生。草木像洪水一样漫过来,这间小屋不过是在其中漂流的一只木筏。我们从未安顿下来,也不曾停留。

我推开房门,点上灯。桌上的贝壳正用阴森森的目光看着我。我猛一甩手,将它们打落在地上。贝壳咕隆咕隆转着,犹如活物一般满地乱跑。

嫚嫚抱着宝儿坐在床边,不动,也不看我。有一颗鸡蛋大的贝壳滚过去,撞了撞她的脚。她低头看了一会儿,伸手摸起它来。她双手紧紧攥住,要把它捏碎。但是那贝壳壳面很厚,非常结实,任她怎么攥都没有碎。她忽然把它塞进嘴里,想咬碎它。我大惊,如果这枚贝壳也是有毒的,那嫚嫚不是也要送命了吗?我跑过去,扒她紧闭的嘴。她挣脱我,嘴里发出咬碎的声音——不,是碾碎。我怔住了。嫚嫚缓缓张开嘴,满口鲜血将贝壳的碎片冲了出来。她低头看看那些淹没在血液里的贝壳碎片,忽然开心地笑起来。她笑的时候,我分明地看见,她的两颗门牙都掉了,血正从空洞的牙床里涌出来。

我往她嘴里灌了好多冷水,血才止住。

所幸那颗贝壳没有毒。在接下来的几个时辰里,姵姵的精神一直很好。她抱着宝儿唱摇篮曲,甜美的声音从漏风的口腔里传出来,平添了几重回音,绕来绕去,仿佛永远都唱不完似的。

我想下山去给她买些草药,敷一下她嘴里的伤口,却又担心她再出事,所以一步也不敢离开。她唱了一夜,天快亮的时候才停下来。她坐在床边,神情安详,没有一丝痛苦,只是嘴角又渗出一些血来。我走过去为她擦拭,她很乖顺地将头靠在我的身上。

我问姵姵:"你是不是很后悔来找我?如果不来,宝儿也不会死。"

姵姵对着我惨然一笑。她的表情令我疑惑,我永远也不知道,她究竟后不后悔。可我又是为什么如此执着于这个问题呢?难道倘若她不后悔,我的罪孽就可以减轻吗?

不知过了多久,怀里的姵姵忽然轻轻抓了一下我的手臂:"你看到宝儿的魂魄了吗?"

"没有。"

"我看到了。他要起程了,在向我们道别。"姵姵小声说,眼睛一眨不眨地望着前方。

"是吗?"我顺着她指的方向看去。漆黑的屋子里空空荡荡,只有一片疲惫的月光,躺在当中的地上。

姵姵见我还是看不到,沮丧地叹了口气:"你看不到,是因为你对他的爱不够深。"

她的语气中有几分对我的责备,却也只是淡淡的。她似乎已经彻悟,看透了生死。

后来,嫲嫲在我怀里慢慢睡着了。我把她放在床上,抱着宝儿走了出去。

我选了一棵雨树埋葬宝儿。那棵雨树又粗又高,树干两人合抱也揽不过来。发达的根系露出地面,周围的泥土非常湿润。有这样一棵大树荫蔽,他应该很安全。坑挖好的时候,天已经大亮,太阳出来了。我把宝儿放进去。他身上裹着的毯子散开了,露出惨白的身体。也许是阳光的缘故,又或者眼睛花了,我竟看到宝儿身上有一道道暗绿色的蛇形花纹,从头顶一直缠绕到腿上。那分明是织锦芋螺上的花纹。它们的颜色变得越来越深,甚至开始翻涌,犹如海浪一般向我扑过来。

一切似乎并没有因为宝儿的死而结束。他体内的毒正汹涌地向外扩散。是来找我的吗?为了阻止它们逃逸出来,我跪在地上,飞快地把四周的土推进坑里。坑被填满后,我在上面用力踩了许多脚,把土踩得严严实实,没有丝毫罅隙,又从附近搬来一块大石头压在上面。

做好这些,我已经筋疲力尽,却一刻也不敢停留,匆匆忙忙地沿着小路奔下山去。

我一路疾跑,心乱如麻。眼前不断出现刚才埋葬宝儿的情景:泥土纷纷流入坑里,犹如厚重的帷幕,宝儿仓促的生命伴随着它的落下,永远地合拢了……那些土冰冷而潮湿,甚至还有蚯蚓在其中穿梭,它们就这样重重地砸在宝儿赤裸的身体上——我甚至没有勇气将散开的毯子给他裹上……我拼命地在他的坟上跺脚,将松散的泥土踩实。我仿佛看到,在坟墓里,泥土正从四面八方涌向他,把他缠裹起来,他拼命挣扎,手脚却动得越来越慢,最后终于停了下来……

我跌跌撞撞地下山给婳婳买草药,脑海中还不断想起坟穴里那具生满花纹的身体。它在松软的泥土里翻身,喘气,最后破土而出……我跑了起来。

中午的时候,我抓了草药回家。推开门,婳婳从床上站起来,欢快地说:"宵行,宝儿又活过来了。"

我浑身一震,险些摔倒在地上。只见婳婳从身边抱起一只大猫,笑吟吟地走过来:

"我就知道宝儿不会就这样离开我们的。"

那日清早,大约就是我埋葬宝儿的时候,一只瘦骨嶙峋的野猫从房顶经过,也许是婳婳梦中喋喋不休的呓语招引了它,令它停下了脚步。它绕到侧面,由窗户跳入房间。婳婳睡着,只觉得有一股暖流在她的脸旁,毛茸茸的,挥之不去。她小心翼翼地睁开眼睛,就看到一双浅黄色的瞳仁,在黑暗里闪着光,犹如振翅的萤火虫。她记得宝儿的眼仁就是这么亮,于是不禁轻轻唤道:

"宝儿。"

野猫"喵"的一声,钻进婳婳的怀里。

下阕

1

从那之后,婳婳就认定那只猫是宝儿。她抱着它不肯放开,给它洗澡、梳毛,将煮熟的玉米、南瓜剁碎了给它吃。说来奇怪,这只野猫竟然留了下来,再也没走。婳婳抱它,它总是很温顺。婳婳对它说话,它真的睁着那双黄色的眼睛,一眨不眨地看着婳婳。晚上睡觉的时候,它会自己跳到床上,靠着婳婳睡下。

有时候我半夜醒来,起身出门的时候,它会很警惕地抬起头,看着我。我借着门外的月光看清了它的样子:它长得有一点像豹子,口鼻凸出,身体狭长,尾巴上有黑白相间的花纹,夜晚看来更多了几分惊悚。奇怪的是,它的身上散发着一种淡淡的香味,无法形容,但是非常诱人。起先我以为是它钻入花丛的时候携了几簇花粉,但后来婳婳给它洗过澡后,那气味反而更加浓郁。隐约记得以前曾听说,当地有一种香猫,身上有一股奇怪的香气,想来这只猫大概就是。

婳婳像是着了魔一样,每时每刻都要与这只猫待在一起,一会儿看不见它,就满屋子翻找,口中唤着:宝儿,宝儿。这只猫好像已经知道自己叫宝儿,婳婳一叫它,它就跳出来,跑到婳婳脚边,用身子蹭她的小腿。她再也没有去荷兰人家做工,甚至连晚饭也不做了。她自己吃得很少,只顾弄食物喂饱那只猫。婳婳日渐消瘦下去,对于周围的一切越来越漠视,她的世界里仿佛只有那只野猫。也许早该找个巫师给她开导开导,说不定就可以打开心结,驱走脑中的幻象,使她不再逃避。可我没有这样做。倘若婳婳恢复清醒,心中的怨恨也会显现出来,我没有勇气面对那样的她。

狭促的房间里,我们面对面,或者错身而过,她的目光从不在我的身上逗留片刻。她终于收回了对我的一片痴心,而我还以为那是永远都不会失去的。

转眼就到了采集咖啡果的季节。我不得不暂时辞去捕蜂的工作,回来专心照料我的咖啡林。我将采来的咖啡果放在一只只木桶里,在院子里晒了大半天后,因为担心下雨而搬到了屋里。次日出门前,我特意叮嘱婳婳,叫她帮我看好咖啡豆,不要让野猫碰。婳婳正在给猫洗澡,哗啦哗啦地撩着水,就像没有听到我说话一样。

我无奈地走出门去。

晚上回家后,我就发现有一桶咖啡果被搅得乱七八糟,桶外还散落着一些。那只野猫一定偷吃了咖啡豆。而此时婳婳躺在床上,抱着猫睡着了。我瞥了一眼野猫鼓鼓的肚子,终于再也忍不住了。

我对着婳婳大吼大叫,一手将那只猫拎了起来。婳婳从睡梦中惊醒,只见我站在床边,猫被我高举在空中,像一面旗帜般飘来荡去。婳婳从床上跳下来夺我手中的猫,我一把甩开她,将那只猫狠狠地摔在地上。野猫嗷地惨叫一声,迅速地蹿到床下,躲了起来。我走到床边,打算将它揪出来继续打。这时,婳婳跪在了我的脚下,求我放过野猫。她见我没有应允,就开始"砰砰砰"地磕头。头砸在地上的声音那么重,听着心惊肉跳。我抓住她,把她拽起来。她恐慌地张大

嘴,缺少门牙的口腔如此空洞,仿佛预示着这个女人无助的命运。她絮絮不止地说着:

"求求你,放过宝儿吧……"

2

那天晚上野猫受了惊吓,一直躲在床下不出来。姻姻就坐在旁边的地上守着它。天明我要出门干活时,她还睡着。那只野猫一定趁我睡着的时候出来过。仿佛是在报复,它将粪便拉在了盛咖啡的木桶旁边。我经过的时候,恰好踩在上面,很生气,磕去沾在鞋上的粪便,打算去床下把猫拎出来教训一番。可是我忽然发现,在地上那团磕下来的粪便中,咖啡豆没有碎,仍旧是完好的。原来野猫只是吞食,不曾咀嚼。我还闻到一股奇怪的气味,仿佛是粪便的臊臭中夹杂着咖啡的醇香,我缓缓蹲下身子,将咖啡豆一颗颗从粪便中分拣出来,摆在手心里。果真有一股难以说清的气味,令人很想再凑近一些,多闻一闻。

我把咖啡豆上的粪便洗净,晾在太阳底下。那天我根本没有心情再去地里采收咖啡果,只是靠在墙根边晒太阳,隔一会儿就跑过去看看晾着的咖啡豆。我很担心那股奇怪的香味在这番洗晒后会消失,所以每次走过去都要捏起咖啡豆闻一闻——那股香味还在,我这才放了心。

中午的时候,我被太阳晒得有些心慌,也没有吃东西,就昏沉沉地睡了过去。下午来了一阵急雨,我被惊醒,翻身跳起来,冲上去抱住那只晒咖啡豆的小钵冲进屋里。

咖啡豆被淋湿了，我很心疼，小心翼翼地捏起衣角把它们一粒粒擦干。而那股香味反倒更加浓郁，氤氲得整间屋子里都是，连婳婳都闻到了，问我是什么发出的香味。这时野猫早已从床下钻出来，躺在婳婳的腿上，看到我走近，猛然弓起身子，睁大眼睛，随时准备蹿到床下去。

为了让它安心，我在两步之外的地方停下来。猫盯着我看了一会儿，见我没有"进攻"的意思，才伏下身子，眯起眼睛。我把咖啡豆的事情告诉婳婳，并说还要让"宝儿"多吃一些。

婳婳吃惊地看着我：

"你是说，让宝儿继续吃你的咖啡豆吗……你不会再打它了吗？"

"再也不会了。"

婳婳听我这样说，才放心下来，脸上露出几丝欢喜的颜色。重创之后，婳婳似乎有意淡忘了从前的事，唯有对我的信任依然如故。

婳婳抓了一把咖啡豆，把猫抱在怀里抚摸，和它小声说话，然后摊开手掌，送到它的面前。

猫凑近了闻了闻，把鼻子缩了回去。它眯起眼睛看看婳婳，又看看我，僵在那里一动不动。

它大概仍是怕我，婳婳示意我先出去。

我站在门口。还在下雨，水珠打在泥土和草叶上，细密的声响掩住了屋里那位年轻母亲最温柔的话语。热带的木屋没有屋檐，我的半个身子已经浸在了雨里。这时就想起从前的雨天，春迟站在屋檐下，安静地听着水滴敲打头顶的瓦片。北方的夏季，雨水持续而均匀,滴答,滴答,仿佛是天空的脉搏。她已经待在寒冷里太久了,只有这绵密的声音可以带来一点热气。

我慢慢回过神,拂去脸上的雨水,忽然嗅到手上余留的咖啡味,这缕独特的香气犹如迂回的长廊,无限延伸,望不到尽头,没有人知道它通向哪里。我忽然紧紧攥起手心,生怕香气逃逸出来——这是最后的一线希望。

三天后,我带着第一捧"猫粪咖啡"来到山下,找专门做咖啡生意的行家鉴定,据说世上不存在什么咖啡豆是他没有见过的。

这位行家好不容易才同意见我。我解开小口袋,把一小撮咖啡豆倒在手心里,递到他面前。

他一闻,脸上露出惊讶的表情,当即令用人把这些咖啡豆拿下去研磨,煮了几杯咖啡,给自己以及他的几个朋友喝。所有的人啜了一口咖啡,都很吃惊,他们互相看着,小心翼翼地做着评价:

"有种泥土的味道。"

"略带一点臊味。"

"非常黏稠,简直像糖浆一样。"

"有点呛,有种无法形容的味道。"

那位咖啡行家请我坐下,说要和我好好地谈一谈。单从他前后态度的差异上,我就已经知道这些咖啡豆的价值。

他故作平静地问我这些咖啡是从哪里来的。我说就是自己园子里的树上长的,摘下来后被雨浇了,后来晒干,在火上烤了烤。他满脸狐疑地看着我,沉吟片刻,开出了收购这些咖啡豆的价格。我笑着摇摇头,重新系好小口袋,带着它离开了他的房子。

我知道,他一定会依照我所说的办法制造这种咖啡,等到他的试验失败以后,这捧咖啡豆的价格不知道会比现在翻多少倍。

几天后,他果然来找我,提出用高价收购我的那捧咖啡豆(这个价格远远超过我整块咖啡地咖啡豆的收购价格),并希望以后我可以不断给他供应。我当即答应下来。他本以为这捧味道独特的咖啡是因为雨水、火烤等偶然因素制成的,却见我答应得这样爽快,不禁非常疑惑。他环视我这简陋的屋子,只有硬邦邦的床板,桌台,以及一个抱着猫的年轻女人。除此之外,再无其他——他找不到任何可以与制造咖啡联系在一起的工具。离开时,他还不忘看看房子周围,绕着它走了一圈,仍旧没发现任何特殊的工具。他带着那一小袋咖啡,有些失望地走了。

后来,如他这样的人还来过几个。他们都是听说我的咖啡卖了高价,想来看看我对那咖啡动过什么手脚。但所有的人最后都无功而返。

我捏着他给我的一袋钱币,站在那里很久没有回过神来。眼泪慢慢从我的眼中溢出来,又很快被我用袖子拂去。我跑到婳婳跟前,将她从床上拉起来,说:

"你看,我们是真的有钱了。"

那只猫见我冲过来,吓了一跳,立刻跳到地上,又钻到床下去了。

婳婳有些慌乱,茫然地点点头说:

"是啊,我们有钱了。"

她完全是在应付我,说罢立刻就蹲下身去,召唤受惊的猫儿。她没有再看我,对我手中的钱袋也没有一点兴趣。我怏怏地站在那里,忽然很怀念那个将工头打倒的夜晚,婳婳手中扬着钱袋的样子。那时的她,感情多么丰沛,几个钱币就能令她笑得那么开心。

3

就这样,我在一夜之间有了许多钱。

那些钱够买一只龙官翁戎螺,于是我去与贝丝小姐做了交换。龙宫翁戎螺的壳面很厚,须得仔细打磨一番,才能听到它内部的心脉。我花了好几日时间,终于把它打磨得几近透明。我钻进森林里,找了个寂静的地方,用手指把里面的记忆放出来。

却不是春迟的。

我的确有些沮丧,拿着那枚龙宫翁戎螺来到山下的集市,希望可以把它卖掉,哪怕钱少一些也好,它现在对我来说是一文不值的废物。可是螺的表面被我打磨后,原来的粉红色不见了,好看的花纹也只剩几道隐约的印子,远远看去不过是一只形状古怪的瓷器,没有人可以认出它是贝壳。我在集市待到日落,却连一个过来询问价格的人都没有。

没有别的办法,只有继续用那种特殊的咖啡豆换钱。

我推开家门,婳婳正和那只猫玩耍,她兜着圈子走来走去,它紧跟在后面,她左转它便左转,她后退它也连忙后退。眼前的情景如此熟悉,宝儿在的时候,婳婳也常这样和他追逐嬉闹。这些日子都在为了咖啡豆的事情忙碌,几乎忘记了宝儿,此刻忽然想起,却不再感到恐惧和歉疚。一切都在冥冥之中早有指引:我在这里过着无望的生活,就快要放弃的时候,姻姻带着宝儿来了;我开始不断做梦,直到在码头上看到那艘梦中多次出现的沉船,终于找到了龙宫翁戎螺——春迟的记忆就藏在里面,可是没有钱把它们买回来;我和姻姻开始拼命赚钱,这时候宝儿却忽然死了,此后,这只野猫便替代了他,留在姻姻身边:正是这只神奇的猫,让我忽然赚到那么多钱,终于可以换回贝壳。这一桩桩事情紧密相连,不可逆转。宝儿也许就是为了找到春迟的记忆而必须付出的代价。

这样的想法对于宝儿来说,也许有些不公平;可是宿命,就像日有东升西落、月有阴晴圆缺一样无法改变,不可逆转。所以我接受了为春迟寻找贝壳的宿命,而宝儿也必须接受用性命交换贝壳的宿命。

眼前,那只猫正欢快地追着姻姻跑,不时跳起来用前爪拨弄姻姻飘荡的裙裾。它那棕黄色的毛越来越光亮,黑白花纹的尾巴灵活地甩来甩去,浑身散发着一种令人着迷的活力。我尤其注意到它的肚子,结实而平整,蕴藏着神奇的能量。

可惜猫对咖啡豆并不怎么感兴趣,之前偷吃也许只是贪图新鲜。后来再喂,它就吃得很少。姻姻必须一边抚摸它的脊背,一边给它说话,它才慢吞吞地咽下几颗。我让姻姻将咖啡豆混在其他食物当中,甚至还去码头给他买了几条鲜鱼(即便是在宝儿生病的时候,我也不曾给他买过)。但猫很聪明,能将咖啡豆拣出来,剩在一边。

我决定饿它几天,但是姻姻坚决不同意。自从我拿第一捧咖啡豆换了钱之后,她大概就已经开始感到恐惧。她求我放掉宝儿,并说愿意继续去荷兰人家里做工。

我心里冷冷一笑,做工才能赚几个钱呢?我把婳婳拉到身前,轻轻拥抱她,问:

"难道你不想快点儿带着宝儿回家吗?"

她看着我,点点头。

"我答应你,等买下那几只螺,我们马上就回家。还能剩下许多钱,可以造一座很大很大的房子,我们一家三口人住。好不好?"

说这些话的时候,那份真诚连我自己也被感动了。我愿意相信自己曾有一刹那的确这样想,想带婳婳回家,从此悉心照顾她。

她疑惑地看着我,但显然已经被这番话打动了。她小心翼翼地问我:

"那时候,宝儿就再也不用挨饿了,是吗?"

"当然。它可以天天吃鱼,想吃多少就吃多少。"

婳婳想着,就慢慢笑起来,露出残垣断壁的牙床。每当她笑的时候,那黑洞洞的口腔里就会冒出几缕瑟瑟的阴风。

我连忙对她说:

"那你这几日一定要饿着宝儿,让它多吃下一些咖啡果。"

然而我很快就发现,用挨饿的方式让猫多吃咖啡豆并不奏效。大概咖啡豆必须和食物混在一起,进入它的肠胃,经过一番蠕动,再排出体外,香味才足够浓郁、醇厚。如果不让它吃其他食物,咖啡豆单独排泄出来,前后味道的变化非常小。

唯一的办法是在它吃其他东西的同时,把咖啡豆喂进去。我找来一块细薄的铁片,将它弯成一把长柄的勺子。婳婳给猫喂饭的时候,只要按住猫,让它仰起头,用勺子把咖啡豆送到喉咙深处,用力一捅,它们就被喂下去了。但婳婳怎么也狠不下心,最后只得由我来。她抱着猫,抓住它的两只前爪,我一手捏着它的头,一手用勺子抵住它的喉咙。猫拼命地挣扎,发出悲惨的叫声。婳婳痛苦地闭上眼睛,不敢再去看它。我和婳婳的手上,留下一道道猫爪留下的划痕。

每次都要喂到猫的肚子胀得滚圆,我才肯罢休。喂饱之后,那只猫总是一副受尽凌辱的模样,连婳婳也不亲近,郁郁寡欢地走到角落里,缩成一团睡觉。

有一次吃过咖啡豆之后,猫似乎很难受,走到角落里蜷缩起来,却怎么也睡不着,在地上翻来覆去打滚。婳婳抱住它,它很害怕,以为又要逼它吃咖啡豆,全身的毛倏地竖了起来。婳婳小声说:

"宝儿不怕,是我……"

那猫望着她,迟疑片刻,还是嗖的一下越过她的脚面,钻到床下。婳婳心凉了半截,瘫坐在地上,喃喃地说:

"宝儿现在躲着我,他生我的气了。"

那天半夜,我被一阵窸窣的声音弄醒了。坐起来一看,那只猫正站在门边,拼命地用两只爪子扒门,还俯下身子用头来拱——它终于无法忍受,决定偷偷逃走。我轻轻把婳婳叫醒,让她自己看。婳婳看着,无限绝望,她怎么也不愿意相信宝儿打算弃下她,独自逃走。

从那天起,宝儿的脖子上多了一条铁链,另一头拴在桌子腿上。婳婳虽然很心疼,却更害怕宝儿离她而去。

4

没过多久,我又换回了两枚龙宫翁戎螺。但上天仿佛在考验我的耐心,春迟的记忆也不在这两枚里面。我虽然早就料想到会是这样,但身心都已疲惫不堪,眼看月末越来越近,很害怕就要实现的愿望最终落空。

我的执着已经变得僵硬。所幸的是,多年来积蓄的那份沉厚感情足够推着疲倦的我继续向前。

等到又筹足一小袋咖啡豆的时候,我忽然不想再将它卖给那位咖啡行家了。一来是他已经看出我急需卖掉咖啡豆换钱,所以不断把价格压低。二来他始终都没有放弃从我口中打探这种咖啡豆的来历。他的狡猾使人感到不安,我已筋疲力尽,再也没有多余的力气与他周旋。

我直接带着咖啡豆去了贝丝小姐那里。我记得她的早餐,她看起来是个品位不俗的人,对咖啡也应当很挑剔。

但我没有想到她早就听说这种香味独特的咖啡了——它竟然已经名声大噪。

贝丝小姐听说我原来就是这种咖啡的制造者,兴奋极了。她说她的先生是一位咖啡的狂热分子,她每个月都要将好几麻袋咖啡从这里的码头运回荷兰。最近她得知有这么一种黏稠如糖浆的咖啡,很想买些运回去给她的先生尝一尝。

我用带去的一小袋咖啡豆,换回一只龙宫翁戎螺。贝丝小姐认为那些咖啡豆太少了,她表示愿意用余下的龙宫翁戎螺和我交换更多的咖啡豆。

我回到家,迫不及待地钻进贝壳,然而,春迟的记忆又不在其中。

听说里面没有春迟的记忆,婳婳比我还要失望。这就意味着"宝儿"要继续受苦。

婳婳变得越来越焦虑,夜晚无法入睡,惶惶地坐起来,走到桌边蹲下来,将猫放在腿上,轻轻地拍着它,唱催眠曲。我从睡梦里醒来,只觉得歌声哀婉异常,像森森寒风钻入身体,让我想起中国北方的冬天。那年十二月,北风呼啸,她坐在我家门前唱歌,在雪地里写我的名字。

"还有三枚螺,婳婳,还有三枚螺,我们就可以回家了。"我走到婳婳身旁,抚摸着她的脸颊说。

婳婳虚弱地望着我,说不出话来。我将她揽在怀里:

"只有你能帮我。你是我的好妻子。"婳婳有些迷惑地看着我。第一次她听我说出"妻子"这个词,由于在我的喉咙里滞留了太久,它已经锈迹斑斑。可是它来得太晚了,太晚了,注定辜负了漫长而无望的等待,怎么也无法救活那颗被痛苦濯蚀的心。

夜里,我梦见贝丝小姐带着剩下的几颗龙宫翁戎螺坐船离开了。船行至深海,她的身子忽然从船舱里探出来,将海螺一颗颗用力掷向水中——几只没有翅膀的白色小鸟在空中打转,随后就一头扎入大海。

醒来的时候,心中一片寂灭。天光还没有大亮,稀薄的日光使酷热的小岛显得出奇的含蓄。婳婳睡着了,在天明之前,她那颗焦灼的心终于得到了片刻的安宁。她已经不再像从前那样依偎着我,而是蜷缩在床的另一边,睡得很局促。她的身体,我用目光慢慢抚摸着,难以确信自己是否真的涉入过它的深处。它是干的,脸是干的,手是干的,乳房是干的,私处是干的,没有一点水分。自从宝儿死后,婳婳就再也没有哭过,有很多次因为猫的事情,她很难过,脸上露出非常痛苦的表情,却一滴眼泪也掉不下来。可是眼泪,眼泪对婳婳而言多么重要,它象征着她曾为我付出的炽烈的感情。如今眼泪的干涸,无疑说明了她的背叛。

我伸出手,慢慢靠近她,仿佛希望在这片荒弃的土地上找到一颗不灭的火种,她却忽然翻了个身,背向我——连睡梦中一个漫不经心的动作都在暗示她的离弃。

热带的清晨,先于太阳醒来的是森林深处那些彩色羽毛的小鸟。在清寒的日光里,它们叫得那么凄凉,就好像见不得天亮的鬼魂急于把自己悲惨的遭遇说完。我躺在床上,听着它们撕碎的叫声,悲伤地想,也许天再也不会亮起来了。太阳在前往东方的路上遇难,宝儿在一岁多的寿辰中死去,婳婳在追随我的梦想中离席,而我,我也许注定要在寻找贝壳的使命中迷失……一切都在此刻戛然而止。

一阵心悸,我猛然坐起来,口中轻轻叫出她的名字。春迟,我从未这样唤她,若人间遽然崩塌,心中闪过的第一个念头便是再见她一面。

5

逼食咖啡豆的酷刑又进行了两日,猫开始呕吐。喂过咖啡豆之后,它就恹恹地靠在桌腿旁边休息;然而在我们都以为它睡着了的时候,猫却忽然站起来,一步步向后倒退,身体上下起伏,喉咙里发出咕噜咕噜的声音。它张大嘴巴,将混着咖啡豆的食物一截截吐出来。它一定非常难受,忘记脖子上还系着铁链,不断地后退,铁链一挣,它就摔倒在地上,蹭了满身秽物。婳婳轻轻拍打它的脊背,颤声对我说:

"宝儿在发抖,怎么办……"

我来不及安慰她,目光落在猫吐出的秽物上。我将它们一块块捡起来,小心地托在手心里,走了出去。我挑出咖啡豆,冲洗,晾晒。但猫吐出的咖啡豆,气味非常平庸,没有丝毫特别。我终于知道,咖啡豆必须经过猫的肠胃消化,才会产生那种独特的味道。

猫吐过之后,不吃也不喝,婳婳给它缠了个毯子,它就缩在里面发抖,一些黄色透明的液体从它合不拢的嘴中流出来。婳婳跪在它的旁边,絮絮不止地说着忏悔的话。

我瘫软地靠在门边,看着外面天空一点点变暗——不知道是因为夜晚来了,还是要下雨了。

时间犹如蟒蛇一般,不动声色地吐着芯子,蜿蜒前行。猫还是一动不动躺在毯子里。婳婳倏地站起来,对我说要带着宝儿下山去看病。我忽然感到自己仿佛进入一个轮回里,眼前她的神情和言语都如此熟悉,充满了不祥的气息。如果猫被带走,也许就再也不回来了。我不能让她这样做。

上天帮了我,外面开始下雨。

我没有拒绝她,只是慢慢走到门口,推开门,看着外面的雨,说:

"这么大的雨,你带宝儿下山,它被雨水淋这么一路,一定会病得更严重。"

她不太相信,跑出去,不一会儿回来的时候,头发、衣服已经湿透了。她抓着我的手臂,焦急地说:

"那怎么办呢,那怎么办呢?"

我几乎不忍看她那无助的眼神,她对我依旧如此信任。我轻轻拂去她脸上的泪水,犹豫了一下,说:

"你去山下把医生请上来吧,快点,不然就来不及了。"

我从罐子里拿出几块钱币递给她,她站在那里,犹豫不决地看着蜷缩在桌腿旁边的宝儿。

"你放心,我会照顾好它的。"我帮她把散在额前的几缕湿头发别到耳朵后面,温柔地说。

婳婳拿了雨伞,走到门口,却仍不放心,又回过头来忧虑地看着我,那几块钱币踌躇不安地在她双手中颠来倒去。

"过来。"我伸出双臂,哑声对她说,干涩的声音里充满了穷途末路的伤感。

婳婳依旧站在那里定定地看着我。门外电闪雷鸣,一阵阵白光从虚掩的门里蹿进来,照在冰冷的床板上,照在装满咖啡豆的木桶上,照在痛苦的猫脸上,照在失魂落魄的女人身上。女人又借着光亮,看清了站在她对面的人。白光太强,使她无法忽略眼前这张脸以及这为她打开的怀抱。她的唇角动了动,忽然丢开雨伞,奔向我的怀抱。

久违的眼泪终于再度被开启。它们就是来找我的,径直穿过衣衫渗入我的皮肤里。我能感觉到它们有多么可贵。这是她身体里仅剩的水分,被作为女人最后一点微薄的积蓄,收藏在身体的深处。而现在,她为了我终于将它们用尽——我是否应当为此感到满足?

她在我的臂弯里渐渐苏醒,也许只有片刻,但她的确记起了从前我们相处的时光,也记起了自己的一往情深。也许只有片刻,她是从前的婳婳。她伸出手抚摸我的脸,轻轻说:

"我知道你表面上虽然对我很冷淡,但心里却是对我好的,是不是?"

我清晰地记得,在出海前的那个夜晚,她也曾这样问我。那时我不知道答案,此刻仍旧不知道。

时空和地点都已变迁,唯有她不变。她果然又如同那晚一样,喃喃说道:

"这就足够了。我感到很幸福。"

我猜想这句话婳婳在心里说过许多遍,所以纵使命运将她摧残成这样,她仍旧念念不忘。然而她不知道,这句话对我有多么重要。如几年前的那个夜晚一样,我顿时觉得释然了。如果一切都是她甘愿的,并因此而感到幸福,那么我的罪责也许可以减轻许多。

"去吧,给宝儿治好病,我们就回家。"我轻轻说。

婳婳依依不舍地与我分开。她又看看猫,随即从地上捡起雨伞,转身头也不回地钻入大雨里。

我靠在门边,看着婳婳跟跟跄跄地冲下山去。她越来越小,雨点越来越大,最后她终于被一滴雨点吞没,消失不见。

我关上门的时候,发现屋子里的地面已经湿透了。雨水打在猫的身上,浸湿的毛软塌塌地贴着皮肤,使它显得更瘦了,脊骨凸出,两侧的身体深深地陷了下去。然而它却一动不动,犹如一尊掘土而出的古董塑像,带着不合时宜的沧桑。我又闻到了那股奇异的香味,似乎是借着它的目光递过来的,所以才会带着几丝哀怨。但那哀怨也只是淡淡的,像所有已经作古的东西一样,无法冲破时光的重重障蔽。它好像什么都懂,在这张斑驳的猫脸上,我竟然看到一种彻悟的神情。

我走到它的面前,蹲下来。它原本是很怕我的,此刻却一点也没有力气躲我。它的眼睛慢慢张开一条缝,看着我。它抬起头仰望着我。温脉的目光比露珠还要清澈,却不知为何如此熟悉,让我心中凛然一惊。我缓缓蹲下,抚摸它的脊背:

"你真的是宝儿吗?"

它很喜欢被这样抚弄,眼睛半眯,向前微探的下颌轻轻点了几下。它奇迹般地恢复了活力,很久以来,它从没有一日像今天这样有精神。

"上天安排你来帮我了,是不是?"我挠着它脖颈下面的毛,苦涩地笑了。

猫把头枕在我的手臂上,温柔地摩挲着。这在我看来是一种默许。它是来帮我的,一定会陪我到最后一刻。

我站起身,在房间里走来走去,最后终于停在咖啡桶的旁边。我抓了一大把咖啡,捏起猫的下巴,分开它的嘴,把咖啡豆一颗颗推进去。我的手指直抵它的喉咙深处,一下下地戳进去……它的喉咙破了,开始流血。血溢满它的嘴,咖啡豆一进去就被染红了。我扯下一块衣角,塞进它的嘴里吸干那些血,然后继续将咖啡豆捅进它的喉咙里……

它是上天派来帮我的。

它一定会陪我到最后一刻。

自始至终,它都没有挣扎,那么巨大的痛苦,仿佛都随着嘴里溢出的血液流走了。它一直睁大眼睛看着我,柔和而静谧的目光平复了我内心的恐惧,使我继续这样做下去……

我放下它来,再捏它的肚子,已经胀满了。我甚至隔着它的肚皮摸到一颗颗咖啡的豆粒。手指捻过那些坚硬的种子,发出嗤嗤的声音,这声音听起来真让人着迷。我着了魔一般地揉搓它的肚子,闭上眼睛专注地聆听。犹如一小簇一小簇火焰,那声音凿开一条隧道,一路钻下去,直到涌出水来。我听见春迟的记忆汩汩地冒出来。

我终于就要抵达。

我睁开眼睛的时候,猫已经双目紧闭,身体像一团皱巴巴的布,轻飘飘地搭在我的手上。

猫再也没有睁开过眼睛,也没有发出任何声音。它身体散发出的淡淡香味正被一点点收敛起来。生命像伞一样合拢。

> 沿着螺旋状的楼梯一直向下走去,这沉堕的王国却并不是地狱。一直走,直到风声塞满耳朵,灰尘蒙上眼睛,荆棘缠住双脚,记忆的主人才幽幽地现身。

她永远也无法忘记丈夫死时的那一幕。荷兰人陡然回身挥起大刀,凌厉的刀锋划过丈夫的脖子。血溅了荷兰人满脸,丈夫倒下。她躲在灌木丛里哭泣,将九岁大的儿子紧紧揽在怀里。她又看了那个荷兰人两眼,将他的样貌深深记在心里,然后带着儿子顺着小路逃向森林的深处。

三个月后,她和儿子加入了土著猎头族。一个跛脚的鳏夫收留了他们。他们住进了山下的长屋。她有些厌恶这个男人睡觉的样子,对于他酷爱的竹筒饭也始终产生不了什么兴趣。但他教会了她的儿子吹箭,将箭从两米长的竹筒里吹出,瞄准要射杀的动物和敌人。儿子越练越准,最后几乎是百发百中。

在他们居住的长屋的梁上,挂着十一颗风干的人头。这是男人家世代保留的战绩。她不害怕它们,反而觉得亲切。有时候男人带着儿子出门打猎,她就靠在门边做些编织的活儿。风一吹,头顶这些掏空的骷髅就发出如埙一般低沉而连续的声响。她不时抬头看看它们。她在等儿子长大,将那个荷兰人的首级摘下挂在这里。

她的余生里,每一天都要听那颗头颅唱歌。

6

婳婳带着医生跑回来的时候,雨已经小了,外面只有淅淅沥沥的声音,很柔和。她推开门,就看到我站在桌案前的背影。她喊我,我没有回头。我不知道她是先看到了我手中的刀,还是手上的血。她尖叫着跑过来,淋湿的乱发甩出一串水珠,溅到我的脸上,清新的气味略略缓和了屋子里浓郁的血腥。

她推开我,缓缓走到桌台前。

"宝儿,宝儿……"她低声呼唤。

她盯着桌案看了一会儿,仿佛被什么灼伤了,她倏地闭上了眼睛。

她忽然扑通一下跪在地上,面向桌案咕咚咕咚地磕头。

她浑身都在发抖,摇摇晃晃站起来,迟疑着睁开眼睛,似乎很希望刚才看到的一幕是幻觉,可是眼前的一切再次将她灼伤。

她紧闭眼睛,拼命地摇着头,一步步向后退,忽然用尽全身力气大叫了一声,冲出门去。

她跑出去后,我抬起手中的刀,继续进行未完的工作。站在她身后探头探脑的医生,终于看清了桌案上的东西。一只棕黄色的猫仰面躺着,腹部已被开膛,肠子顺着血流出来,软软地搭在桌边,随着我那双忙碌的手荡来荡去。而我正用刀子拨开它芜杂的内脏,将一颗颗鲜红的咖啡豆拣出来。它们是暗藏秘密的花苞,散发着一种诡异的芳香。

医生靠在门边呕吐起来。他在离开之前,问了一句:

"你们的孩子在哪里?到底还要不要治病?"

我把咖啡豆洗干净,天空已经发白,雨终于停了。

这些咖啡豆,无论怎么洗,都带着浓重的腥味。在阳光下,它们略带一点暗红的光泽,像女人脸上哀伤的泪痕。

它们被我倒进袋子里,带着去见贝丝小姐。

我的眼睛里布满了血丝,红得吓人。然而更吓人的是袋子里那些红彤彤的咖啡豆,当我把它们倒在我的手里时,着实令贝丝小姐和她的翻译吃了一惊。

"只有这么多了。请您不要问为什么,我唯一能告诉您的是,这是最后一袋糖浆味道的咖啡,以后再也不会有了。"我淡淡地说。

贝丝小姐疑惑地看着我,但她没法不相信我的话。我的神情如此凝重,手心里的那一小撮咖啡豆闪烁着钻石一般耀眼的光芒。

"它们怎么会是红色的呢?"她还是忍不住问道。

"我无法向您解释这一切。但我保证,以后再也不会有这种咖啡了。"我回答。

她若有所思地点点头。

"我是否可以请求您,请您把那三枚龙宫翁戎螺都给我。我所剩的时间已经不多。我必须尽快回去探望我的母亲。"在等待她回答的片刻,我的脑海里掠过无数念头,心中越发悲凉,竭力压抑的痛苦还是慢慢显现出来。

她对于我在这种时候流露出来的悲伤,显得很警惕。她悠悠地说:

"不知道为什么,从第一次看到你,就感到很亲切。总觉得你与这里的人不同,可是很抱歉,我们事先早有约定,我不想步步退让。希望你还是按照之前的约定,想办法拿到足够的咖啡豆,再来与我做交易。"

我点点头,转身向门口走去。翻译在后面喊住我,提醒我忘记拿走那袋咖啡豆。

"这些咖啡豆如今对我已经毫无意义了。"我说罢,跨出大门,走入午后绿得生烟的树林中。

我走出去不远,只听到后面有人在呼喊。我回头看去,是贝丝小姐的翻译。我站在那里,看着他朝我跑过来,在我的面前停下。他把怀里抱着的布袋打开,三只贝壳对我露出灿烂的笑容。

"贝丝小姐还是退让了,决定与你做最后一笔交易。"

我接过贝壳,一句话也说不出。

躲在怀里的贝壳,闪耀着精灵般的狡黠。我站在太阳底下一直看着它们,看着看着,就看到阳光在表面聚成斑斓的绿色蝴蝶,看着看着,就看到洁白的轮廓,凸显出清晰的眉眼。它们是春迟,是宝儿,是婳婳,是我自己。

7

那三只螺很重,突突地在身后敲着我的背,令我记起小时候去看灯会,春迟弃我而去,我背着几个馒头在冰天雪地里摸索着寻找回家的路的事。奇怪的是,在寒冷和艰难的路途中,我对春迟的情谊不但没有减损,反而迅速滋长。那时候我就隐隐感到,这是一种在峭壁上生长的情感,蕴藏着不可思议的力量,苦难塑造了它的形态,也是它的宿命。

我在雨后的山路上奔跑起来,仿佛前面就是家,很快便能见到她了。我们将相逢于晦暗的房间里,坐在一张八仙桌的两端,沉闷地吃早饭。我还是那个一见到她就会惶恐不安的孩子,一边扒着碗里的阳春面,一边不时抬起头看看她。

我一面跑,一面哭起来。我已经很久没有哭过,只有在她的面前我才会想哭泣,如果所有的眼泪可以换得她的一丁点疼惜的话。

我回到山坡上的小屋时,只看到一块红色衣角,被茂密的草木掩着,从远处望过去,还以为是栖落在门前的一只小鸟;跑近了,我就看到婳婳裸露的小腿以及混在杂草里的头发。我停下来,一步步缓缓地走向她。

她是自己勒死的。脖子上还挂着绳子。我花了很长时间,才解开绳子上的扣。留在她雪白脖颈上的血痕异常美艳,像一只插满石竹花的花环。揩去泥巴,就看到她那张扬起的小脸,洁白犹如瓷器。它曾盛满了她的忧愁、担心、痛楚和思念……而此刻,这些都已被收走,它是空的,光芒耀眼,宛如新生。

她终于又回到了少女时的美丽里,脸上散发着的纯洁光泽,足以令我感到羞耻。

白昼追随美人一起走了,那天的黄昏来得格外早。

我握着贝壳,坐在屋子中央,而婳婳就躺在我身后的床上。没有灯火,没有炊烟,没有胶着,没有欲念,这里充满了墓穴的气息。

三只龙宫翁戎螺就放在面前,距离春迟的记忆只有几步之遥,可是那只悬在空中的手,却迟迟不肯落下,抚摸贝壳。我知道,一切都会很快,只要打开贝壳,记忆的潮水便会推着你向前走,不需要思考,来不及感慨,一路漂流直至尽头。

我转过身去,看着床上的婳婳。又一次,她将我带回了少年时,我们的初相遇。

十四岁的婳婳站在我家院子里的石头水缸旁边。她俯身观察水底五光十色的贝壳。她向它们询问她的未来。它们是一只只被露水和人间悲欢喂饱的眼睛,用狡黠的目光打量着她:一根看不见的绳子勒在她的脖子上,另一端系在那个不苟言笑、身负重任的少年身上。

有些人是无法带走的,他们走着走着,就没有了脚,于是只能化作一帧风景,留在过去的某个时间里。

我走到床前,为她整了整衣服,拢了拢头发。再见,婳婳,我轻轻对她说。

随即我就看到一缕轻盈的魂魄,穿过她残破的牙床,从微微张开的嘴里逃逸出来。她站在屋子中央的月光里,像雨丝那样透明。她轻轻挥手,没有表情,只有动作。

我屏住呼吸,看着她犹如羽毛一般在空中飞舞,越飘越远。

我忽然想起婳婳曾说:"你看不见是因为你对他的爱不够深。"

我已经坐在回中国的船上。

春迟的记忆过于激烈,连日来它在我的脑海中翻涌,像一场漫长的海啸。

焚舟记

> 我还是推开了记录亲密的供诉的
> 白纸,用剃须刀漱口并错乱!
>
> ——孟浪《私人笔记:一个时代的灭亡》

上阕

1

印度洋,安达曼海。一艘来自中国的桃花心木大船。船身的红漆大片掉落,深浅错落,如鱼鳞般在阳光下闪闪发亮。三两个上了年纪的仆人坐在甲板上晒太阳,不安地看着脚下的滔滔大水。他们来自内陆,平生从未见过大海,此刻却已颠簸在汹涌的海浪之上,真是难以相信。好在还有太阳,和煦的阳光总能驱散一些恐惧。

穿过雕花回廊,进入船舱。

船舱里有一张床,春迟的母亲睡在上面。春迟就坐在床边,安静地看着母亲。这海洋气候变幻莫测,几日烈日灼身,几日又暴雨连连。她们出海不久,母亲就病倒了。她病得很严重,好几日不吃不喝,就这样昏昏沉沉地睡着。船上备有中药,也煎来给她喝了,但都没有什么起色。

春迟又吩咐用人把药煎上,就到床边来陪母亲。

十七岁的春迟,双目灼亮,乌发挽在脑后,松松地搭在颈子上——黑与白的映衬是如此分明,她正处在最有光泽的年华中。

她是一个待嫁的新娘。她的夫婿,那个讲马来语的峇峇人,据说是游手好闲的阔少爷,他的王国地处热带,四季都是夏天,于是他日日躺在沙滩上晒太阳。阳光透过岸边的扶桑树一块块落在他红棕油亮的皮肤上——在她的想象里,他是一头浑身生满花纹的豹子(春迟从未意识到,在漫长而寂静的青春期里,她一直渴慕某种不可言状的暴力,犹如潜伏在树丛里的野兽,忽然冲出来,将她征服)。据说他住的房子架在空中,犹如云中的宫殿(当然,这也是由于热带的土地太过潮湿),周围花草簇拥,宽广的露台可以观看繁星点点的夜空(她后来才知道,赤道上空的星星是非常少的)。

春迟拼命地想象着那个遥远而陌生的王国、香雾缭绕的建筑和男子,努力使自己相信,只要走完这段艰辛的旅途,她和母亲都会过上幸福的生活。

这是父亲替她们做的选择。要相信父亲,她对自己说。这些日子,她总是梦见他,梦见他站在生满椰树的海岸边向她招手,身上那件绣着银线的袍子转瞬飞了起来,变作一张细致描摹的地图,在她的眼前一点点展开。这座神秘王国的每一条小路犹如蛛丝般交织成一片。她着迷,盼望。然而靠岸的时候却忽然不能确定,站在那里的人,是不是她的父亲。

2

春迟的祖父当年曾追随先帝打江山,立下过汗马功劳,被封为大将军,荣耀万长。她的父亲是在马背上长大的,非常年轻的时候就被封为都督,位列五军之首。

春迟降生在都督府的高墙之内,众人簇拥。父亲很宠爱她,然而他们却不曾有过十分亲近的时刻。森严的秩序犹如厚重的幕布,将父亲严严实实地围裹在其中,春迟似乎从未看清过他的样子。在记忆里,他永远像远处的山峰一样,是个黛青色的影子。

春迟记得幼年时的那些清晨,父亲穿上他那件藏青色的朝服,母亲跪在他的脚边为他抚平缎袍上的一道道皱褶。随后,父亲气宇轩昂地跨出家门,向着宫门走去。那是非常短暂的一小段时光,母亲是他最宠爱的侍妾。后来,父亲又娶了更年轻的女人,她们代替了母亲,就像母亲曾经代替了父亲的原配一样,每个清早跪在父亲脚边为他整理朝服。侍妾换了又换,不变的是父亲那件镶着银丝细线的朝服,一尘不染。

父亲对春迟极为严厉和苛刻,这大约与她的母亲的戏子身份有关。当初将这个秦淮河画舫上的歌妓带回家,不过因着一时的迷恋与倾情,日后想来未免有些草率。这歌妓出身寒微,年纪很小的时候就流落红尘,虽只是卖艺,但毕竟在声色宴乐中浸染已久,身上自会有几缕风尘气,在这个尊贵的家族里显得格格不入。当她产下一个女婴,面若初月般皎洁,眼若星辰般明亮,他看着虽然欢喜,内心不免又有几丝隐忧。这女孩慢慢长大,容貌艳丽,声线婉转,比她母亲当年更加迷人。父亲也曾请来术士为春迟掐算八字,那术士说春迟少年幸福而晚境孤苦;父亲问可会迷失于花街柳巷,术士说了些出淤泥而不染濯清涟而不妖的鬼话。父亲很是气恼,给他些银两,让他休要到外面胡说,随后便使人打发他走了。

春迟从懂事起,就觉得自己生活在重重限制与禁忌之中。父亲禁止她唱歌、跳舞、出游,并且令乳母为她裹脚。但父亲不在时,春迟便偷偷解开缠脚的白色布条,换上宽松的鞋子让受刑的双脚好好休养。母亲又对她极为偏袒,有时甚至代她忍受父亲的责罚。多年过去了,春迟的双脚未见半寸娇小,她像旷野中的植物般自在生长,纵情而放任。

3

父亲一路仕途平顺,后来随皇帝迁来新都,离开了南方。紫禁城那盛大的落成典礼,他也曾列席。春迟站在庭院里的露台上,看到城门口的焰火,从未有过的热闹场面。那是她来到这座北方新都城的第二天。她多么喜欢这里的冬天,漫天飘着大片的雪花,踩着松软的积雪,犹如行走在云端。她在口袋里揣了冰凌,时不时用手去攥一下,那种令人麻醉的冷,直抵心尖,多么刺激。那个冬天,她和父亲还一起堆过一个雪人。那年的雪可真大,父亲那时也还年轻,宽厚的手掌心里,热气直向外冒。她后来知道,那是旺盛的生命力,但只在几年的光景里,父亲便失去了这些。

同一年,父亲被皇帝封为靖远大将军,开始了他的航海生涯。除了要将那些来庆贺紫禁城落成的使臣送回去之外,他们还要去探寻那些遥远又未知的海外国度,让那里的人知道这个显赫富饶的东方帝国,并将那里珍奇的宝物带回来呈于圣上。没有人知道父亲是否喜欢到南洋去。父亲走后,春迟常将一张被他遗落在家中的航海地图摊在桌上,仔细地观察那块豆荚大的狭长陆地——环绕着它的,是重重海洋。

如今,春迟仍清晰地记得父亲出海那日的每个细节。父亲和那些要出海的大臣、太监们穿着红色朝服,分编入四支皇家船队。一长列丝绸做布篷的驳船被健壮的马儿拖向海滨。两天后,他们抵达了黄海岸边的塘沽。

春迟已是待字闺中的大姑娘,可是那天,父亲直到分离的那一刻都紧紧握着她的手。她永远都是他的小女儿。父亲带着她去看泊在海湾的大船。她从未见过那样大的船。每条船有九根桅杆裹着帆,那丝质的红帆展开时,宛若红彤彤的火烧云。她面对父亲的那艘船站着,内心激动不已。有一种冥冥中存在的直觉提醒着她,让她牢牢记住那船的模样——是它带走了父亲。

船在父亲的身后,半淹水中,一起一伏,犹如在水面沉睡的水怪。海水被它缓缓推拨开来,发出轻微的呻吟。那声音好似一种神秘的招引,使春迟无限神往。

春迟执意要到船上去看一眼,父亲拗她不过,便将她拉上船,带她一一参观。她看见他们那装淡水的水缸；他们的食物——米、蔬菜和干鱼，他们饲养的捕鱼用的水獭。她在他们睡觉的隔间里看到船员带上船来的各种纪念品，他们随身带着散发香气的白茶花，这些花被他们养在罐子里，分享他们的淡水。春迟在下船前，最后瞥了一眼那从铁罐里探出半个头的茶花，它靠窗放着，随着木头甲板徐徐摇摆，几片白色花瓣徐徐落下，在红漆的木头窗框上格外耀眼，犹如灼亮的火星。它们颠荡着，直到落入大海中。这颗载着人类记忆的微小皮屑，终于沉入寂静的深海谷底。春迟不禁轻叹了一声，提起裙裾，跨到岸上。

在午夜执勤将结束之时——清晨时分，最后一批供应品已经运载完毕，船开始起锚。先向掌管海洋的女神妈祖祈祷，接着，红绸帆扬开了，轮船赶着东北季风来临之前加速航行。春迟一直看着轮船远远地驶出了黄海，船头那颗闪烁的、用来辟邪的蛇眼再也看不见。春迟只是觉得很虚弱，仿佛整颗心都被那艘大船带走了。

4

没有人知道父亲以及他那只船队的下落，而回来的船队也并未得到犒赏。这一年是多灾多难的一年。仲春的一场暴风雨，闪电击中了新建成的紫禁城的三大殿，大火沿着金色的琉璃屋顶蔓延，朱红漆柱、丝幕帷幔……一直烧到皇帝的木雕龙椅。皇宫上下，死伤无数。皇帝大为震惊，他认定是他那宏伟的航海计划触怒了上天，那些未知之地也许是他不应去探究的谜。何况这一年又是瘟疫不断，饥荒连连，国库严重亏空。于是皇帝暂停了宝船的航海计划。那些平安回返的船员及大臣也没有得到皇帝的封赏,相反的,他们还被发配到京城以外的地方去,好像他们会传播瘟疫一样。

春迟很快发现,父亲的那些妻妾儿女都非常害怕父亲回来。因为那样恐怕父亲免不了要被革职流放,一家人都会受到牵连,又怎么可能像现在这样舒舒服服地住在大宅院里,仆人丫头随便使唤呢。只有母亲不同,她每天都跪在佛祖像前烧香,祈祷父亲快些回来。她的肺病越来越严重,天气稍变就会染上风寒,咳起来无休无止,直到咳出了血。她总是叹息自己所剩时间已经不多,担心再也等不到父亲回来。

后来终于有了父亲的消息。他没有死。从南洋回来的船员捎来他的一封书信。他在信中说,船队在风暴中遇难之后,他就流落到了荒岛上,后来被那里的部落首领收留。他们待他很好,给他田宅和奴仆。现在他已经爱上了那里无拘无束的生活,不想再回来。他希望他的家人也都过去。他已答应马来人首领,让自己的女儿和他的儿子结亲,以示双方永久修好的诚意。

一大家子人看了父亲的信,都面面相觑。他们怀疑父亲疯了,南洋在他们的眼里就是一块荒蛮之地,那里的人和野人没有什么区别。他们断定父亲一定也听说回来之后会被革职流放,所以才留在那里;又怕孤单,才竭力说服家人过去与他做伴。

春迟扶着母亲走到卧房,又折了回来。这个冬天,母亲的病越来越重,医生不让她下床。春迟搀着她,慢慢回到空荡荡的厅房。母亲点着油灯,靠在桌旁,仔仔细细又将那封信读了一遍。她一边读一边剧烈地咳嗽起来,手中的纸险些被震得像鸟儿一样飞起来。

她咳完之后感到一阵窒息，就伏在桌上，用脸轻轻地枕住那张纸。过了很久，她才慢慢抬起头，对春迟说：

"春迟，我们过去找你的父亲好不好？"

母亲的声音像一把锉刀，将隆冬时节冻结的湖面划开一条口子。

"好的。"她说。

她有些担心母亲的身体，却没有阻拦。在她的印象中，母亲这一生几乎没有做过任何决定，她一直是被动地听从、默许。去南洋，这是母亲的第一个决定。春迟无法拒绝。她如此草率地答应下来，甚至没有意识到自己的姻缘也在这应允中定了。

那是十七岁的冬天，一个暖冬。春迟将自己养的小兔送给了四妈家的妹妹，绣了一半的荷包交给下人阿巧保管，至于那把最心爱的古筝，她再三请求，母亲终于同意把它带上船去。

她们决定去南洋的事给家里引起一阵风潮，她们母女住的那进房子，屋子里的花梨木桌椅，甚至包括榻上的帷帐，无一不引起女人们的争夺。春迟的母亲只是用卖掉首饰的钱筹足了路费和女儿的嫁妆，其他的尽数给他们留下。不过说起嫁妆，她可绝没有怠慢，为春迟做的嫁衣也足够体面。

母亲的病很严重，医生劝她至少等冬天过完再上路，但她执意要立刻启程。

她们离开家的时候，新年还没有过完。春迟踩着满地的鞭炮屑，搀扶着母亲，跨上门前马车。遥想父亲当年出海时是多么风光，可今时的寂寥也许正是母亲想要的。

5

三个强壮的男人闯进船舱的时候,春迟正坐在母亲的床边,小心地扶起母亲,喂她汤药。

这些男人看来是中国人的模样,但多年的漂泊生活已将面部柔和的轮廓打磨出坚硬的棱角,身上散发出一股热带南姜的辛辣气味。台风从他们身后的门里涌进来,夜空中有洁白的闪电划过,犹如划破喉咙的鸽子,陷落在无法冲破的乌云中。

春迟倏地站起来,滚烫的汤药溅到手上,药碗险些摔在地上。一种浓郁的男子的气息扑面袭来。它陌生却劲猛,是深宅大院中长大的春迟不曾体味到的。三个男人犹如陨石般坠入她的世界。她睁大眼睛看着他们,仿佛有什么砸在了胸口,她感到一阵窒闷,张开嘴大口呼吸。

一个男人走到床边,拎起春迟,拖着向外走去。她手中的药被打翻,溅在母亲枯瘦的手臂上。母亲轻微地动了一下。

春迟的嫁妆,那几只大木箱,被海盗们打开,他们看到金银首饰眼睛就会发亮,却不认得鹿茸、人参,以及上好的龙井绿茶,将它们倒在地上,随意践踏。

海盗们打开船上储备的桂花酒庆祝,醇香的酒与这个迷人的夜晚正相称。干杯,可怜的小美人。他们掐住春迟的脖子,将桂花酒灌进她的嘴里。美人挣扎如折颈的天鹅,绾起的长发垂下来,惊慌的发丝拂过男人的手心,惹得他们阵阵心痒。他们决定猜拳定输赢,谁先占有她。

赢的是年纪最轻的那一个,"栗烈",他们这么叫他。栗烈被他的两个哥哥嘲笑了,因为这将是他的第一次。他还那么瘦小,眼神里带着羞怯,这是他第一次随哥哥们出海。

他缓缓地伏在她的身上。当抵到她冰凉的肌肤时,他打了一个寒颤,它则犹如一只受惊的松鼠般缩了回去。哥哥们大笑起来,他涨红了脸。他们叫他先起来,由他们示范给他看,他狼狈地从她身上爬起来。

当二哥刺入女孩身体的时候,栗烈听到女孩凄厉的尖叫。他甚至闻到了一股血腥气味。女孩的裙子被扯碎,颈上的项链被扯断,珠子迸得很高,落在女孩白晃晃的肉体上,这光闪闪的雨。此番情景虽然残忍,却使人热血涌动,感到一阵兴奋。栗烈的身体在变得紧绷,他觉察到,他的那只松鼠又缓缓地探出洞口。

二哥从女孩的身边离开时,栗烈看到他粗布裤子上沾染了女孩的血迹。那血的颜色非常浅,在正中央,像一团揉碎的龙胆花,绯红的汁水四溅。栗烈盯着它看了片刻,只是觉得那团红色一点点渗透和扩散,颜色逐渐深郁,越发地耀眼。它像一只邪恶的眼睛,与他对视,不断提醒着他,有关他的羞耻。

6

春迟的母亲,那个病入膏肓的女人艰难地从船舱里爬了出来。不知她是做了多少次努力,才终于撑起身体下床来。她一边爬,一边咯血。迎面冲入她眼睛的,是女儿那铺展在甲板上滴滴答答流血的身体。她猝不及防,被耀眼的血所伤。她甚至还来不及愤怒,就已经被这骇人的场景打垮了。她将双手无法支撑的身体靠在门边,痛哭起来。她不知道自己能做什么、做什么可以减轻一点女儿的痛苦。她一边哭一边慢慢爬过去,搂住了春迟。

"我们还去找爹爹吗?"春迟从另一个世界慢慢回来,她睁开眼睛,轻轻地问。

母亲将发烫的额头贴在春迟的脸颊上,痛哭失声。也许只在这一刻,她虔诚的内心曾有过一丝悔。如果不是她执意要去找丈夫,女儿也不会受这番残酷的凌辱。但她很快意识到自己不应当这样,她为自己在灾难面前的怯懦感到羞耻。

她点点头:"去。"

"滚开!"男人伸手将春迟的母亲从春迟的身体上掀开。女人在地上打了个滚,又迅速爬起来,跪在他的脚下,给他磕头,恳求她放过她的女儿。那男人不由分说地给了她两脚,将她踢到船栏边。

春迟还没有来得及唤一声母亲,男人已经跨上了她的身体。这疼痛她已经能够忍受,屈辱也可以,她只是希望他们不要再伤害母亲。她们必须活下来,再想办法逃脱,才能去南洋找父亲。但是春迟来不及把这些说给母亲听,母亲已经从船栏边慢慢爬过来,从后面拖住男人的脚,试图将他从女儿的身上拖下来。男人正在快活,哪里受得了有人妨碍。他大喝一声,一只脚向后一蹬,重重地撞在女人的胸口。女人哇地吐出一大口血,泼在男人的腿上。男人怒不可遏,命他的两个兄弟将她扔下船去。

春迟尖叫起来,在他的身下挣扎。她看见那个刚才强暴过她的男人将母亲扛在背上,向着船栏走去。她用尽全身力气把身上的男人推开,但是已经来不及。她看见母亲瘦小的身体在空中匆忙地划过,像一道折断的彩虹,很快坠落到水里。她脑中一片空白,立刻晕了过去。后来男人又伏上来碾压她,她都已没了知觉。她平躺在那里,越来越单薄,仿佛变成了一层浅浅的植被,和大地融为了一体。她的神情变得安详,仿佛痛觉已经经由大地传走了。

栗烈不安地站在那里,他不忍再看着女孩,背身转向大海。海面如此平静,被投下水的女人完全被大海吞没,没有留下一丝痕迹。他忽然发现自己很怯懦,刚才二哥将那个女人扔下去、春迟发出尖叫的时候,他的心紧了一下。杀人的场面他见过许多,可是不知道为什么,这一次他心里非常难受。

身后的哥哥发出一阵兽的喘息,他正在攀越巅峰,那种旁若无人的快乐是多么丑陋。栗烈忽然有一种冲动,想走过去把他拉开,将他爪下的猎物解救出来。可他什么也没有做,只是慢慢走入了船舱。

7

结束了。下雨了。

雨越下越大,星辰都被吝啬的神收了起来,低沉的夜空一片灰寂。在紧闭的船舱里,海盗们抱怨,咒骂,然而他们已经很疲惫了,很快便沉沉地睡去了。

春迟慢慢恢复知觉,看到自己双手捆绑在头顶,犹如一根梭形纺锤般被丢在墙角。没有一丝光亮,她甚至看不到那几个男人躺在哪里,只能循着鼾声大致知道他们的位置。

母亲死了。她告诉自己。眼泪抑不住又落了下来。她想起母亲最后坐在她身边抚摸她额头的表情,那么安详;当她问是否还要去找父亲的时候,母亲坚决地说"去"——她看起来那么镇定而坚执,那一刻春迟几乎相信她们很快就可以脱险。

她无法将母亲平安地带到父亲面前,永远也看不到母亲见到父亲那一刻绽放的笑容。生命结束后,一切都灰飞烟灭。

她侧过身,将嘴唇按在木头墙壁上。

然而,这一夜,却没有如她想象的那样难挨。在无边黑暗和绝望中,有一只手无声无息地伸过来,碰了她的手指,轻得好像一片花瓣飘落下来。她的身体倏地收缩了一下,每一根寒毛都竖了起来。是梦吗?

可周围仍是空荡荡的,黑暗无边。春迟叹了口气,心又变得哀凉。然而那只手又悄悄地出现了,紧紧攥住了她的手。这一团温暖来得突兀而含混,可它代替了灯塔、星辰……一切春迟所能想到的代表光亮的东西。她需要它,来不及弄清手的主人和意图。

她缓缓伸开手……

陌生的手指从她的掌心到每颗指甲,一点点轻抚而过,所到之处都在燃烧和复活。这奇妙的手像是紧握箴言而来,将强大的生命意志送进她正在放弃的内心,每一丝轻微的触动都点燃一簇火光。她终于哭出声音来。手指屈伸,绞缠,合着轮船摇摆的节拍,在这个伸手不见五指的夜晚,穿过男人混浊的鼾声,冲破痛苦与羞耻的内心,生出一朵洁白的睡莲……

8

春迟醒来时天边刚开始发白。雨停了,有人开了窗子,灰蒙蒙的日光射进来,照在她的身上。她感觉到,手心在出汗,仿佛有什么东西融化在那里了。她又闻到了昨夜留在手中的气味,真实与虚幻难以分辨。

栗烈坐在窗边。他从窗户里探出身去,眺望远方。另外两个男人,仍在熟睡,鼾声此起彼落。她的目光落在他的手上。在这只手上,她试图寻找那种令她在昨夜落泪的气息——这是一只干体力活的手,骨节突出;也一定打过人,才会在手背上留下那么一道蜈蚣形的伤疤。她这样怔怔地看着他,恰好他将身子收回来——原来外面还在下小雨,他头顶青色的发茬上沾满了蒙蒙的水珠,脸也湿了,眼睛却很亮。

"海啸可能就要来了,我看到几艘大船上竖着警告的旗子。"栗烈低声对春迟说。

"你们海盗也会害怕海啸吗?"春迟讥讽道。

"小时候很怕,在我父母亲刚死的时候。他们是被海啸卷走了。"

眼前的男孩稚气未脱,也许只有十六七岁,刚刚成年。作为一个海盗,他显然还不够强大,没有给自己罩上严严实实的盔甲。春迟仔细地看着他,她在他的身上找到某种柔软的东西——一个念头从春迟的脑际一闪而过:也许她可以由这里冲破。

她哑着嗓子对他说:

"原来你是孤儿。"

栗烈转过身,看着她,说:"是。但我们有个了不起的大哥,是他将我养大的。我们四兄弟,这么多年一起患难,一起享福,从来没有分开过。"

"你所说的'享福'就是劫船杀人、欺辱女人吗?"

他们用目光对峙。

"不是你想的那样。我们的大哥是一个部落的首领。我们的部落非常富足,并不经常到海上来打劫。只是最近我们和别的部落打仗,需要一条大船,大哥才让我们出海。"栗烈不知道自己为什么要对这个女孩说这些,仿佛还希冀着不要被她当作无恶不作的海盗。

"既是要劫船也无妨。可是为什么要伤人呢?你们杀死了我母亲……"春迟声音哽咽了。

"因为你们是汉人。我那几个哥对汉人都很轻蔑。"栗烈说。

"我不懂,你们的祖先难道不是来自中国吗?你们分明与我们是同一祖先的。"

"不,我们的母亲是高贵而睿智的巫族人,我们是这片土地的主人,汉人都是我们的奴隶。"

"你根本没有见过汉人的帝国有多么辽阔和伟大,你也不知道我们的皇上的宫殿有多么华丽和威严!"

"够了,我不需要知道。我只知道你们汉人,从将军到女人,都被我们抓住,成了我们的奴隶。"

栗烈和春迟都不再说话,仿佛有非常宽广的大河横亘在中间,他们被分隔在两岸。

9

"我很冷,浑身都在发抖。"沉默片刻,春迟打破了沉寂。

栗烈抬起头,睁着一双布满血丝的眼睛。春迟猜想,这一夜他大概都没有睡得安稳。她想着,忍不住目光又落在他的那双手上。

"你们打算把我怎么样?"

"可能会把你带回部落,也或者……"栗烈没有继续说下去。

"或者在路上就杀死我,是吗?"春迟说,凄然一笑。

栗烈不说话,他的神情有几丝哀凉。过了一会儿,他轻轻叹了口气,朝她走过来,船板轻轻摇晃,使人微醺。春迟仰望着这个脚步踌躇的少年。他那宽展的骨架上还没有包满肉,踝骨和膝盖上都有突出的圆骨头,这是一具充满生命力的肉体,春迟想,不像他那两个哥哥,已经被尘埃和油腻重重包裹,再无生长的可能,甚至连自由呼吸都变成一件难事。

昨日遭受凌辱之后,疼痛慢慢退去,一扇隐秘的门缓缓为春迟打开,情欲犹如潮水般涌进来,从此蓄满她的深处。此刻,它们激烈地搅动起来——少年挽着裤管,露出古铜色的小腿,浓密的汗毛均匀地生满皮肤,有几条暗红色的划痕还留在上面,若隐若现,使它们看上去更加结实。透过密匝匝的绒毛,她看见紧绷的肌肉里蕴藏着的力量。

他走到她的面前,欲言又止,她看见他的喉结震颤,上下滑动了几下。她盯住他的眼睛看,就从中看到了几缕明亮的光线,她确信他是一个温暖的洞口。她压低声音说:

"过来。"

男孩在春迟的身边坐下。他本想扶起斜躺在地上的春迟,犹豫了一下,又将伸出的手缩了回去。春迟充满爱怜地看着他:

"你让我想起了我的弟弟。他的眉眼和你相像。你多大了?"

"十六岁。"

"嗯,你比他还大了一点。"春迟缚在头顶的双手用力挣扎了几下。面对栗烈疑惑的眼神,她苦涩地一笑:"我只是想摸摸你的脸,我很久没有见过我的弟弟了。"

栗烈稍稍沉吟,便伸手去解绕在春迟手腕上的绳子。绳子窸窣着一圈圈从手腕上滑落,春迟听到了男孩的呼吸变得滞重。当她的双手触到他的脸时,他的皮肤颤抖起来。

春迟用手托住栗烈的脸,手指叉开,沿着他分明的下颌轮廓缓缓移动。春迟目光如炬,栗烈别过头去。

春迟用食指轻轻掠过他的嘴唇,说:"你的两个哥哥都欺负了我,唯独你没有碰我。为什么呢,是不是嫌弃我?"

"没有。"栗烈感到自己又像绷在弓上的箭一般,被拉紧了。

"那就是心疼我,怕我不堪忍受,是吗?一定是你看出我几乎疼得死去了……"春迟声音越来越小,尾音已绞缠在一片硬咽里。她的眼泪大颗大颗掉落下来。

栗烈将春迟扶起来,揽在怀里,又伸出手,抹去春迟脸颊上的眼泪。春迟哭得更伤心了。她将他的手抓住,放在脸颊上,摩挲着,口中喃喃道:

"他们都是畜生,只有你不是……"

栗烈只是默默地为女孩擦拭眼泪。滚烫的眼泪犹如泉涌般不断。他从未见过这么多眼泪,他们都是不哭的,他、他的哥哥们,还有哥哥的那些女人,他们整个部落都是硬邦邦的,不需要眼泪。

栗烈看着眼前的女孩,她那么柔软,躺在他的怀里像是没有骨头的。她的眼泪真实而温暖,令他动容。女孩忽然紧紧抓着他的衣襟,嘴唇贴近他的耳朵,说:"带我走吧,离开这里,就我们两个人——你是喜欢我的,不是吗?"

栗烈愣了一下,身体迅速和春迟分开。他如梦初醒,仿佛先前堕入了陷阱,一时意乱情迷,拥着这女孩如此忘情。他起身从春迟旁边走开时,春迟用双手抱住他的腿。她的手抚过他腿上的麦田,那么轻缓,犹如沙沙落下的春雨;他感到一阵酥痒,难以自拔,但很快他就恢复清醒,甩开她的手,大步走向门口。

栗烈推开船舱的门,走上甲板去看外面的天气。春迟躺在原地,很快便看不见他了,只听见他的靴子踏在甲板上的声音,一下又一下,铿锵有力。

清晨里的这段时光,大海是最沉静的,也是最慈祥的。海浪轻轻地摇着船,海风从虚掩的门里飘进来。时间的轴像一只吐丝的蚕,不断变长变细,每秒钟都变成一根绵延的绢丝,编织、缠绕,在这种一切趋于缓慢的光景中,爱、恨、欲望和意念都在消散。这艘船将去哪里,对春迟而言不再重要。她闭上眼睛,打算再睡一会儿。那只手是否还会来,再次穿过重重阻隔,握住她的手?

后来,春迟昏昏沉沉地睡了过去。但睡眠很浅,也许只是她非常努力才得以维系的状态。其间,她听见船舱里的两个男人陆续醒来,走出船舱;她听见他们站在门外讨论海啸是否快要来了,是否有必要中途靠岸;她听见他们争论不休,过了很久才费力地做出决定。又过了很久,春迟感觉到船在减速,他们是在靠岸了。春迟心中默默地祈祷,大风暴啊,快些来吧。同归于尽是她所能想象到的老天补偿她的最好方式。因为有这么一个虔诚的许愿,她不哭闹,不挣扎。

沿着螺旋状的楼梯一直向下走去,这沉堕的王国却并不是地狱。一真走,直到风声塞满耳朵,灰尘蒙上眼睛,荆棘缠住双脚,记忆的主人才幽幽地现身。

他只负责看守这口井。传说这口井是当年三保大人凿的。三保也是三宝,"三宝垄"在爪哇语里是"树叶稀疏的酸角树"的意思。他便是吃着酸角长大的。三宝垄有个三宝庙,三宝庙里有口三宝井。他是看井的人。

三保,就是多年前那个率领宝船到此的中国人。他教给这里的人如何耕地种田、采桑养蚕,还教给他们用泉水冲凉,将小麦制成面条。人们将打捞起来的宝船的锚陈列在三宝庙里,而三保大人的金身塑像就供在殿上。

他的祖辈可能是三宝大人的随从,或者受过他福泽的人,后来就留下来看守三宝庙。到了他这一辈,三宝庙因为香火太旺,被当地有势力的人收了去。他便只是看井。据说井水甜美,天旱不涸。人们将这井水称为"圣水",因它不仅可以消灾祛病,还能使人返老还童。

他照看"圣水"极为小心,不让树叶和鸟粪落进去,对暴雨天气也格外警惕,因为曾经有过泥沙从山上滚下来、淹没了寺庙的情形。夜晚就睡在井的旁边,背抵着它冰冷的外壁,时间久了,他的腰变得有些塌。但他从不舍得喝一口"圣水"。

他非常怀念从前的日子。那时,"圣水"只是施给患病和残弱的人。他们来庙里烧了香,就到井边求一钵"圣水"。他们拿着容器,排好队等他一一舀水。病人有了起色都会来这里还愿,他们总是带一些好吃的给他。可是后来这口井里的水不再随便施予,管辖官将它看护起来,将"圣水"高价卖给有钱的商人和官员。他常常看见穷人在井前磕头,请求施水,可他却不能给。他偷偷给过一次,就被管辖官施了刑。

当葡萄牙人攻陷此地的时候,他感到彻底绝望了。大炮的灰烟在空中飞舞,徐徐落在井里。他们占领了三宝庙,这口井现在也属于他们了。他仍旧被留下来看井,但被告知,此后井水只能给葡萄牙人喝。三宝庙生了很高的野草,因为葡萄牙人在当地建了他们的教堂,让人们到那里去膜拜他们的圣母。

当地人有过几次起义,暂时夺回了三宝井。最后一次起义失败后,他心灰意冷,知道再也守不住这口井,于是纵身跳了下去。许多天后,葡萄牙人在"圣水"中喝出一根黑色头发,派人打捞,才发现这看井的人早已溺死在水里。他用这样的方式使葡萄牙人放弃了这口井。井口被人用石头堵上,三宝井也就此荒废了。

不知又过了多少年,人们再掀开石头,井水明亮如镜,甘甜如蜜。但也有人在井水中喝出几丝咸腥。他们说,这井是连着大海的,关在里面的灵魂凿通了路,从这里游回故乡去了。

下阕

1

这是一个没有人烟的荒岛,甚至也许没有名字,但是抵达这里的人定然会惊讶于它的美。岛上的森林和动物并非毫无章法地肆意繁衍;相反的,这里的井井有条甚至胜于那些有人定居的岛屿:动物们都温驯而友善,白日里出来作怪的并不多,那些高大的树也都站得笔直端好,没有过多杂乱的旁枝。

看得出,这个叫作栗烈的男孩以及他两个哥哥对这里十分熟悉,他们凭借天空中星辰的指引在这里靠岸,绕走一条平坦的小路攀到一座荒山的半山腰。这里纵然地势高,海啸来袭,也不会很安全。他们几乎没费什么力气,就找到了那个深邃的山洞。洞口狭窄,杂草丛生,但是躬身进入,拨开杂乱的秸草,里面却是一番宽广的天地。他们三兄弟很快便将船上的十几个装满金银珠宝的铁箱抬进来。

山洞里漆黑一片,男人们忙着捡柴点火,春迟对自己的处境很茫然。她好像没有足够的力气去想清楚整桩事情的脉络。

男人们在山洞里点起了篝火,不安分的火苗一簇簇蹿起来。春迟闭上了倦怠的眼睛。男人们粗壮的呼吸充斥在四周,像他们的胡须那样驳杂而坚硬。这使她又蓦地警醒起来。母亲已死,她和三个海盗在一个山洞里躲避海啸,这便是她此刻的处境。

春迟被捆绑着，斜靠在山洞最里面的岩壁一角。栗烈向春迟望了一眼，似乎稍有犹豫，但他还是径直向春迟走过来。他走到跟前，就不由分说地抱起她，放到离篝火近的旁边。他或许是察觉到她的头发和身上的衣服都被大雨淋透了，湿漉漉地贴在脸上和身上，她冻得瑟瑟发抖。这是十二月，热带岛屿的漫长雨季，每场大雨都要持续几日，冷森森的湿气钻进骨头里，最是容易着凉、热伤风。春迟的手脚冰凉，脸却发烫，身体完全没有知觉。在篝火旁暖和了片刻，她才慢慢恢复过来。她猜想自己大概在发烧，可她的头脑却格外清醒，她隔着跳跃的火苗看见栗烈搬了一块大石头过来，放在她的身后，让她被捆缚的身体有所依靠。

她又从他柔和的神情中看到了突围的希望，于是仍旧目不转睛地看着他。她看得那么用力，以致身上的伤口都要挣裂了。她衣不遮体，伤口横亘在皮肤上。她就是要他看到这一切，要他难受。当他用那种疼惜的目光望着她的时候，她感到很满足。

幽暗的山洞里，只有那几束蹿上蹿下的火苗暖烘烘地烤着脸。船上仅剩的半头死鹿也被拖进山洞，肉被一块块割下来，用竹签穿成串，放在火上烤。栗烈递过来一串烤好的鹿肉，春迟瞥了他一眼，却没有向前探头去接。她是在等他将鹿肉送到她的嘴边，一小块一小块喂她吃——春迟好像揪住了这个男孩对她生出的怜悯之心，并对此作出进一步的试探和考验。果然她赢了，男孩犹豫了一下，就拾起篝火旁的弯刀，在春迟身前坐下，将鹿肉一点点切碎，送到春迟的嘴里。春迟一边缓缓地吃着，一边全神贯注地看着他，目光如攻陷城池一般猛烈。

春迟在设想一种可能：男孩和他的两个哥哥为了自己而争执起来，大打出手，直至最后两败俱伤。那样的场面一定很壮丽，虽然她并没有想好这样做是否就可以脱险。

在吃掉最后一块鹿肉的同时，她咬住了他的手指。她没有用力，只是用双唇将他的手指含住了。她用舌尖划过那根手指，逗弄着他。他抬起头看着她，用一种忍耐的表情。

"松开。"他低声喝道，神情凶狠。

她的恨又生出来，终于狠心地咬了下去。血很快从她的牙齿间溢出来，然而她抬眼看看他的眼神还是那么柔和。

栗烈的两个哥哥回头看了一眼，其中一个讥讽道："小子，你主动献殷勤，这娘儿们还不领哪！我早就告诉你了，对女人一定要狠……"

栗烈仿佛忽然回过神来，他抬起另外一只手，给了春迟一个耳光。他毕竟是个海盗，暴戾是他的本性。春迟咽着满嘴的鲜血，心中有些失落。

2

栗烈回到哥哥们的旁边坐下。鹿肉已经所剩无几，二人在饱餐之后，变得动作缓慢，慵懒地坐在烧旺的篝火前，昏昏欲睡。可是似乎又不甘心就这样睡下，其中一个从地上爬起来，向着春迟走过来。

春迟很清楚他们要做什么，她下意识地去看栗烈的反应。栗烈神色平静，他应当知道她在用求救的眼光看着自己，然而他眼睑垂下,安静地啃着一根鹿腿上的大骨头;随后,又好似自言自语般地说"要再捡些木柴来",说完便弯腰钻出山洞。春迟一直看着他走出去,没有再回头,心中的希望又一次绝灭了。

她感觉自己变得很轻很薄,像一块柔软的布。男人用他的针很轻易地穿透了她,打了个结,就牢牢将她牵住了。她感到线在身体里来回穿梭,毫无节律,针脚粗陋、纷乱,就像这荒唐的人生。男人是这样贫乏,他的线很快用完了,他仓促地断线收针——这就是他的杰作吗?他丝毫没有察觉春迟脸上掠过的轻蔑的笑。

第二个男人几乎完全重复了他哥哥的轨迹,他似乎永远都没有自己的主意,甚至在最英姿勃发的时刻创造的作品也是一件赝品。当这种比较在她的心中发生时,春迟忽然觉得这两个男人像小丑一样滑稽,她是从心底里开始可怜他们了……然而随即她就陷入一种痛苦的遐想。她在想,是否栗烈也是这样?栗烈会不会做得一手好针线?

春迟忽然有了某种期待。她期待栗烈回来后会靠近她,她解释自己之所以会产生这样的念头,是因为想要征服他、控制他。

所以她带着身上纵横交错的针脚,平静地躺在原地,等待着他。

栗烈过了足够长的时间才从外面回来,他的两个哥哥在欲望得到——满足后,酣然地睡下了。啃剩的鹿骨头散落在女孩的周围,一派饕餮后杯盘狼藉的局面。栗烈走过来,将山洞角落里的枯草抱过来一些,盖在春迟的身上,遮住她赤裸的身体,然后转身走了。

他没有碰她,是嫌弃她身上乱七八糟的针脚吗?

春迟看着栗烈隔着篝火,在她对面坐下。她在他的脸上找不到欲望,于是她就看不到任何征服与控制的希望。她浑身仍是滚烫的,仿佛这篝火已经烧到了她的身上,难道这样可以销毁那些羞耻的针脚吗?也许唯有化成灰烬,男人缝在她身上的印记才会离她而去。

也许因为心中有事,栗烈和春迟睡了一会儿后,不约而同地醒过来。他们都睁开眼睛,听着两个男人此起彼伏的鼾声,时间不知道这样过去了多久。栗烈翻了个身,她想也许他醒了,于是试探着说:

"你过来,我有话想对你说。"

他没有动:"就这样说吧。"

"我想问问你……"她话未说完,眼泪已经掉下来。

"什么?"他问。她的眼泪总是令他难受。

"我想问问你,如果你是我,你会想要继续活下去吗?"

他沉默着,没有回答。

春迟继续说:"我自己也不知道为何我没有寻死……是什么使我仍旧选择这么毫无希望地活着?"

栗烈依然沉默。这早慧的少年,温顺,敏感,又略带几丝尚未褪去的青涩,然而不说话的时候,却又有一种深不可测的邪气在。

"你过来。"春迟又一次要求。这一次已经完全是乞求的语气。

栗烈终于还是站了起来,走到春迟的面前。

"你在躲着我。你不敢要我。你为什么不敢要我?是怕要了我之后会爱上我吗?"

女孩仰着一张布满泪痕的脸望着他。她的神情中总有某种坚执的东西,虽然有时这种坚执显得有些不合时宜,甚至有些荒唐,可却令人动容。

"不要自作多情,我们根本不会爱上汉族女人。"

"好吧。但假若我不是汉族人,是与你同族的女子,你会爱我吗?会救我离开这里吗?"

"这假设毫无意义,你是汉族人,从我一见到你你就是,无法改变。"栗烈说。

"我多么希望自己从没有认识过你。"春迟轻轻摇着头,闭上了眼睛。至此她已意冷心灰,情愿忘记这少年握在她手上的些许温暖,那汗津津、充满诱惑的男子气息。她要将他在自己身上留下的星点火种全部浇灭。

自始至终她都该清楚,这是一场劫难,伴随的只有玉石俱焚的毁灭,又怎么还会有别的什么呢。她大概是昏了头,竟然幻想一个海盗对自己产生感情,并为此与他的哥哥们反目成仇!

她诡异地笑起来,像个再无半点羞耻之心的疯女人。

栗烈低头看到,尿液从她的身下流出来——这忿忿不平的小溪,顺着干草的罅隙,一直流到他的脚边,弄湿了他的靴子。热烘烘的水汽蒸腾升空,一股腥臊味四散开去,充斥着强烈的生命气息——女孩好像将身体里的最后一点热气都用尽了。

3

此后,春迟持续高烧。希望破灭了,身体里抵御病痛的力量也就溃散了,炙烤般的灼烧感吞噬着她的知觉,她不能再思考和难过。也许,这正是她希望的。

不知过了多久,春迟觉得额头上一阵冰凉。她慢慢睁开眼睛,看见栗烈坐在她的旁边,将一块冷布敷在她的额头。这应当是另一个夜晚了,周围一片黑暗,只有小簇的篝火扑扑地跳跃。

栗烈手里握着一把非常小却很锋利的金质短刀,割断了捆绑在春迟身上的麻绳。她的手脚已经失去了知觉,脸被烧得滚烫。视野中,他是模糊的,脸上坚毅的表情却异常清晰。他终于做出了这样的选择。春迟看得出,他神色凝重,又不时掠过几丝不安。她转头看了一眼,他的两个哥哥正在某种迷药的作用下沉睡不醒,他还装了一口袋劫来的金银珠宝准备带走——他背叛了他们。

春迟有些吃惊,但不管怎么说,她渴望的事情发生了。

眼下,他们必须快些跑到海边坐船离开。这海岛太小了,又没有其他的山洞和藏身之地,雨水泛滥的时候,这里就会变成一片泥泞的沼泽。

春迟和栗烈一前一后穿越森林。下了几日的暴雨刚刚停歇,泥土地上留下深深浅浅的水洼。踏着腐烂的枯叶疾跑,泥浆被溅起很高。男孩脚上穿雨靴,而春迟没有。春迟努力将每一步印在男孩踩下的大脚印上,泥土被他的雨靴踩过之后,结实了许多,这样就不会陷下去或者滑倒。起初她的腿脚还很僵硬,要非常吃力才能跟上他的脚步;后来,她渐渐恢复过来,并从奔跑中找到了乐趣,变得无拘无束,毫不理会一块块泥浆溅在她裸露的小腿上,溅在她破碎的裙子上。

那条隐没在森林中的小路被雨水冲刷,烂泥覆盖,有时几乎很难分辨方向。他们一定是走错了路,仿佛堕入永无尽头的迷宫里,踏着泥浆不停地奔跑。也许这正是春迟所盼望的:一直这样跑下去,直至精疲力竭,长长缓缓地呼出最后一口气。所以当她的一只鞋子掉在泥里时,春迟没有喊栗烈停下来。少年正在用尽全力奔跑,奔跑意味着脱险,意味着去争取属于他们两个人的幸福,每一块肌肉、每一根神经、每一颗细胞,都在为此努力着。

是的,她就是希望看见他竭尽全力,所以她不想打断他。她赤着一只脚,泥浆一层层裹在上面,跟上他的脚步变得更不容易。春迟觉得胸口发闷,发烫的身体好像随时都会"轰"的一声裂开。她忽然一阵眩晕,倒在了地上——连日淋雨,受惊,在屈辱和满足、痛苦和盼望之间往返多次,她不堪负荷这么多的折磨。

肩上的麻布口袋好像越来越重,栗烈左右两边来回替换,然而却累得越来越快。他看着夕阳,猜想微弱的药性已经过了,哥哥们也许已经醒过来——心软一直是他的弱点,若他狠下心多下一些药就好了。

他正自责着,那只握着春迟的手被用力向下拽了一下,他回过头看去,女孩像一根羽毛,从他的手中滑落,徐徐坠地。她那双踏走泥浆的赤脚,脚底被枯枝划破,血流不止。栗烈扯下一块衣衫给她止血。灰色泥水滴滴答答从她的头发和裙衫上落下来,她很乖,安静地躺在他的臂弯里,像个等候着送往火窑烧制的泥娃娃。

栗烈抱着她继续走,肩膀上的那袋金银珠宝委实是负累,他终于狠下心将那只袋子丢在地上。

他故作轻松地耸耸肩,对春迟说:

"我们现在没钱了,就算逃出去,大概也会饿死。你怕不怕?"

春迟虚弱地望着他,少年真的打算日后与她一起生活。但春迟只是怔了一下,就连忙摇了摇头,费力地露出一个微笑。

栗烈正欲启步,眼睛的余光看见脚边有一颗从麻袋中滚落出来的珍珠,他轻轻地俯下身,拾起它,放在春迟的手心里:

"这颗你收着吧。"

春迟看见掌心这颗珍珠,珠身圆润光滑,珠色玉白,闪着耀眼的光芒。这颗珍珠是从一串项链上掉下来的,那是母亲为她准备的,说是要等她成亲的时候戴。

她小心翼翼地合拢手指,将珍珠包在掌心里,仿佛抓到了母亲从另外一个世界伸过来的手。

"把它放在哪里呢?它那么小,一不小心就丢了。"

栗烈有他们的办法,他从春迟头上扯下两根头发,捻起乌黑纤长的发丝穿过珍珠上的洞孔。他又打了个结,将珍珠固定好。然后他抓起春迟的手,选中了无名指,于是就将珍珠绑在这个手指上。

春迟粲然一笑。栗烈也很开心,他觉得自己用这枚戒指将他的姑娘圈住了。

他们又上路了,将那一麻袋散落的金银珠宝远远地落在了身后。那袋来自中国的宝贝,犹如瞌睡的萤火虫,散落在森林隐秘的深处,用惺忪的眼睛注视着这段自由飞向远方的爱情,看看它能走多远。

4

栗烈觉得怀中的春迟几乎已经不省人事。他将春迟摇醒,让她看大海。春迟嗅到了新鲜的海盐的气息,这时的大海已经有了几分风暴前夕的状势,巨浪翻滚,海面几乎没有航行的船,哀静的深蓝色天幕很低很低,好像就要垂进大海里。

世界像两瓣裂开的胡桃,此刻正沿着地平线合拢,也许它将带着腐坏的芯再次变回一颗粗糙而坚硬的果实。

春迟恢复了几分元气,苍白的面容被海风吹开了一点绯红颜色。

大海边停着那艘他们来时乘坐的大船,不远处还停着一艘小木船,大约是来这荒岛的渔民停泊在这里的。栗烈几乎没有犹豫,便奔着这艘小船来。

"为什么不坐大船?"春迟问。

"如果我们乘大船走,渔夫们恰在这时回到岸边,又驾走小船,我那两个哥哥就会被困在荒岛上……我不忍这么做。"栗烈一边抱着春迟跨上小船,一边对她解释。

果然是骨肉情深,这个时候仍不忘他的兄弟们。春迟先前对栗烈产生的一点信赖此刻顿时消失无踪。

然而她嘴里说的却是:"这没有什么错,他们是你的骨肉至亲。"

木船几乎没有什么方向,只是向着远离荒岛的方向,向着更茫茫无边的大海驶去。凶猛的海浪已经有一人多高,犹如穿着黑色冥服的鬼神,抖开衣袖,意欲掳人而去。春迟靠在栗烈的怀里,被海水浸湿的身体冻得瑟瑟发抖。寒凉之气从那只受伤的脚底一直向上蹿,冷,好似一种虫豸,吸人骨血,将其淘空。

小船绝望地在随浪摇摆,海上看不到灯塔,天空中乌云遮月,四周一片漆黑,没有一丝光亮。春迟忽然尖叫了一声:

"我的戒指……我的戒指从手上滑下去了!"

春迟探下身去,双手贴在船板,摸索着寻找。然而周围是浓密的黑暗,就连哪里是船底都看不清,这寻找必然是徒劳。

栗烈阻拦住春迟,将她扶起来:"不要再找了,这么黑,怎么可能找到呢?"

春迟双手仍在盲目地摸索——她怎么能和她的母亲分开呢?她们刚刚团聚。

栗烈将她的双手抓住,紧紧揽在怀里:"以后我再送给你一个,好吗?"

春迟咬着嘴唇,沉默不语。她被栗烈紧紧地箍在怀里,却并未觉得暖和。热气正从她的身体里散失,一种不祥的预感笼罩着她,使她更加迅疾地衰弱下去。

这是否意味着母亲松开了她?她感到异常恐惧。

5

栗烈一边摇桨,一边不时回头看,他最害怕的事情终于还是发生了——两个哥哥驾着大船从后面追赶上来。

"他们追来了!"栗烈脸色大变。

春迟显得很平静,甚至没有回头去看。她只是有些沮丧,一想到如果被那两个海盗抓回去,任他们凌辱,春迟就感到羞耻难当。她看着身边的少年,他正专注地摇桨,那么用力,她紧紧抓住他。

她将脸贴在栗烈的下巴上,用手抚摸他的眼眶和鼻梁。

栗烈却无暇理会,他站起来,撑桨疾速向前划,他的动作几近疯狂,像飓风中一棵就要折断的树。春迟将脸靠在栗烈的腿上:"他们的船比我们要快许多,肯定会追上来的。"

"不要说这种丧气话!"栗烈气急败坏地喝止她。大船已经追至身后,他甩开双臂拼命划桨,海水不断泼进小船里,船一点点深陷,他整个人就像站在水面之上。

春迟叹了口气。脚底的伤口又涌上寒气来,她冷得蜷缩起身子,瑟瑟发抖。

"我已经不抱什么希望,只想找到那枚戒指……"

栗烈低头看见春迟又俯下身子去摸索,一阵心痛,忽然失去了继续拼斗的力气。她歪斜的身体靠在他的腿边,已经不再发烫,而是变得冰凉——她那么瘦削,他甚至能感到她凸硬的脊椎骨。

栗烈终于不再狂躁。他重新坐下来,抱住春迟,亲吻她的脸颊和嘴唇,轻轻问她:"暖和一点没有?"

春迟痛苦地锁着眉头,点了点头。

现在,大船已经追至他们的右侧。

"栗烈,你竟为了一个女人背叛我们!"

栗烈对他的哥哥们的呼喊不理不顾,只是专注地与她亲吻。

春迟绕开他的嘴唇,问:

"栗烈,我们逃不掉了,是不是?"

"嗯……"

"可我多么想和你一起,去一个没有人的小岛,过无忧无虑的生活。再没有人可以伤害我……"春迟喃喃地说。

"是啊……"栗烈闭上眼睛,幻想着与春迟在静谧的小岛上奔跑。大船上抛下带铁钩的绳索,直冲着他们的小船飞过来。但海浪在两船之间翻腾起伏,四周没有灯火,那悄无声息飞来的铁钩,犹如锋利的鹰喙,若躲闪不迭,一定会被它划伤。栗烈紧紧抱住春迟,将她完全罩在自己怀抱里。这样即便是铁钩飞过来,也只会刺到他,不会伤害到春迟。

"你可以想象吗,那是多么安静的日子……"春迟好像看不见从眼前飞过的铁钩,悠缓地说,"我们还会有我们的孩子,好几个,他们都很乖,很愿意帮我们干活。你带男孩子去打猎,我教给女孩子刺绣……我们要有一艘大船,全家人一起到海上玩,捕鱼,捞贝壳……"

春迟声音越来越小。她太冷了,用尽了身体里最后的力气来编织这个美丽的故事。

栗烈被说得浑身颤抖。他倏地站了起来。他俯身拍拍春迟的头,说:

"我去大船上和他们谈判。"

春迟紧紧抓住他的手臂不放:

"你是要扔下我吗……"

"我一定会回来的。"他说着,感到春迟环在他脖子上的双臂已经缓缓地松开。

他脱下外衣裹住春迟。然后看准一只飞过来的铁钩,敏捷地抓它,嗖的一下,就被它牵着飞上了天空。春迟隐约看见,他从空中划过一段弧线,钝重地砸在大船的甲板上,脆弱的木板发出咯咯的响声。四周恢复了平静。除了海浪的声音,再无其他。

他和他的哥哥们是否在发生口角,是否已经大打出手?又或者他们在和解了……那么,他还会不会回来?春迟脑中飞快地掠过各种念头。

这小船盲目地随波漂流,与那艘大船越距越远。船中有两三寸高的积存的海水,浸泡着她受伤的脚。伤口也许已经开始溃烂,此刻涌出来的也许已经不再是血,而是脓汁。她无力地将头枕在膝盖上。栗烈去了那么久都没有回来,他也许是被他的哥哥们收服,现在已经言归于好了。他终于还是屈从于他们,背叛了自己。春迟想着,轻蔑地笑起来。

他们本就是兄弟,又是野蛮的海盗,她只是一个受尽凌辱和糟蹋的外邦女子。栗烈做这样的选择也没有什么奇怪。此前的那番海誓山盟大概只是少年凭着一时性情说着玩的。

现在,她只等四面涌过来的海浪将自己淹没。

她爱这片海,因为它埋葬了她的母亲。

6

可是,栗烈忽然又顺着铁钩的绳索飞渡过来。他再度回到船上,几乎是跌在了春迟的身上,小船剧烈摇摆,一阵慌乱。春迟已经没有力气抬头。她只是觉得自己又被那双温暖的臂膀抱住了。

"他们抓住我,不让我再回来,我就和他们打起来了……我刺伤了他们,好不容易逃回来了!"他呼吸急促,闷重的声音像飞不起来的候鸟拼命地拍打着翅膀。

这真是个好消息,春迟想,轻轻在心里笑了。她想到那两个海盗,心就一阵阵痛,恨不得将他们都撕碎。

栗烈忽然将手中握着的那把金色短刀套在春迟的脖子上,腾出双手,捧起春迟的脸,寻找她的嘴唇,然后衔住了她。她张大嘴,与他亲吻,仿佛是在他的口腔里博取呼吸。唇齿间的传递,那温暖的气息,她麻木的神经似乎已经无法感到了。

他们就这样抱着,只有抱着,没有任何言语。他抱她的姿势,简直是将她完全装进他用臂膀圈起的小世界里,使她不再被外界冒犯。脚下的这艘船好像死鱼般再也没有发出一丝响声,只有大海仍在玩着它那天翻地覆的把戏,然而这份吵闹仿佛已被镶入背景,被滤隔环绕在他们的屏障之外。现在他们只和安静在一起,只和温暖在一起。

在他的怀里,她竟渐渐恢复过来,双脚亦不再那样冷。这拥抱难道真的有救赎的魔力吗?她不能相信。仍有海水进到船里,可她竟然觉得连海水都是温的,像少年时她在北方乡下的姑母家浸过的温泉。她曾在温泉边迎来了她的初潮,一朵包藏着秘密与宿命的花朵在水面绽放。此刻,幸福的温泉再次包围了她,她真喜欢那种暖流从脚底升起来的感觉,仿佛在烟霭缭绕之间飞去了云霄。

春迟缓缓地睁开眼睛,轻声对栗烈说:

"我不再冷了,栗烈。"

"嗯……"他的声音像雨天里擦不着的木柴,只在刹那间的摩擦中发出一个微弱的短音。

"一点都不冷了,脚上的伤口也不疼了。"春迟觉得这种感觉太奇怪了,仿佛忽然之间一切都好了——这是不是回光返照呢?

"那就好……"栗烈轻声说。

春迟听见他声音微细,断断续续,心中有些害怕,却仍打起精

神说:

"你休息一下吧,我现在没事了,可以去撑桨的。"她说着就倏地站了起来。但她还未迈出步,栗烈就重重地倒了下去。她吓得不知如何是好,慌忙俯身将栗烈扎在船底积水中的身子拉起来,再扶着他坐好。然而湿漉漉的栗烈紧闭双目,脸颊和额头上淌下来的却不是海水,而是鲜艳的血液。

是的,纵使天光黯淡,她也可以辨识,那是血,淋在他的头顶,染在她的手上。春迟略有迟疑,然后缓缓地将手伸进船底的积水中,再拿上来——她看见自己鲜红的手掌,犹如一只在低空盘旋的嗜血蝙蝠。她又缓缓抬起脚,鲜血从脚趾间漏下去,犹如藤蔓般缠绕在她的脚面和脚踝上。

原来裹住她双脚,犹如泉水般温暖细密的,不是海水,而是鲜血。她颤抖着搂住栗烈的脖子。她的爱人,正在一点点缩小,一点点变得干瘪,一点点变得绵软。她在他的背后找到拳头大的伤口,鲜血仍在迸涌,当用手按住伤口时就仿佛听见血液从他身体里溢出的声音,每一滴血都领受了他的嘱托,奔向她的脚边,为她驱走寒冷和痛楚。

"栗烈,栗烈。"她低声唤他,没有回应。她轻轻地摇他,他的身体机械地随之摆动。

她愣在那里。眼前的一切是她不曾料想到的。她不相信男孩真的会为她拼命。她又一次领略到了生命的轻易。前一刻还相拥亲吻,此刻这个人已经不存在了;再想起他之前说的那些情话,就觉得森森的寒。她忽然发现,其实此前自己并没有真正目睹死亡。母亲的死因为来得突然,她又正受侮辱,很快就昏迷过去;再醒来的时候,一切都已过去很久,母亲大概早跋山涉水,过了桥,抵达对岸。现在她看着一个人在身边渐渐变冷,变硬,柔软的眉眼犹如泥塑般慢慢变得结实。她不敢再靠着它。可是它已经无法支撑,她松手的瞬间它就摇摆起来,险些掉入水中。她一把拉住它的手。

那个夜晚,这只手曾犹如夜船般慢慢泊过来,温暖了受尽凌辱的女孩。春迟抓起这只手,想把曾从它这里获得的温暖还给它。可是它的使命已经完成,现在紧紧关闭起来。她永远都无法归还,永远都有所亏欠了。

这时,她感到有一束明亮的光从不远处射过来。她循着光看过去,就看到那枚丢失的珍珠戒指,竟平稳地浮在船底积水的表面。不,那不是水,是栗烈的血。

那戒指犹如被施咒的睡公主,是爱人的血将它唤醒,一点点将它托出水面。苏醒后的珍珠发出灼目的光芒,玉白色,带着几丝晨曦般浅淡的红光。

它被水波推着,像一只游弋的蝌蚪,慢慢来到她的面前。

它来找她了。

春迟小心翼翼地伸出手,将珍珠从血水中拈出,掂在掌心里。

她忽然迷惘了,这戒指的另一端,连着的究竟是母亲,还是栗烈?

不迟不早,海啸在这个时候终于来了,犹如赶来收拾残局的神明,张开鼓满海风的黑色袖口,将一切都敛入其中。春迟看见海面上出现的橙色光焰,它携着滚滚的海浪蔓延,向着她和她那孤单的小船而来。满目都是赤红的水,她不怀疑这里将在顷刻之间变成火海,谁也逃不掉！此时,海洋是世界的央心,是最鼎沸的舞台,是最旷阔的刑场。

不过,春迟无暇理会这些。她正忙着擦拭那枚血迹斑斑的珍珠,白亮的珠光层层推移着晕开,像一只带着笑意和爱怜的眼睛。

在小船被巨浪打翻之前,春迟将珍珠送到嘴边,用双唇轻轻把它含住。她幻想自己变成了一只燕子,含着夺目的红宝石,围绕着她的王子飞翔。王子干涸的眼窝里流出了幸福的泪水①。

---

① 燕子,红宝石,王子:参见王尔德童话《快乐王子》。

贝壳记

> 黄金在天上舞蹈，
> 命令我歌唱
>
> ——曼杰尔斯塔姆

下阕

1

绯红色的螺，紧紧吸在我的手心里，飞快地旋转。我闭上眼睛，手指轻轻掠过一颗艳丽的龙宫翁戎螺——叩响这神秘的宝塔，打开它，将囚禁在里面的往事放出来。

五岁的春迟，柔软的头发刚能在脑后绾成小髻，穿着红色的丝缎小袄，与父亲一道坐马车出远门。父亲抱着她站在海边，那是她第一次看见大海。她先前单是以为，天空是最美的，那么无边无际的蓝色；现在她才知道，大海才是最美的，它是会流动的天空。她太喜欢海了，很想在大海中留下一点自己的印记。春迟伏在父亲的背上，悄悄蹬落自己的一只鞋子。紫红色的小鞋落在水中,犹如船儿一般在起伏的海浪里漂流,渐行渐远。父亲俯身想要抓住那只鞋子,却已经来不及。他转头再看怀里的小女儿,她眼睛一眨不眨地望着漂走的鞋子,神情甚欢喜。她一直望着,直到鞋子消失,再也看不见。大海收下了她的礼物,她心满意足地随父亲回家了。

九岁的春迟,已经坐在她的古琴边,撩拨琴弦。她闭上眼睛,聆听手指从琴弦上擦出的每一个音符。她听着听着,就走神了。她沉迷于自己拨弄琴弦的姿势中,它那么轻,仿佛不是她在用力。是的,她相信有仙人站在她的身后,握着她的手臂在动。她不敢回头,担心仙人弃她而去。她不敢停下来,她珍惜这每一个空灵而充满的时刻。她不需要听众,也不需要赞美,在轻盈的灵魂舞蹈面前,那些都是繁赘而虚浮的东西。她却不知道,冥冥中已经注定,这一生她都必须忍受寂寞。

十四岁,父亲又纳新妾。春迟好奇地看着新娘,她那么年轻,看上去只不过比自己大几岁。她很美,脸颊那么红,是被她那红盖头映衬的缘故,还是因为害羞呢?若不是因为这美人令母亲痛苦,春迟大概会很喜欢她。她进门后,父亲就更少来母亲这里了。全家人围在一起吃饭的时候,父亲对新娘的好显而易见,他给她夹菜,她为他擦拭额头上的汗珠时,他微闭眼睛,面含微笑。这些令原本就吃得很少的母亲更加难以下咽。她斜睨着他们,脸上的痛苦再也掩饰不住。母亲的脆弱令春迟不安,父亲已有八个妻妾,那些早先进门的女人,除了母亲,对新人的到来早已麻木,她们各有自己的乐趣,打麻将、养猫、侍弄花草……心思早就不在丈夫的身上。唯有母亲,她几乎没有什么爱好,她只是喜欢呆呆地坐在窗边思念父亲,给父亲做件衣袍,纳双鞋子。她觉得能见到父亲就很可贵,倘若有时父亲一时兴起,和她聊几句天,温存一下,她就可以幸福得好几日睡不着觉。但若是见到父亲与别的女人亲昵,她就会躲起来哭泣。她的泪水很多,眼睛总是红肿。母亲难过的时候,春迟总是乖巧地站在母亲旁边,安抚她。她狭窄的肩膀、颤抖的身体令春迟不知所措。母亲说,这是因为,唯有她和父亲之间是真的感情,所以父亲才会牵动着她的悲喜。母亲暗地里盼望着家道中落、父亲失去现在的荣华,她说,到了那个时候才真正能够看出人心——最终热闹归于沉寂,虚假的人们纷纷散去,唯有她仍旧陪在父亲的左右。母亲就是为了这样一个渺远的愿望苦熬着。

听了这话,春迟再看到父亲的新妾时总有些不自在,再看她的一颦一笑都觉得虚假。

十七岁的春迟站在船头。她为了母亲出海,去南洋投奔父亲。她并不是为了自己而去,她其实代表着一份爱情,从中国漂洋过海寄去南洋的爱情。但她满心欢喜,因为终于再一次亲近大海。前夜她还梦到了小时候踢到海里的那只鞋子,她梦见它变大了,变成一只船,载着她在海上前行。

……

2

我跟随春迟,在一段段记忆里穿梭。不,我就是她,与她一同思考,一同悲喜。这是一种奇妙的感觉:与一个人充分地接近,生活在她的身体里；一切都如此真实，以至于此前二十年与她的交往都变得很轻。

最令我吃惊的是，在春迟丢失的记忆中并没有她与骆驼刻骨铭心的爱情，甚至连骆驼的一个影子也没有。这样说来，骆驼欺骗了她。可怜她如此执着地去找，为此弄瞎眼睛，钳去指甲，付出二十年的时光，过着如清修苦炼一般的生活。我想到春迟将自己关在不见光不透风的房间里，枯守着满桌的贝壳，一脸茫然；我想到春迟站在船上卖唱，深夜人们都睡了，她缩在角落里，悄悄从木箱里拿出一颗贝壳，小心地摩挲着……疼痛，几滴眼泪从我的眼角流出来。

天底下恐怕不会再有更残忍的欺骗了。这样的真相令我无措，不知道是否应该告诉春迟。倘若告诉了她，她发现多年的努力都是徒劳，这样的打击她一定不能承受。可是如果不告诉她，她一定会继续找下去，穷尽一生——我又怎么忍心！

我卖掉了咖啡地、木屋，以及和婳婳一同生活的日常用品，打算尽快坐船回去。可是临行时又开始犹豫不决，不知回去之后应该如何面对春迟。我在岛上又多逗留了几日，白天没精打采，夜晚无法入睡。

等到后来我终于睡过去，就梦见了春迟。她生了重病，躺在榻上奄奄一息。没有一个人在她的床边。她大声唤我的名字：宵行，宵行……她唤我的声音那么清晰，突突地撞击着我的胸膜。我惊醒，觉得自己也许已经迟了，赶不及见她了。

我终于决定回去见她，没有什么比这个更重要。

我去墓上看望婳婳和宝儿。大坟上的草已经长得快与小坟一般高。大概过一两个月,两边的草就会长到一起;再过一两个月,就辨不出坟包的形状……就这样,被自然淹没。我知道婳婳不喜欢这个小岛,若不是为了我,她一天也不想待在这里。可是现在,她永远地留了下来。

我应当用一些时间好好地凭吊她,我纯善的妻子。可是我的心却一直被贝壳的事占据,没有一丝空余。也许等这些事情都过去之后,我会慢慢地想起婳婳来,怀念她的好,为她的离去而悲伤。

3

我终于回到了我最熟悉的地方。这条路是从学堂回家的路——少年时的我曾踩着青石板一路飞奔过去,唯一的盼望就是能见春迟一面。

这一次,下着小雨,我背着木箱走过长满青苔的石阶,但已经没有力气奔跑,我也终于明白,跑是于事无补的,跑得再快也抵不过命运的一个手势。幻想已经被耗尽,现在,我是一个了解宿命的寻常男子。木箱很重,压得我直不起身子。我慢慢地走,慢慢地想起钟师傅来,想起他驮着木箱来到我家门口、他那直不起来的身子以及重重的咳嗽声。他面色和蔼,平静,期盼若说有,也是淡淡的。

现在我终于和他很像了。来到门口,我将木箱卸下,缓缓直起腰。叩响门环,那叮叮的声音敲在心上,我感到一阵心酸。

一个中年女子撑了油伞来开门。她应该就是婳婳请来照顾春迟的新用人。我问她是不是娟姐,她点点头,并且猜出我就是宵行少爷。

我走进厅堂,里面一片阴黑。每次下雨,房子里总是充满霉潮的气息,这是我所熟悉的。家里几乎没有任何变化。我坐下来,娟姐已经端着热茶进来。我啜了一口茶,对她说,我要进去看一看春迟。她这才对我说:

"春迟小姐不在了。"

我的喉咙哽了一下,说不出话——春迟不在了,是她离开了还是她已经死了。我不知道,也不敢问。

娟姐说,春迟之前生过一场大病,险些死掉,但后来她又好了起来。等到痊愈后,她就又出海寻找贝壳了,拦也拦不住。

我轻轻点点头。心中非常难过,却也感到几分释然。她也许注定与这枚龙宫翁戎螺擦肩而过。

我推开春迟的房门,看到房间里堆满了敞开的木箱——贝壳整齐地排在里面,它们都被打磨得很光亮,将房间映照得很亮。多年来春迟收集的所有贝壳都在这里了。临走前,春迟应该是将它们重新整理了一遍。

据娟姐回忆,春迟病重的时候总说自己头疼得厉害,仿佛要裂开一般。但她的病非常奇怪,请了很多郎中来都看不出她这是什么病,连药方也不敢开。但春迟又分明那么痛苦:她躁狂不安,从床上滚到地上,下雨的时候又冲到花园里淋雨。她说身体里的东西要将她撑破了。

我知道,那是记忆。

娟姐说,后来春迟让她用木桶装满水,又在桶底铺了一层贝壳,放在房间正中。春迟就整日泡在木桶里。她用铁针刺破手指,将红花宝螺放在上面,然后一同浸在水里。这样连着做了好几日,那些红花宝螺颜色变深,斑点也明显了许多。娟姐不懂这是什么奇怪的法术,但它果真奏效,后来春迟渐渐好起来,发病的次数越来越少。

我默默点头。我想她是用贝壳吸走手指上的血,将一些纠缠着她的记忆带走,或者变淡。贝壳是大海里的玉石,正如盘玉一般,贝壳与肌肤相蹭,被血液浸染,这样它吸走了肌肤里的一些热量,让被记忆烧灼的身体得到冷却。原来是这放血的办法救了她的命。

她释放了一些记忆,令自己略有解脱,就这样又上路了。

4

我去看那木桶。娟姐已经将它搬到了院子里,桶里漂了几朵闲散的浮萍。拨开浮萍,我看到下面沉着的贝壳,是春迟很喜欢的红花宝螺。灰蓝色的壳面生着褐色的斑点,安静地躺在水底,随着波动的水纹呼吸,犹如一些睡着的爬虫。我将它们捞上来。

我阅读它们。但隐没在贝壳花纹里的记忆非常轻浅,我一遍遍凝神去读,却很难将散落在其中的记忆收捡起来。我每日面对着它们,一次次叩门,但它们却像死了一般安静。

又过了一些日子。一个夜晚,我抚摸贝壳,却没有收集到几丝记忆,最终疲惫地握着它们睡过去了。然而我在梦中又抚摸这些红花宝螺的时候,它们倏然在我的手中熔化,扩散,很快就像火焰一样升腾起来。在火光里慢慢展开的是春迟安静的皮肤,它如骨瓷般在火堆中缓缓地烧,越来越洁白、光亮。我用额头抵住它,用鼻尖掠过它,然后轻轻地将嘴唇点在上面。我从梦里睁开眼睛,看见红花宝螺上褐色的斑点已经变得殷红,蠢蠢而动,如一触即发的血流,我等不及用它去喂养我那烧得吱吱作响的身体……

红花宝螺在我的身体上擦过,我听见它汩汩流血的声音,每一根汗毛都被血润得发亮。我用探入贝壳最深处的身体,交换了这些沾满血迹的记忆。我在从未有过的快感中读尽了春迟的半生,我读到了我的父亲、母亲,我读到我神奇的诞生……当我从贝壳带来的快感中抽身,立刻觉得自己虚弱无力。我在床上蜷缩着身体,大哭起来。我哭得那么伤心,宛如刚刚降生的婴孩一样——不,这就是我出生时的那一场哭泣,它只是来迟了一些。

春迟一直佩戴的那把刀鞘,她以为是骆驼先前送给她的礼物(我尚未习惯称骆驼为父亲),然而它其实是栗烈的。骆驼有一把大一些的刀鞘,他的眉眼和栗烈都有几分相像——我想,他应该就是栗烈所说的大哥。

骆驼看到春迟佩戴着栗烈的刀鞘,便知道春迟与栗烈是有关的,可惜春迟记不得往事,所以骆驼逼她去寻找。彼时他在潋滟岛的海滩上一次次辨认打捞上来的尸体,其实是在寻找他的兄弟。

他们的故事终于被我像珠子一样穿起来了,它们首尾相连,成为一条美丽的项链。

可是我却不知该将自己安放在哪里。

我只是这条美丽的项链衍生出来的一颗珠子,用来记载这个故事的,这便是我的使命。

我将带回来的龙宫翁戎螺也拿出来。春迟所有的记忆都在这间屋子里了。我晨昏都与它们在一起,一遍遍阅读,直到它们与我的记忆融汇成一体。

时间过去了三个月,也许更久,我再走出房间的时候,不愿意看到光,觉得外面的天空都老了。

5

春迟没有再回来。我并不那样思念她,因为在拥有了她的所有记忆之后,我就和她在一起了。我能感觉到她的心跳,并且知道她活得很好。倘若见到她,我反倒会仓皇无措,不知是否要将那枚龙宫翁戎螺给她。

后来我再度下南洋,也并不是为了寻找她。我只是希望循着春迟的记忆故地重游一次。我在龙目岛上找到了我父亲骆驼的墓。据说这是当年父亲被将军处死后,他的追随者悄悄为他立的。我在龙目岛又多逗留了一段时日,听到许多有关我母亲淙淙的传说。当地的人对她都不甚喜欢,在许多个版本的故事里,她都是个美艳而妖惑的女子,带着毁灭的气息向父亲和部落走来。他们还说,淙淙后来还和看守监狱的侍卫睡觉,生下私生子。

我坐船离开龙目岛的时候,摆渡的壮年男子自称是没落贵族,他身材壮硕,却有着一双非常忧伤的眼睛。下船的时候,我多给了他几块钱币,他很高兴,说可以在码头等我,再载我去别处。我拍拍他的肩膀深深地望了他一眼。我告诉他我行程没有准儿,劝他还是先走。他又和我客套一番,才恋恋不舍地摇船而去。我站在岸上,看着我的兄弟一点点变小,最后没入地平线上的那群海鸥中。我闭上眼睛,用了好一会儿才将我兄弟忧郁的眼神忘掉。

在潋滟岛的教堂里,我参加了一场礼拜,之后又与牧师艾伦共进午餐。老牧师死去后,他就继承了父亲的衣钵,从此再也没有离开过这座教堂。他是一个高大的荷兰男子,拥有云絮状的胡髯和粗硬的声音。他与我回忆起当年的事,他说他曾参加过我母亲的葬礼,目睹那个明艳的女人一点点被雨后湿漉漉的泥土覆盖。他还说他父亲当时很想收养我,除了对我母亲的疼惜之外,还因为我有四分之一的荷兰血统;但我实在太不亲他了,一刻也不愿意留在他的身边。为此,他的父亲曾很伤心。他说得我有些不好意思,毕竟这么多年来,给过我关爱的人屈指可数,牧师便是一个,他在生命的最初向我伸出过温暖的手。我不禁想,倘若当日我跟了牧师,留在这里,那么如今我是什么样。我会像眼前的艾伦一样平庸但充满激情,还是会像我那摆渡的兄弟一样隐忍且无知?我只知道,那样日子可能会过得快一些,因为艾伦总是说时间像是飞起来了,他不止一次地看着我感叹道:

"一转眼你就长这么大了。"

6

我一直在南洋的岛上游历,后来听到关于春迟的传说:春迟到了南洋的某个岛上,不久前那里刚发生过一场瘟疫,很多人死去。在当地的难民营里,她遇到一些正受着疾病折磨的孩子。他们很想在睡眠中安静地死去,却痛得怎么也睡不着。春迟将一些装满愉快记忆的贝壳分给他们。她蒙上他们的眼睛,拿着他们的手指轻轻掠过贝壳,记忆就如清洌的泉水一般注入他们枯萎的身体。孩子们睁开灼热的眼睛,看见星辰、灌木以及盲女那张流溢着神明之光的脸;又过了一日，病痛离开了他们。春迟被孩子们团团围住，他们亲吻她鲜红的脚，称她为圣母。

后来，在南洋最东边的岛屿上曾短暂出现过以贝壳为货币的邦国。那里的人们不耕作，不打猎，只是采些野果勉强填饱肚子，其他时间都用来打捞贝壳。他们沉迷于贝壳中的记忆里，用吸纳别人的往事代替自己的生活。富有的人就是拥有丰厚甜美记忆的人，而贫穷的人只能拥着一点关于杀戮和战争的记忆入梦。那是一个消沉和迷醉的王国，记忆是每个人的瘾，每个人的毒药。

当我知道那个岛屿的时候，打算以贝壳商人的身份前去拜访，但路途中遇到暴风雨，船翻了，我被滞留在某个岛上。后来再凑齐装备，抵达那个岛屿的时候，贝壳王国已经毁灭。有人说曾在旧城的废墟瓦砾中，看到过一个眼瞎的女人，她像一只鸟儿一样掠过地上的死人，拾起散落在他们身边或握在他们手中的贝壳。攻进贝壳城邦的那些士兵都曾看到这个女人踮着她鲜红的脚掌在坍塌的木梁和死人的身上跳舞。

他们没有杀死她，她被作为灭亡邦国的最后一抹血迹留存下来。

在锋利如匕首的阳光下，士兵们看着盲女疯狂地拾捡贝壳，那副如获至宝的模样令他们哈哈大笑；他们又怎么会懂得她呢——这个天底下最富有的女人。